젊은이여, 몸과 마음의 허리를 곧게 펴라

젊은이여, 몸과 마음의 허리를 곧게 펴라

펴낸날 ‖ 2022년 1월 25일 초판 발행
          2022년 7월 15일 재판 발행

지은이 ‖ 김홍배

펴낸이 ‖ 유영일

펴낸곳 ‖ 올리브나무 출판등록 제2002-000042호
          경기도 고양시 일산동구 정발산로 82번길 10, 705-101
          전화 070-8274-1226, 010-7755-2261
          팩스 031-629-6983   E메일 yoyoyi91@naver.com

ISBN 979-11-91860-05-4 03800

값 17,000원

젊은이여,
몸과 마음의 허리를
곧게 펴라

김홍배 교수의 "앞만 보고 달려온 길"

김홍배 에세이

올리브
나무

프롤로그

나는 도시공학을 학부와 대학원에서 전공했으며, 미국으로 유학 가서 도시 및 지역계획학 박사 학위를 취득했다. 그리고 1993년 3월 1일부터 한양대 도시공학과에서 지금까지 교육과 연구를 하고 있으며, 올해로 30년차에 들어선 교수이다.

아직도 교육과 연구를 열정적으로 할 수 있을 것 같은데, 정년이 얼마 남지 않았다고 하니 믿기지도 않고, 괜스레 힘도 빠지기도 한다. 우리 사회가 나이 든 사람들에게 힘을 주는 것이 아니라 조로(早老)하게 만들어 힘을 빼는 것이 아닌가 하는 생각이 들기도 한다. 그러나 생활을 하다 보면, 몸이 예전 같지 않음을 느끼며, 다시금 정년은 진정 필요한 것임을 깨닫게 된다.

젊었을 때 산에 가면, 나는 정상만 바라보고 나아갔고, 정상에 가까워질수록 힘이 더 났다. 이은상 시인이 "고지가 바로 저긴데"라는 시조에서 "고지가 바로 저긴데 예서 말 수는 없다."라고 읊었듯이, 나 역시 정상을 밟게 될 것을 기대하면서 힘을 냈던 것이다. 기대를 한다는 것은 좋은 것이다. 왜냐하면 지금의 모든 어려움을 희망을 품는 가운데서 이길 수 있는 힘을 얻을 수 있기 때문이다. 이와 같이 나는 내 앞에 펼쳐질 미래를 기대하며 앞만 보고 달려왔다.

그런데 요즈음은 달려왔던 길을 돌아보면서 힘을 얻기도 한다. 뒤를 돌아보며 '참 많이도 왔구나!' 하는 것이 '고지가 바로 저긴데…' 하는 것보다 나에게 더 큰 힘을 주는 것을 느낄 때가 많다. 물론 과거의 기억이 미래에 대한 기대보다 더 중요하다는 뜻이 아니다. 어떤 일을 함에 있어 그 일에 전념했던 시간을 회고하는 것은 기대만큼이나 의미가 있다는 것을 말하고자 하는 것이다. 이런 것을 보면, 나이가 들어감에 따라 생각도 그리고 보는 관점도 달라진다는 것을 알게 된다.

정년을 생각하니 지나온 일들이 주마등처럼 스쳐 지나간다. 나름 치열하게 살아오면서 기쁜 일도 많았고, 고뇌의 순간도 많았다. 아마 이렇게 말하는 나를 이해하지 못할 사람들도 있을 것이다. 교수가 무슨 치열한 고뇌의 삶을 살았다고 하는지 의아해할 수도 있다. 그러나 나는 치열하게 살아왔다.

그래서 정년을 맞이하는 시점에서 지나온 삶을 뒤돌아보며 정리하고 싶었다. 물론 나는 아직 상대적으로 젊다. 100세가 넘으셨지만, 아직도 열정적으로 활동하시는 어느 교수님에 비하면 나는 청춘이라고 할 수 있다. 여기서 분명하게 말하고 싶은 것이 있다. 그것은 내 삶을 회고하려는 것이 지금까지 달려온 길을 되돌아보면서 힘을 얻는 것과 같이 인생 후반전으로 나아갈 힘을 얻기 위함이다. 이것이 내가 이 책을 쓰게 된 주된 목적이라 할 수 있다.

두 번째 집필 목적은 나의 경험을 남들과 공유하기 위함이다. 나는 대학을 졸업한 후 또래에 비해 상대적으로 다양한 환경에서 많은 경험을 해왔다. 경험에는 아픈 좌절과 혼란스런 괴로움의 시간도 있었고, 기쁘고 행복했던 보람의 시간도 있었다.

우리는 매 순간 많은 선택을 하며 살아간다. 어떤 선택은 평생을 결정하기도 하고, 또 다른 선택은 하루 또는 순간을 위한 선택도 있다. 선택에 있어서 경험은 매우 중요한 것이다. 왜냐하면 불확실성에 대해 많은 정보를 제공하여 확실하고 안전한 선택을 하는 데 도움을 주기 때문이다. 또한 경험은 선택과정에서 시간을 크게 절약시켜 주기도 한다.

그러나 시간적으로 한정된 삶을 사는 우리가 모든 것을 경험할 수는 없으며, 완벽한 분별력과 지혜로 항상 옳은 선택을 할 수도 없는 것이다. 따라서 가장 지혜로운 방법은 간접적으로 많이 경험하는 것이다. 이러한 면에서 나의 경험공유는 어떤 이에게는 의미가 있을 것이라 믿는다.

나는 대학에서 오랜 동안 학생들을 가르쳐왔다. 강의를 그토록 오래 했건만, 말은 스스로 생각해도 참 못한다. 감동이나 지혜로운 말을 나에게 기대하는 것은 기본적으로 무리이다. 오히려 말로 인해 본의 아니게 상황을 악화시키거나 남들의 오해를 사기도 했었다. 이런 나를 잘 알고 있기에 나는 방송의 토론 프로그램에 나가는 것을 극도로 꺼렸으며, 방송 인터뷰조차도 거의 사양했다.

나는 말보다 글이 편하다. 말은 한 번 뱉으면 주워 담을 수 없고, 상대와 말하다 보면, 흥분도 하고 감정적이 될 위험성도 있다. 반면 글은 내 마음에 들 때까지 고칠 수도 있고, 그러는 가운데 생각이 명확하게 정리되기도 한다. 단적으로 비교하자면, 말은 상황에 따라 사람을 감정적으로 만들 수 있지만, 글은 사람을 항상 이성적으로 만든다는 것이다. 그래서 나는 말보다는 글로 표현하는 것을 선호한다.

교수생활을 하면서 실로 많은 사람들을 만났다. 그들을 생각해 보면, 살아가는 모습이 참으로 다양함을 알 수 있다. 제자들만 보더라도 같은 전공을 했지만 하는 일들은 천차만별이며, 능력에 비해 잘 풀리지 않은 이들도 많고, 그와 반대의 경우도 있다.

어떤 사람들은 고민이 전혀 없을 것 같은데, 막상 이야기를 하다 보면 마음속의 고민들을 털어놓기도 한다. 그리고 고민할 필요도 없을 것 가지고 어렵게 무거운 시간을 보내는 사람들도 있다. 또한 괴로운 시간을 보낼 것 같지만, 만나면 의외로 즐겁게 보내는 이들도 많다. 이렇듯 모두가 여러 모양으로 그리고 다양한 삶을 영위하고 있는 것이다. 많은 사람들 중에는 내 경험을 공유할 사람도 있을 것이라 믿는다.

지금까지 나는 몇 권의 전공 서적을 출간한 적이 있지만, 내 삶에 관한 책은 아직은 없다. 사실 내가 살아오고 경험한 것을 뒤돌아보는 것이 너무 개인적이고 작은 내용들이어서 읽는 사람들에게 어떤 의미와 유익이 있을까 걱정도 했었다. 그래서 책을 쓰는 중간에 회의적인 마음이 들어 집필 중단을 심각하게 생각한 적이 여러 번 있었다. 그러나 혹시 나와 유사한 환경에 직면한 사람들에게는 내 글이 작은 위로와 도움이 되지 않을까 하는 기대 때문에 집필을 포기할 수가 없었다.

인생의 시작점을 언제부터 볼 것인가 하는 것은 사람들마다 다를 것이다. 나는 대학 졸업 이후부터라고 생각한다. 왜냐하면 엄밀히 말해, 대학까지의 삶은 앞으로 살아가기 위해서 준비하는 기간이라고 말할 수 있기 때문이다. 최소한 나에게는 그렇다. 그래서 이 책에서 나에 대한 회고는 대학 졸업 후부터 시작하기로 했다.

대학 졸업 후 내가 살아온 기간을 크게 네 기간, 즉 i) 대학졸업

후 2년 4개월간의 군 복무 기간, ii) 전역 후 3년 6개월 동안의 회사근무 기간, iii) 정확히 5년 동안의 유학 기간, 그리고 iv) 올해로 30년차를 맞이하는 교수기간으로 구분했다.

교수기간에 비해 앞 단계의 기간들이 상대적으로 너무 짧은 것을 보면서 새삼스럽게 놀랐다. 짧은 기간임에도 불구하고, 기억은 교수기간보다 더 많이 마음속에 남아 있는 것은 왜일까? 그것은 젊었을 때의 경험들이 마음속에 살아서 지금까지 역동하고 있으며, 내 생각과 선택에 큰 영향을 주었기 때문일 것이다.

나는 그야말로 앞만 보고 달려왔다. 달려온 길을 뒤돌아보니, 그 길은 바로 다름 아닌 배움의 길이었다. 다시 말해, 내 인생 전체가 배움의 기간이었던 것이다. 그래서 구분된 네 기간을 바탕으로 책을 전체 6장으로 구성하였다.

제1장에서는 군 복무를 하면서 내가 경험하고 배운 것들을 소개했다. 짧은 장교 생활이었지만, 평생 남을 몸과 마음의 자세를 배웠다. 그 배움은 내가 직면한 환경을 수용하는 자세와 책임감을 가지고 일에 임하도록 하였다. 그리고 그러한 자세는 궁극적으로 나의 생각을 낙천적이고 긍정적인 방향으로 이끌었다.

제2장에서는 사회에 나갈 준비가 전혀 되지 않은 사람이 입사해서 겪는 어려움과 함께 사회를 배우면서 생긴 일화를 소개하였다. 그리고 바쁜 회사생활을 하면서 대학원 입학과 유학을 결심하게 된 계기에 대해서도 서술하였다. 이 기간이 내 인생에서 가장 열심히 생활했던 기간이라 할 수 있다.

제3장에서는 미국으로 유학을 가서 학문을 배운 것에 대해 서술하였다.

원래 학문에 뜻을 두지 않았었기 때문에 나는 모든 면에서 부족했고, 특히 생각을 논리적으로 전개하는 것이 취약했었다. 그런 나에게 유학시절은 바로 철광석에서 철을 뽑아내는 것과 같은 기간이었으며, 고뇌의 순간도 그리고 깨달음의 기쁜 순간도 많았다. 그러나 아이러니하게도 이 기간이 나에게는 인생에 있어 가장 행복했던 시절이기도 했다.

제4장에서는 귀국해서 교수가 되었지만, 겪어야 할 어려움과 그러한 어려움을 어떻게 극복했는지에 대해 서술하였다. 교수 초기의 어려움은 진정한 교수가 되기 위해서 거쳐야만 하는 연단의 시간이었고, 나에겐 참으로 귀한 시간이기도 했다.

제5장에서는 교수로서가 아니라 봉사인으로서 학교와 학회 그리고 협회에 봉사하면서 배우고 느낀 점들에 대해 서술하였다. 이 기간은 봉사하면서 어떤 조직이나 단체의 장이 되었을 때, 지도자는 어떤 자세와 행동을 취해야 하는지를 깨달았던 시간이었다.

마지막으로 제6장은 지금까지의 삶을 뒤돌아보면서 삶을 중간 정리하는 그런 장이다. 모든 기간이 배움의 시간이었고, 감사의 시간이었음을 고백하며, 정년 후의 삶을 맞이하기 위해서 필요한 것이 무엇인지에 대해 말하였다.

책을 쓰고 나니 내용이 많이 부족함을 느낀다. 이 부족한 책을 기꺼이 출판해준 도서출판 올리브나무 유영일 사장님과 이순임 목사님께 깊은 감사를 드린다. 그리고 한양대학교 김태식 교수는 집필과정에서 내게 많은 용기를 준 장로이다. 내가 책의 내용으로 소심해졌을 때, 그는 나에게 많은 격려로 집필을 계속하게 만든 사람이다. 이 자리를 빌려 김태식 교수께 감사의 인사를 드린다.

내가 오늘에 있기까지 하염없는 사랑으로 보살펴 주신 어머니께 감사드리며, 늘 옆에서 기도로 지켜준 아내와 가족들에게 감사의 마음을 전한다. 특히 지금의 심정은 사랑하는 딸 수정이와 사위 장기현 그리고 띠도 같고 생일도 같은 손녀 장서윤, 그리고 아들 김형종에게 내 삶의 흔적을 남기고, 내가 강조했던 말들을 전하고 싶은 마음이다.

또한 오늘을 사는 젊은이들에게도 같은 말을 전하고 싶다. 불투명한 미래로 인하여 소망을 잃거나 두려움에 휩싸인 젊은이가 있다면 그럴 때일수록 몸과 마음의 허리를 곧게 펴고 당당하게 나아가라고 말해주고 싶다. 그리고 이 책이 그들의 마음에 작은 희망의 불씨를 지피었으면 하는 간절한 마음이다.

마지막으로 부족하디 부족한 저자에게 늘 건강과 지혜 그리고 능력을 주시고, 이 모든 것을 이루게 하신 하나님께 모든 영광을 돌린다.

2022년 1월
행당동 연구실에서
김홍배

차 례

제1장
몸과 마음의 자세를 배우다

젊었을 때 바른 자세를 갖는다는 것은 좋은 것이다. 왜냐하면 바른 자세는 평생 동안 자신의 몸을 건강하고 안전하게 지켜줄 수 있기 때문이다. 이러한 바른 자세를 나는 군에서 배울 수 있었다. 그렇기에 나는 아들에게 몸의 자세에 대해서 강조하면서 "허리가 휘어지면 인생도 휘어진다."라는 말을 자주 했었다. 늘 허리를 곧게 펴고 걷고, 반듯한 자세를 취하라는 것이다.

대학생활과 ROTC

삼국지는 몇 번을 읽었는지 셀 수도 없었다.
등장하는 인물들의 말과 글들을 외우고 다닐 정도였다.

• • •

진로결정

나는 대학에서 도시공학을 전공했다. 도시공학을 선택한 특별한
이유는 딱히 없었고 공과대학에서 사회적인 면을 많이 다룰 것이라
는 막연한 생각 때문이었다. 평소에도 나는 이과보다는 문과가
내 적성에 맞다고 생각했다.

대학에 입학하면서 가장 큰 고민은 앞으로 무엇을 하며 살 것인가
하는 진로 설정이었다. 긴 고민 끝에 군인의 길을 가기로 결정하였다.
대학에 입학할 당시는 유신체제였고, 정부의 고위공직자들 중에는
사단장이나 군단장과 같은 군 출신들이 많았다. 이런 면을 보면서

나는 사회 발전을 이끄는 집단이 군인이라고 생각했던 것이다.

또한 군인이 나에겐 잘 맞을 것 같기도 했다. 왜냐하면 나는 기본적으로 질서와 룰을 중시하는 사람이었기 때문이다. 화랑대를 지나갈 때마다 내가 갈 곳은 대학이 아니라 육군사관학교였음을 항상 느끼고 있었다. 하지만 재수를 하였기 때문에 다시 공부하여 육군사관학교에 가는 것은 때가 늦었다고 판단했다.

아버지는 육군사관학교에서 물리학을 가르친 교수 출신이셨지만, 아들이 군인의 길로 가는 것을 반대하셨다. 아마 군인에 대한 기억이 좋지는 않으셨던 것 같았다. 진로에 대한 고민을 할 때, 대학 캠퍼스에서 목격한 것이 바로 ROTC (Reserve Officers' Training Corps) 학생들이었다. 그리고 미국의 육군 장군 중에는 웨스트포인트 출신보다 ROTC 출신이 더 많다는 말도 들었다. 이에 나는 ROTC를 통해 군인이 되는 것은 괜찮은 선택이라고 믿었다.

진로가 정해지자 나는 전공 공부보다는 훌륭한 지휘관이 되기 위해서 준비하는 데에, 더 관심이 많았다. 그래서 삼국지와 같은 책들을 열심히 읽었으며, 삼국지는 몇 번을 읽었는지 셀 수도 없었다. 남들은 잠을 청하기 위해서 밤에 책을 보았다면, 나는 잠을 깨기 위해서 삼국지를 읽었을 정도였다. 그리고 등장하는 인물들의 말과 글들을 외우고 다니기도 하였으며, 친구들과 삼국지에 대해 토론하는 것을 즐겼었다. 또한 육도삼략이나 리더십에 관련한 책들도 즐겨 읽었다.

심지어 토요일 오후 TV에서 방영하는 '배달의 기수' 프로그램도 열심히 보았는데, 이유는 군대생활을 간접적으로 접할 수 있는 유일한 통로였기 때문이다. 그리고 그 프로그램의 오프닝 장면에서 '돌격 앞으로!'를 부르짖는 젊은 소위의 모습이 곧 나의 모습이 될 것이라 상상하며 즐거워하기도 했다.

한번은 미팅에서 만난 여대생을 토요일 오후 다방에서 다시 만났는데, 그 시간에 '배달의 기수'가 방영되고 있었다. 대화를 중단하면서까지 배달의 기수를 보는 내 모습에 상대방은 놀라워했다. "평소이 프로그램을 누가 볼까 궁금했는데, 보는 사람이 있군요. 이렇게 진지하게 보는 대학생은 처음입니다."라며 그녀는 호기심 반 그리고 한심함 반의 마음으로 나를 바라보고 있었다.

나는 대학생활에서 전공 공부를 열심히 한 기억이 사실 없다. 내가 전공공부를 열심히 하지 않은 가장 큰 이유는 무엇보다도 군에 대한 관심이 컸기 때문이었다. 이와 함께 공부에 전념할 수 없는 사회 분위기도 한몫을 했다. 2학년과 3학년 때는 학내 문제와 10.26 사태, 12.12 사태, 5.18 민주화운동 등 격변의 시기였기 때문이다. 그래서 학기를 온전하게 끝낸 적이 드물었다. 그럼에도 이 기간 내내 나는 장교로서의 꿈을 계속 키워 나갔다.

포병이 아닌 보병 병과

4학년 2학기에 나는 대우그룹에 입사원서를 접수했다. 당시 대우그룹은 현대그룹과 삼성그룹과 함께 우리나라의 경제성장을 이끄는 대표적인 재벌로 인식되었다. 또한 그룹의 김우중 회장은 매우 스마트한 분으로 사회적으로 존경 받는 그런 분이었다. 대우그룹이 국내에서 최초로 임관을 앞둔 ROTC 학생들을 대상으로 우선 채용하는 계획을 발표하였다. 즉, 임관 전에 먼저 선발하고 전역과 동시에 입사하는 그런 조건이었다.

내가 대우그룹을 지원한 이유는 단 하나였다. 나중에 동기들이 전역하고 나만 군에 남아 있을 때, 그들에게 당당하게 말할 무기를 준비하기 위한 것이었다. "나도 너희들과 같이 사회에 나가 좋은 회사에 갈 수 있었지만, 나는 군이 더 좋아 남은 것이다."라고 말하기 위한 것이었다. 지금 기억으로는 대우그룹에서 ROTC 학생 100명 정도를 채용했는데, 나는 토목직으로 지원하여 합격하였고, 군에 가기 전 3개월 동안 적지 않은 월급도 받았다.

도시공학과 출신의 ROTC는 전공 특성상 대부분 포병이나 공병의 병과를 받았다. 육군 중에서 가장 고생하는 병과는 보병이라는 것은 누구나 알고 있는 사실이다. 보병이 점령해야 실질적으로 전쟁에서 이기는 것이다. 그래서 보병을 육군의 꽃이라 한다.

꽃이라는 표현은 그만큼 다른 병과에 비해 고생이 많음을 의미하는 것이라 할 수 있다. 나는 보병으로 임관해야만 한다고 굳게 마음먹었다. 그 이유는 힘든 만큼 보람이 더 클 것이고, 발전의 기회도 더 많을 것이라 믿었기 때문이다.

1981년 12월 대우그룹의 연수교육에 들어갔다. 나는 단체생활에 잘 적응하는 그러한 체질이었다. 규칙적이고 모든 일과가 정해져 있으니, 그 정해진 일과를 단순히 따라가면 되기 때문이다. 연수교육을 받던 중 병과가 포병으로 정해졌다는 연락을 받았다. 나는 병과지원 서류에 분명히 1지망부터 3지망까지 보병으로 기재했었는데, 결과는 엉뚱하게 나온 것이다.

지금 생각해 보면, 그 문제는 나의 글씨에 기인했던 것이 아니었나 싶다. 내 글씨는 대단한 졸필인 동시에 난필이다. 지금도 학생들의 논문에 코멘트를 하면, 학생들은 그 내용을 파악하는 것이 마치 암호를 해독하는 수준이라고 한다. 그래서 나는 PC의 보급에 무한히 감사하고 있다.

아마 내 글씨로 인해 학군단 담당자는 지원병과를 읽는 데 어려움이 있었을 것이고, 또한 공대 출신이 보병을 갈 리가 없다는 선입관도 작용했을 것이다. 그래서 담당자는 내 병과지원을 포병으로 단정하고, 육군행정학교에 서류를 보냈을 것이다.

이러한 소식을 듣고 나는 즉시 학군단에 연락했다. 담당 장교는 이미 결정된 것을 변경하기 어렵다고 하면서 이왕 정해졌으니 그냥 포병으로 임관하라는 것이었다. 나는 4년 동안 꿈꿔온 계획이 무너져 내리는 것 같아 참을 수가 없었다. 그래서 더욱 거세게 병과를 바꾸어 달라고 요청하였다.

계속된 나의 요청에 담당 장교는 "그럼, 임관하지 말라."고 으름장을 놓았다. 나는 포병으로 임관하느니 차라리 임관하지 않겠다고 맞섰다. 그런 통화가 계속 이어질 때, 같은 사무실에 있던 후보생 대장, 김종준 중령(진급예정)이 간섭하게 되었다.

김종준 중령은 육사 26기로 내가 군인으로 담고 싶은 그런 장교였다. (그는 전방 사단 연대장을 끝으로 대령으로 전역했다.) 그는 포병이 아니라 보병을 가겠다고 고집하는 나를 매우 특이하게 본 것이었다. 그리고 그 뜻이 가상하다고 느꼈는지 내 병과를 바꾸는 데 적극적으로 도움을 주었다.

한양대 학군단은 육군행정학교로부터 받은 병과를 모두 반납하고, 다시 나를 보병으로 정하여 전체 병과를 받아냈다. 아마 나 때문에 많은 문서 작업이 있었을 것이니 한편으로는 미안한 생각이 든다.

한양대학교 공과대학 ROTC 중 보병으로 임관한 장교는 당시 나 혼자뿐이었다. 보병장교로 임관하면서 나의 마음속에는 오직 하나의 생각밖에 없었다. 그것은 바로 멋진 보병 소대장이 되는 것이었다. 꿈에 부풀어 광주보병학교로 가는 입영열차에 몸을 실었다. 결국 4년 동안의 계획이 일차적으로 실현되는 순간이었다.

보병 6사단 수색대대

말한 대로 이루어지는 것이 사실이라면,
우리는 희망을 말해야 한다.

• • •

육군보병학교 수료와 제6사단 배치

육군보병학교에서 교육을 받으면서 나는 전방 사단의 수색대대 소대장이 되기를 원했다. 이유는 분명했다. 소대인원이 43명으로 완전 편성되어 있고, 소대원도 체력적으로 우수하며, 군기(?)도 매우 세다는 것이었다. 한마디로 그런 수색대대의 소대장이 되는 것이 멋있겠다는 생각이었다.

언급하였듯이 나는 질서와 룰을 중시하는 사람이다. 군에서 말하는 군기는 기본적으로 상하관계의 질서에 의해 결정되는 것이다. 건강한 상하관계의 유지는 바로 상관의 바른 태도에 달려 있다고 믿었다. 그래서 나는 열심히 배우고 열심히 생활했으며, 요령보다는 무조건 정석으로 하려고 하였다. 소대장의 모범적인 자세가 질서유지의 근본이라고 생각했기 때문이다.

16주 동안의 초등군사훈련 (OBC, officer basic course)을 무사히 마치고 철원에 있는 6사단으로 배치되었다. 나는 배치된 6사단이 전방 사단이라는 사실이 좋았다. 같은 방에서 함께 지냈던 8명의 동기 모두가 전방에 배치된 것은 아니었다. 후방에 배치된 동기들은 전방에 배치된 동기들을 위로했지만, 나는 반대로 후방에 배치된 동기들을 위로했다.

동기들이 자대로 배치되기 전 모교를 방문하기로 했다. 그리고 학군단의 훈육관들은 후배들을 집합시켜 선배들과의 대화시간을 마련하였다. 그때 김종준 중령이 나를 지목하면서 말했다. "김홍배 소위, 그래 훈련을 받아보니 보병으로 간 것이 후회되던가?" 그의 말에 나는 결코 그렇지 않다, 오히려 보람이 컸다고 답했다. 주변에서는 "역시 김홍배 소위는 체질이다!"라고 하면서 동기들과 후배들이 맞장구쳐 주었다.

중서부 전선의 사단에 배치된 장교들은 의정부에 있는 101보충대에 모여서 각 사단으로 이동하게 되어 있었다. 아침에 의정부로 가기 위해서 집을 나서는데, 어머니께서 문밖까지 나오시면서 의외의 말씀을 하시는 것이었다. "홍배야, 엄마 말 잘 들어라. 수색대는 위험하다고 하니 절대로 가지 말거라." 이 말씀을 들으면서 나는 어머니께 수색대대에 가고 싶다고 말씀드린 적이 없었는데, '어떻게 내 마음을 아셨을까?' 하면서 고개를 까우뚱하였다.

의정부에 집합해서 철원지역에 있는 6사단으로 이동했다. 같은 사단에 배치된 동기는 120~140명 정도였을 것으로 기억된다. 사단 휴양소에 있다가 다음 날 아침 자대로 배치된다고 했다. 동기들이 삼삼오오 모여 이야기를 하는데, 7연대 연락장교(한양대 출신 ROTC 장교)가 후배들을 모아놓고 수색대대에는 가지 말라고 하는 것이었다.

며칠 전 북한군과 비무장지대(DMZ)에서 교전이 있었는데, 수색대대 소대장이 사망하고 병사 한 명이 중상을 입었다는 것이다. 그러면서 7연대가 우리들에게는 가장 좋은 부대라고 하면서 그 부대로 배치될 수 있도록 도와주겠다고 했다. 그에 따르면 7연대가 우리 동기들에게 좋은 이유는 부대의 순환배치 때문이었다.

당시 전방사단에는 3개의 연대가 있었는데, 각 연대는 페바(FEBA)—철책(GOP)—페바(FEBA) 순으로 순환되었다. 여기서 페바에 있는 연대는 전방에 주둔하면서 훈련에 집중하는 부대를 말한다. 그러니까 사단의 3개 연대가 1년 간격으로 순환하면서 훈련과 철책경계 그리고 훈련의 임무를 맡는 것이었다. 전방에서 2년을 근무해야 하는 나와 같은 ROTC 장교들에게는 시기적으로 7연대가 훈련—경계—훈련의 순환이어서 좋다는 것이었다. 나는 그의 말을 들으면서 수색대대 소대장보다는 7연대 소대장을 하는 것도 나쁘지 않은 선택이라고 생각했다.

그렇게 수색대대 소대장을 하고 싶어 했는데, 소대장이 작전 중 사망하였다는 그 말 한마디에 나는 수색대대를 쉽게 포기하고 내 자신을 설득하고 있었다. "철책을 지키는 것도 중요해. 그리고 사람의 생명이 중요하지, 일단은 살고 봐야지, 7연대도 전통 있는 부대이니 의미가 있을 거야."라는 등등. 사실 6사단 7연대는 6.25 전쟁 때 압록강까지 북진한 부대였으며, 한 병사가 압록강 물을 수통에 담는 사진이 있는데, 그 사진에 찍힌 부대가 바로 그 부대였다.

사단 수색대대 소대장

그날 밤, 잠을 청하려고 하는 순간 갑자기 불이 켜지면서 누군가 내 이름을 불렀다. 불을 켜고 보니 군복엔 태극기 마크, 사자 마크 그리고 민정경찰의 표식을 붙인 분위기가 범상치 않은 장교였다. 그는 수색대대 본부 중대장이었다. 나는 그 장교의 위세에 눌려서 마치 고양이 앞에 쥐처럼 그를 따라 나와 다른 방으로 갔다. 그 방에는 다름 아닌 김종준 중령이 있는 것이 아닌가. 일주일 전 학교에서 인사드렸던 김종준 중령이 수색대대장으로 부임해 온 것이다.

김종준 중령은 6사단으로 배치된 한양대 ROTC 출신 장교를 수색대대로 데리고 가려는 생각이었다. 명단에서 내 이름을 발견하고 그는 나를 무조건 데려가기로 마음먹었다고 한다. 그는 병과를 포병에서 보병으로 바꾸는 나의 적극적인 모습과 열정을 높이 평가했다고 한다.

그는 나를 보자 수색대대로 가자고 하였으나, 나는 며칠 전 사망한 소대장을 생각하면서 7연대로 가겠다고 했다. 그러자 그는 같이 온 본부 중대장에게 술을 가져오라고 했고, 원래 술을 잘 마시지 못하는 나였지만, 대대장이 주는 술을 분위기상 거부할 수가 없었다.

김 중령은 계속해서 한양대 출신 동기들에게 술을 권했고, 그들과 나는 몇 잔씩 마셨다. 갑자기 몸이 취함을 느꼈다. 그때 김종준 중령은 다시금 나에게 수색대대에 가자고 하였고, 술에 취한 나는 그만 소대장으로 가겠다고 대답하고 말았다. 그러고는 그다음에 어떤 일이 있었는지 명확한 기억이 없다.

전역 후 37년 만에 만난 김종준 중령 (2020년 11월)

젊은이여, 몸과 마음의 허리를 곧게 펴라

다음 날 아침 나는, 어젯밤에 취기에서 수색대대에 지원한 것이 생각났다. 지원을 후회할 겨를도 없이 휴양소 앞에는 나와 한 명의 동기를 태우기 위한 수색대대 지프차가 기다리고 있었다. 동기들은 마치 죽으러 가는 사람들을 떠나보내듯 걱정을 하면서 모두 나와서 환송해 주었다.

'수색대대 소대장을 하고 싶다고 그렇게 노래하더니 결국은 수색대대로 가는구나.'

이런 생각을 하면서 나는 한 가지를 분명히 깨달았다. 그것은 내가 한 말이 씨가 되었다는 것이다. 그래서 나는 항상 말을 주의해서 해야 한다고 생각하게 되었다.

어른들은 자식들에게 말조심을 강조한다. 이미 경험을 통해서 말한 대로 이루어진다는 것을 잘 알고 있기 때문일 것이다. 말한 대로 이루어지는 것이 사실이라면, 우리는 희망을 말해야 한다. 그래야 발전이 있을 것이다. 푸념이나 냉소적인 말 그리고 신세한탄과 같은 부정적인 말은 하지 말아야 한다. 말한 대로 인생이 그렇게 풀리기 때문이다. 그래서 나는 한숨짓는 것을 싫어하고, 자식이나 학생들이 한숨을 짓는 모습을 볼 때면 예외 없이 주의를 주곤 한다.

수색대대에 도착했을 때, 연병장에서 병사들이 특공무술을 연습하는 모습을 보면서 나는 갑자기 작아짐을 느꼈다. 아마 그들의 우람한 체격을 보면서 왜소한 자신과 비교가 되었기 때문이다.

대대장께 신고를 하면서 마음을 가다듬었다. '피할 수 없으면 즐겨라!' 그렇다. 여기까지 와서 작아질 수는 없는 것이고, 작아져서도 안 된다는 생각뿐이었다.

인수인계를 하는 전임 소대장은 체육과 출신이었고, 태권도 4단의 우람한 체격의 사람이었다. 겉으로만 보아도 상대를 압도하는 그런 사람이었다. 왜소한 체격에 안경까지 쓴다는 말을 들은 그는 나를 동정 어린 눈으로 바라보면서 안쓰러워했다. 듣기로는 수색대대에 배치된 ROTC 장교 대부분은 체육과 출신이었다고 한다. 그만큼 강인한 체력을 요구하는 부대가 수색대대인 것이었다.

소대장 생활

첨병의 말을 들은 나는 눈앞이 캄캄해졌다.
우리는 지뢰밭 한가운데 서 있었던 것이다.

· · ·

첫 번째 10킬로미터 군장구보

소대장 이·취임식을 하자마자, 군장을 메고 유격훈련을 떠났다.
그 훈련에서 돌아와서는 하루를 쉬고 나서 중대 하계 훈련을 하기
위해서 다시 군장을 메고 떠났다. 훈련을 함께 하는 가운데 수색대대
부대원들이 정말 강한 체력을 가졌음을 실감했다.

신병교육대에 신병들이 들어오면(약 200명 정도), 그중에서 체육
특기자나 태권도나 유도 등의 유단자를 우선 구분하고, 그 가운데
특정 조건을 바탕으로 다시 10명 정도를 뽑아 수색대대로 배치했다.
수색대대로의 배치가 끝나야만 나머지 신병들에 대한 부대배치가

시작되었다. 그러니 체력적으로 수색대대의 병사들은 우수할 수밖에 없는 것이었다.

나도 나름 체력은 우수하다고 자부하는 사람이었다. 또 달리기도 잘하여 100미터를 12.8초에 주파할 정도였고, 고등학교 때는 반에서 가장 빠른 학생으로 꼽혔다. 또한 보병학교에서 완전 군장구보를 할 때에는 힘들어하는 동기의 군장을 받아 뛰기도 했다. 그러나 이러한 나의 체력은 소대원들에 비하면 한참 밀리는 수준이었다.

그러니 소대장과 소대원과의 체력 차이를 메꾸는 것은 나의 정신력과 약간의 전략적 억지(?)라고 할 수 있다. 예를 들면, 완전 군장 10킬로미터 구보를 할 때였다. 수색대대는 완전 군장구보가 잦은 부대로 잘 알려져 있었다. 으레 구령을 붙여가면서 소대 구보를 이끄는 소대장은 빨리 지치게 마련이었다.

그런데 5킬로미터 지점에 있는 구보 반환점을 지나면서부터 나의 체력이 급격하게 떨어졌고, 이를 파악한 소대원들은 더욱 빠른 속도로 달리기 시작했다. 그들의 목적은 소대장을 낙오시키려는 것이었다. 만일 여기서 나를 낙오시킨다면, 그들은 앞으로 소대장과 소대원 사이의 관계설정에서 유리한(?) 위치를 점할 수 있다고 판단했던 것이다. 그럴 경우 소대장의 권위는 무참하게 떨어지게 되는 것이었다.

소대장의 권위 하락은 소대원들의 질서유지에 크나큰 어려움을 겪게 될 것임을 의미하는 것이었다. 만일 그렇게 된다면 소대장으로서의 군대생활은 난항을 겪게 될 것이었다. 이런 생각에 이르게 되자, 나는 남은 모든 힘을 다해 "소대, 번호 맞추어 갓!" 하고 외쳤다. 그러고는 곧바로 소대를 정지시켰다. 그깟 것 조금 뛰었다고 해서 구령소리가 잦아들어 가면 어떻게 하겠느냐면서 그들에게 기압을 주었던 것이다. 그러는 사이에 다시 힘을 회복한 나는 소대 군장구보를 무사히 마칠 수 있었다. 그 후로는 완전 군장구보에서 한 번도 힘들어했던 기억이 없다. 그만큼 나도 많은 준비를 했기 때문이다.

종심매복 때의 일

종심매복을 할 때의 일이다. 철원과 같은 평야지대는 전차들의 이동이 수월하여 적의 주요 공격로가 되기 십상이다. 실제로 6.25 전쟁 때에도 철원평야를 관통하는 길이 주 공격로(主攻擊路)였고, 김포평야의 길은 보조 공격로(補助攻擊路)였다고 한다. 그래서 평야 지대에 장애물이 특히 많이 설치되는 것은 바로 전차들의 이동을 저지하기 위함이다.

북한군의 입장에서는 설치된 장애물을 해체하여 전차가 신속히 이동하도록 하는 것이 중요하다. 그래서 그들이 취한 행동이 바로 지하땅굴을 뚫는 것이었고, 그 지하땅굴을 통하여 군대를 후방으로 보내어 설치된 장애물을 제거하게 하려는 것이다. 이러한 이유로 인해 지금까지 발견된 지하땅굴이 철원지역과 김포지역 일대에 위치해 있는 것이다. 여기서 종심매복이란 혹시 땅굴에서 나올 수 있는 적에 대비하기 위해서 밤부터 새벽까지 매복하는 작전을 말한다.

종심매복을 하던 어느 날 새벽 2시경, 한 분대장이 내가 있는 곳으로 급히 달려왔다. 지하에서 곡괭이로 땅굴을 파는 소리가 들린다는 것이었다. 그래서 부리나케 그곳으로 가보니 정말 지하에서 텅텅하는 소리가 나는 것을 명확히 들을 수 있었다. 순간 나는 이 소리가 마치 하늘이 나에게 주는 분명한 기회라고 여겼다. 만약 땅굴을 발견하기만 한다면, 앞으로 나의 장래는 탄탄대로로 보장된 것과 마찬가지라고 생각했기 때문이다. 그래서 아침에 부대로 귀대하자마자 중대장에게 그 지역을 정밀 수색해야 한다고 보고하였다.

그러나 중대장의 반응은 '뭐, 이런 것 가지고 소란을 피우려고 하느냐?'는 식이었다. 나중에 안 사실이지만, 지하에서의 소리를 들었다고 해서 그 소리가 반드시 그 장소 밑이 아니라 멀리 떨어진 곳에서 나는 소리일 수도 있고, 지하수가 흐르는 소리일 수도 있는 것으로 여러 가지 가능성을 지니고 있다는 것이었다. 또한 명확하지 않은 정보에 많은 장비와 병력을 동원하는 것도 현실적으로는 쉬운 일이 아니라는 것이었다. 심지어 땅굴을 평야에서 찾는 것은 밭에서 바늘을 찾는 것과 마찬가지로 매우 어려운 일이라는 것이었다.

1984년 6월 중순 전역할 즈음, 인사를 하기 위해서 수색대대에 갔다가 나오는 길에 지나가는 지프차를 얻어 탔다. 지프차를 운전하는 사람은 정보사 준위였다. 나는 그에게 2년 전 종심매복 할 때의 일을 말하면서 결국 지하땅굴을 발견하지 못하고 전역을 하게 되어 많이 아쉽다고 했다.

그러자 내 말을 들은 정보사 준위는 심각하게 그곳이 어디였느냐고 물었다. 그러면서 철원평야 일대에 땅굴이 다수 있다는 첩보가 있는데, 아직 추가적인 발견을 하지 못했다는 것이었다. 그 후 전역한 후에 철원평야 일대에서 땅굴이 발견되었다는 뉴스를 접하면서, 그곳이 혹시 내가 종심매복을 하였던 곳은 아니었을까 하는 생각이 들었다.

비무장지대 알파로 수색

말로만 듣던 비무장지대에서 수색과 매복을 하는 가운데 잊지 못할 몇 가지 일화가 있다. 처음 통문을 통해 비무장지대에 들어가 수색을 할 때, 땅에 드러나는 대전차 지뢰와 대인지뢰 그리고 소위 말해 발목지뢰들을 쉽게 볼 수 있었다. 그래서 나는 병사들에게 길이 아니면 절대 가지 말라고 강조에 강조를 거듭했다. 정말 어떤 지뢰가 어디에 있을지 모르는 일이기 때문이었다.

수색로와 매복지점들은 소대장이 가지고 있는 지도에 표시되어 있었고, 작전할 구체적인 수색지역과 매복지점은 사단에서 결정하여 우리에게 통보해 주었다. 하루는 알파(A)로 수색명령을 받았다.

그런데 병사들이 통문을 지나 조금 가더니 더 이상 이동을 하지 않았다. 그래서 왜 더 나아가지 않는 것이냐고 물었더니 길이 없다는 것이다. 전에도 알파로 수색명령이 내려오면, 통문을 지나고 나서부터는 수색을 하지 않고 그냥 있다가 돌아오곤 하였다는 것이었다.

지도상에는 분명히 길이 표시되어 있었다. 나는 보병학교에서 독도법을 비교적 잘했다. 전공이 도시공학이고, 등고선이 표시된 지도를 바탕으로 지형도를 만든 경험도 여러 번 있었기 때문에 지도를 보는 데는 익숙한 터였다. 나침반을 이용하여 북한의 민경초소(우리나라의 GP) 두 곳으로부터 우리의 위치를 파악해 보니, 분명 수색로는 조금만 더 나가면 있을 것으로 확신이 되었다. 그런데 문제는 병사들이 나아가려 하지 않는다는 것이었다.

병사들은 왜 군이 없는 길을 가려는 것이냐고 불만이 가득 하였고, 나는 그러한 분위기를 고스란히 느낄 수 있었다. 길이 아닌 곳은 절대 가지 말라고 말한 사람이 누구였느냐고 반문하는 것이었다. 그것도 맞는 말이지만, 그렇다고 갈대밭에서 마냥 앉아 있는 것 역시 문제가 아닐 수 없었다. 특히 초임 소대장인 나에게는 더욱 그러했다.

나는 물러서지 않고 만약의 사태에 대비해서 여섯 명을 뒤에 남겨두고, 첨병과 무전병을 데리고 앞으로 나아갔다. 눈앞에 늪지대가 나왔는데, 첨병인 W 병장이 늪지대를 건널 생각을 하지 않고 꼼짝하지 않고 서 있는 것이었다. 그에게 서 있지 말고 계속해서

비무장지대 갈대밭을 수색하는 김홍배 소위

건너가라고 재촉했지만, 그는 더 이상 한 발자국도 나아가지 않았다.

두 달 전에 사망한 소대장이 같은 중대의 소대장이었다. 그는 비무장지대 수색 중 북한의 목함지뢰를 밟은 후 총격전으로 사망했다. 소대장이 가라고 하는데 버티는 병장을 보면서 나는 화가 치밀어 오르지 않을 수 없었다. 오기가 생긴 나는 "좋다. 너희들이 가지 않는다면, 소대장 혼자 가겠다. 너희들 모두 필요 없다."라고 말을 내뱉고는 혼자서 늪으로 첨벙첨벙 걸어 들어갔다.

한 걸음 한 걸음 나아가는 가운데 겁이 더럭 났지만 그렇다고 해서 중단할 수도 없는 노릇이었다. 속으로 "이 녀석들, 정말 안 따라오네!" 하면서 계속 앞으로 나아갔다. 만일 내가 늪에 들어갔다가 그냥 돌아 나왔다면, 아마 많은 병사들에게 우스꽝스러운 소대장이 되고 말았을 것이라는 생각이 들었다.

그때 갑자기 W 병장이 내 앞으로 나왔다. 뒤늦게나마 늪지대를 자신이 선두에서 헤쳐 나가겠다고 한 그가 무척 고마웠다. 우리는 모두 늪을 무사히 건넜고, 조금 더 나아가니 오래전에 발길이 끊긴 수색로가 눈 앞에 펼쳐지는 것이 아닌가! 정말 내 인생에서 처음으로 맛보는 크나큰 환희의 순간이었다.

우리는 남겨진 여섯 명의 병사들이 늪을 건너지 않고 올 수 있는 안전한 길을 만들었다. 마침내 우리가 알파로 수색로를 회복한 것이었다. 나는 그 길을 첨병으로 나서 주었던 W 병장의 이름을 따서 명명하였다. 그리고 소대원들에게 그 수색로의 이름을 상기시켰다. "알파로 수색은 W 길로!!"

지금 생각해 보면 정말 아찔하고 위험한 순간이었다. 그리고 내 행동은 두말할 필요도 없이 무식하고 무모하기 짝이 없는 행동이었다. 얼마나 위험천만한 행동이었는지를 이해하기 위해서는 지뢰 매설의 기준에 대해서 알 필요가 있다.

지뢰

전방에는 당시 지뢰를 매설하는 데 있어 일반적인 기준이 있었다. 그것은 일정 면적 안에, 예를 들면, (정확한 기억은 없지만) 반경 6미터의 구역에 매설해야 하는 대전차지뢰(M15지뢰)와 대인지뢰

(M16지뢰) 그리고 발목지뢰(M14지뢰)의 비율이 있다. 그 비율이 1대 6대 9라고 하면 대전차지뢰 한 개에 대인지뢰 여섯 개 그리고 발목지뢰 아홉 개를 매설해야 하는 것이다. 그리고 그 비율은 지형 특성에 따라서 각기 다르게 적용되었다.

지뢰매설의 구체적인 비율에 대한 기억은 없지만, 평야지역의 경우 매설 밀도가 높은 반면, 산악지역에는 그 비율이 낮았다. 철원은 평야지역이므로 지뢰매설의 밀도는 당연히 높았고, 그에 따라 매설되는 지뢰의 수도 많았을 것이다. 여기서 발목지뢰는 참으로 무섭고도 괴로운 지뢰이다. 왜냐하면 그 지뢰는 다른 지뢰와 달리, 무겁지가 않아서 강한 바람이나 빗물에 따라서 어디로든지 이동할 수 있는 것이었다. 따라서 매설지역을 파악하기가 어려웠다. 만일 비가 오면 빗물에 따라서 이동할 수 있으니, 빗물이 모이는 늪지대는 M14지뢰가 있을 가능성이 높은 곳이라 할 수 있었다.

M14지뢰의 이러한 점을 알았다면 비무장지대에서 늪지대를 만날 때, 우회하여 이동하는 것이 지휘자로서는 바른 조치였을 것이다. 그런데 나는 늪지대를 건너가라고 했으니 얼마나 무식하고 무모한 소대장이었던가? 무엇을 위해서 그런 위험한 행동을 했는지, 자칫 사고가 났다면 얼마나 허망한 사고였을 것이었는지에 생각이 미치면 지금도 몸서리가 쳐진다.

내가 알고 있는 한, 비무장지대는 자연환경이 잘 보존되었다고 말할 수는 없다. 왜냐하면 군 작전으로 인해서 환경이 많이 훼손되었기 때문이다. 구체적으로 말하자면, 경계의 용이성을 높이기 위해서 장애가 되는 나무는 모두 베어버렸고, 무성한 숲은 남풍이 불 때 화공으로 불태웠다.

우리는 봄철에 수색작전을 하다가 사단에서 화공 명령이 떨어지면 점화봉을 이용하여 불을 놓곤 했다. 한번 불을 놓으면 비무장지대는 불타는 모습과 지뢰 터지는 소리로 영화에서나 볼 수 있는 광경을 연출했다. 그리고 그 불은 3~4일 동안 꺼지지 않고 지속되는 것이었다.

우리가 화공작전을 하면 북한도 맞대응하는 불을 놓는다. 불로 인해 매설된 지뢰들이 폭발하게 되는데, 여기서 나를 놀라게 한 것은 바로 폭발하는 지뢰들의 위치였다. 지금까지 지뢰가 없다고 생각하고 마음 놓고 다니던 곳에서 지뢰가 터지는 것이었다. 다시 말해, 안전하다고 다녔던 길이 사실은 안전하지 않은 길이었던 것이다. 확신은 정말 금물임을 확인하는 순간이었다. 이런 것을 생각하면, 내가 무사히 군에서 전역할 수 있었던 것은 바로 하늘이 도왔기 때문이라는 생각이 절로 든다.

한번은 비무장지대에서 새벽에 큰 폭발이 있었다. 지뢰가 터진 것이었다. 아침에 사단에서 폭발 현장에 가서 원인을 파악하라는 명령이 내려왔다. 우리는 조심스럽게 폭발지점으로 예상되는 곳으로 접근해 들어갔다. 갑자기 첨병이 모두를 정지시키면서 총구로 지뢰들이 묻혀 있는 곳을 가리켰다. "여기도 있고요, 저기도 있고요…."

첨병의 말을 들은 나는 눈앞이 캄캄해졌다. 미처 인식하지 못했는데 지뢰들이 사방에 파릇파릇하게 피어 있는 것만 같았다. 우리는 지뢰밭 한가운데 서 있었던 것이다. 그때 나는 침착하게 병사들에게 동요하지 말라고 소리쳤다. 그리고는 "움직이지 말고 내 발자국만 따라 와라!"라고 외치면서 앞장을 서서 나아갔다. 20분 정도밖에 들어가지 않은 길을 탐침봉을 이용하여 안전하게 되돌아 나오는 데까지는 한 시간 이상의 시간이 소요되었다.

그 일을 생각하면, 비록 경험은 없지만 소대장이 앞장섰던 것은 매우 잘한 일이었고 사고가 없이 돌아올 수 있어 다행이었다. 만일 내가 길을 잘 모른다는 이유로 첨병에게 앞장서라고 명령하고 그의 발자국만 따라 나아갔더라면, 참으로 그 광경을 보기도 부끄러웠을 뿐만 아니라 두고두고 부끄러운 소대장으로 남았을 것이다. 지도자는 모름지기 어려움에 직면하였을 때, 침착한 행동으로 구성원들의 심리적 불안감을 해소해야 할 뿐만 아니라, 뒷짐 지고 있지 말고 솔선수범해야 한다는 것을 절감했던 순간이었다.

배달의 기수 촬영팀 방문

어느 날 '배달의 기수' 촬영팀이 6사단 수색대대에 온다는 말을 들었다. 나는 그 말을 듣고는 너무도 좋았다. 대학생 시절 군대 생활을 이해하려고 열심히 보았던 '배달의 기수' 프로그램에 내가 나오게 된다니 참으로 기대가 되었다. 그리고 나는 운 좋게 대대장 바로 옆에 앉게 되었다. 앉으면서도 '내 얼굴이 많이 나오겠네.'

라고 생각하면서 즐거워했다. 촬영은 적 상황 설명과 대대장의 작전명령을 내리는 것까지였다.

적 상황은 실제 지형을 축소하여 만든 지형도 앞에서 중대장이 긴 지시봉으로 설명하는 것이었다. 그 중대장은 호랑이 같은 분이었는데, 카메라 앞에 서니 긴장하여 약간 떠는 것 같았다. (아마 그는 약간의 카메라 울렁증이 있었던 것 같았다.) 그는 적의 상황을 설명하는 가운데 손목이 살짝 떨렸다. 하지만 지시봉이 길었기 때문에 지시봉 끝은 크게 떨려 휘청거리고 있었다.

내 눈앞에서 크게 휘청거리는 지시봉과 중대장의 모습을 보니, 웃음을 참을 수가 없었다. 그래서 살짝 미소를 지었는데, 그 순간 "컷!!" 하는 날카로운 소리가 실내에 울려 퍼졌다. 그 소리는 바로 매의 눈을 가진 촬영감독이 내지른 소리였다. 그는 곧바로 나를 지목하면서 "장교님, 적 상황을 설명하는 자리에서 웃음이 나와요?" 라고 나무라는 것이 아닌가.

살짝 미소만 지었을 뿐이었지만, 역시 감독은 예리한 눈을 가지고 있었다. 결국 나는 그 자리에서 쫓겨나 뒤통수만 나오는 그런 자리로 이동하게 되었고, 그 결과 방영된 '배달의 기수'에서 나의 존재는 찾아볼 수 없었다. 지금도 생각하면 왜 그 광경이 그렇게 우스웠는지 모르겠다. 어떠한 상황에서든지 그에 맞게 행동하는 것은 정말로 중요하다는 사실을 깨달은 순간이었다.

소대장 먼저

사람의 닫힌 마음을 열고 함께할 수 있기 위해서는
무엇보다 유연한 사고와 인간적인 면이 있어야 한다.

• • •

W 병장

나는 원래 정이 많고 마음이 약한 사람이다. 앞에서 말한 W
병장과 그동안 정이 참 많이 들었다. 그가 제대하기 3개월 전쯤으로
기억이 된다. 당시 수색대대는 약 두 달 간격으로 비무장지대 작전을
위해서 GOP 연대로 배속되었다.

배속되면 소대 단위로 수색과 매복 작전에 투입되었고, 그 외의
모든 일과는 전적으로 소대장의 소관으로 진행되었다. 따라서 소대
장의 역할은 절대적일 수밖에 없었다. 나는 배속되기 전에 소대원들
의 정신무장이 필요하다고 생각했다. 그래서 정신교육을 시키던

중에 W 병장의 부적절한 언행을 문제 삼아 그에게 강한 기압을 주었었다.

W 병장은 소대가 질서 있게 움직이는 데 있어서 중요한 역할을 하는 병사였으며, 사실 나는 마음으로 그를 매우 아끼고 있었다. 그러나 전체 분위기를 해치는 언행은 분명 제재를 받아야 마땅하다고 생각했기 때문에 나는 그에게 강한 기압을 주었던 것이다.

어느 날 일석점호를 하는데, 한 병장의 태도가 불량했다. 나는 지시에 민첩하게 따르지 않는 그가 문제가 있다고 판단하고는 병장들을 모두 밖으로 내보냈다. 그리고 전령에게 몽둥이를 가져오라고 했다. 그의 행동을 트집 잡아 병장 모두에게 기압을 주려고 했던 것이다.

그들에게 기압을 주려는 순간 갑자기 나의 무능함이 더 문제라는 생각이 뇌리를 스쳤다. 모든 소대의 문제는 전적으로 소대장의 무능에 기인한 것이라는 생각에 이르자, 나는 전령에게 몽둥이를 주면서 나를 먼저 치라고 했다. 소대장이 먼저 맞겠다고 한 것이었다.

소대장 시절의 김홍배 중위

그때 전령은 "저는 못합니다!" 하면서 도망을 가버리고 말았다. 그때 W 병장은 닭똥 같은 눈물을 흘리며 이렇게 말했다. "어떻게 저희가 소대장님을 이렇게 할 수 있겠습니까? 저희가 앞으로 더 잘하겠습니다." 이토록 순종적인 소대원들을 감정적으로 대하려고 했던 나의 소심함, 무능함 그리고 포용력 없음을 마음속으로 자책하지 않을 수 없었다. 그리고 그와 동시에 W 병장의 말에 가슴이 미어졌고 아팠다.

그런 그들을 막사로 들여보내고 점호를 마쳤다. 그리고 좁은 소대장실에 들어가 문제를 일으킨 병장의 신상명세서를 보니 그날이 바로 그 병장의 생일이었다. 아무도 알아주지 않은 생일날 저녁에 소대장의 기압을 받다 보니 순간 반항적인 행동이 나왔던 것 같았다. 그런 그가 십분 이해가 되었던 나는 작전이 없는 날을 택하여 동송읍에 나가서 제과점에서 가장 큰 케이크 두 개와 샴페인 몇 병을 사들고 돌아왔다. 그리고 그 뒤로 한 달에 한 번은 그달에 생일을 맞이하는 병사들을 모아놓고 생일 파티를 열어주었다.

W 병장의 제대 전날이었다. 나는 그와 소대 막사 앞에서 함께 지냈던 것에 대해서 이야기를 나누었다. 그때 W 병장은 연대로 배속되기 전에 크게 기압을 받은 것을 말하면서, 그때 자신의 말을 소대장인 내가 오해했던 것이었다고 했다. 따지듯이 말하는 것이 아니라 소대장의 오해를 풀어주기 위해서 한 말이었다.

그러나 나는 그 말을 듣고 눈물이 왈칵 쏟아질 것만 같았다. 눈물을 감추기 위해서 아무런 말 없이 일어나서 소대장실로 들어갔다. (아마 W 병장은 자신의 말에 소대장이 불쾌해서 대화를 중단하고 소대장실로 들어갔다고 생각했을지도 모른다.) 소대장실에서 자신의 감정에만 충실하여 혼만 내려는 소대장이 얼마나 한심했을까, 그리고 그러한 마음을 참으면서까지 소대장을 따르려고 했던 W 병장을 생각하니 스스로 자책을 하지 않을 수 없었다.

나는 W 병장이 전역신고를 하고 떠나는 모습을 보면서 너무도 슬펐다. 그에 대한 미안함과 신뢰감 그리고 그의 수고에 대한 고마움 등 여러 마음이 혼재되어 있었다. 또한 늪지대에서의 행동이나 병장들을 혼내려고 했을 때, 안타까운 마음으로 눈물을 흘리는 모습 등 여러 장면이 주마등처럼 떠올랐다. 그를 보내고 나서 소대장실에 들어간 나는 한참 동안 울었다.

삼국지에서 유비가 서서를 보내면서 앞의 숲의 나무를 모두 베라고 한 것이 기억났다. 나무를 베라고 한 이유를 물어보니 떠나는 서서의 모습이 보이지 않기 때문이라고 했던 유비의 심정을 알 수 있을 것만 같았다. 그 후에도 정들었던 소대원들을 보내면서 아쉬운 마음에 눈물도 많이 흘렸고, 그 눈물 자국을 감추고자 태양을 똑바로 보면서 눈물을 말리기도 했다.

야간행군과 첨병소대

수색대대 소대장을 하면서 가장 부끄러운 순간이 있었다. 그것은 바로 양평에서 지상 공수훈련을 받고 150킬로미터를 행군으로 돌아올 때의 일이다. 훈련을 토요일 오전에 수료하고, 그날 오후에 출발하여 월요일 아침에 대대에 복귀하는 행군 일정이었다. 나는 군장을 메고 150킬로미터를 행군하는 것이 처음이었다.

행군 중 일요일 저녁에 첨병 소대의 임무를 맡아 대대의 행군을 선도하였다. 월요일 새벽에 앞에 있는 첨병 분대에서 무전이 왔는데, 두 갈래 길 중 어느 길로 가야 하느냐는 것이었다. 당시 나는 엉뚱한 지시를 내렸다. 선임하사는 말하기를 지난해엔 좌측 길로 갔다고 했다. 그래서 아무런 생각 없이 좌측 길로 가라고 했다.

그리고 한 시간 가량 행군을 하고 있었는데, 갑자기 대대 작전 지프차가 우리 소대를 급하게 가로막았다. 그러면서 흥분한 대대장이 도대체 어느 소대장이 지도를 보지도 않고 가는 것이냐고 다그치면서 나에게 격하게 혼을 내는 것이었다. 길을 잘못 간 것이었다. 나는 너무 부끄러워서 어쩔 줄을 몰랐다. 떠나기 전에 행군경로는 작년과 거의 동일하다는 대대 본부의 말을 듣고는 진로에 대해서는 신경을 쓰지 않은 것이 나의 크나큰 불찰이었다.

나는 소대를 되돌려 지나온 갈림길로 달려갔다. 어디서 힘이 났는지 우리는 100미터 달리기 하듯 뛰어갔다. 뛰어가다 보니 박격포나 기관총을 짊어진 병사들이 불평과 원망의 눈으로 우리를 쳐다보고 있는 것 같았다. 그렇게 달리다 보니 지쳤던 것은 어느새 다 사라졌으나, 나의 불찰에 대한 부끄러움과 미안함 때문에 나는 병사들에게 힘들다는 말 한마디도 하지 못했다. 정신을 차리고 지도를 확인하면서 우리는 첨병 소대로서의 임무를 무사히 마치고는 대대에 도착했다. 그러나 그 창피함은 오랜 시간 동안 사라지지 않았다.

지도에 표시되어 있음에도 불구하고 확인하지 않고 남의 말만 듣고 결정을 했던 나의 안일함이 한심하게 느껴졌다. 지휘자는 마지막까지 직접 확인해야 하며, 부하들이 쉴 때도 다음을 준비해야만 한다. 지휘자의 안일함은 결국 전체에게 불행한 사태를 초래할 수 있음을 깨닫는 순간이었다. 나는 그 후부터는 모든 일을 직접 확인할 뿐만 아니라, 행군을 할 때는 먼저 지도를 보는 것이 습관이 되었다.

사격대회 우승

한번은 대대에서 사격대회를 한다는 공지를 받았는데, 내 귀를 솔깃하게 한 것은 우승한 소대에게 소대장을 포함하여 소대 전원에게 포상으로 4박 5일간의 휴가를 준다는 것이었다. 나는 어떻게 하든지 우승을 하여 휴가를 가고 싶었다. 당연히 가족이 그리웠고 친구들도 보고 싶었다. 나는 군대에서 사격을 곧잘 하였는데, 20발을 사격하면 평균 18발에서 19발 정도는 명중하는 수준이었다.

사격을 잘 하는 데는 사실 나만의 숨은 기술이 있었다. 그것은 기본적으로 총과 몸이 일체가 되게 하는 것이었는데, 사격 후 조준기에서 눈을 떼지 않고 표적을 보는 것이다. 그래서 나는 소대원들에게 이상한(?) 지시를 내렸다. 그것은 총과 함께 잠을 자게 하는 것이었다.

내무반에 들어서면 벽의 총걸이에 소대원들의 총이 가지런히 걸려 있다. 그래서 나는 소대원들에게 총이 정말 몸의 일부분이라고 생각한다면, 사격대회까지 같이 잠을 자라고 하였다. 춥다고 혼자 모포를 덮지 말고, 총도 몸의 일부이니 함께 모포를 덮고 자라고 했던 것이다.

잠자리도 좁은데 거기에 총을 끼고 자는 것은 매우 불편한 일이었다. 특히 유탄발사기가 장착된 유탄사수의 경우는 더욱 그러했을 것이다. 그냥 총 없이 자게 해달라는 요청을 나는 단호하게 거부하고 총과 함께 자라고 명령했다.

나는 이러한 명령을 통해 심리적으로 총이 몸과 일체를 이룰 것이라고 기대했던 것이다. 이는 마치 독서광이었던 나폴레옹이 전장에서도 잠을 잘 때 독서를 위해서 책을 베개로 삼았다는 것과 다르지 않은 이야기일 것이다.

사격대회 전날 소대원들에게 휴가 계획서를 작성하여 밤에 발표하는 시간을 가졌다. 이는 소대원들에게 설정된 목표가 이루어졌음을 마음에 새기게 하여, 그것이 힘의 원동력이 되길 바라는 마음에서였다. 결국 우리 소대는 88.2퍼센트의 명중률로 우승을 차지하여 휴가를 다녀오게 되었다.

마장동 시외버스 터미널에서 내려 수색대대가와 중대가 그리고 소대가를 힘차게 불렀을 때, 지나가는 행인들이 열렬한 박수로 격려를 해주었다. 나는 상상이 목표 성취의 원동력이 됨을 진정 알게 되었다. 지도자는 목표를 세우고 성취의 상상을 구성원들이 하게 함으로써 실질적으로 목표를 달성하게 해야 한다. 그리고 이렇게 했던 상상이 결코 허황한 것이 아니었음을 몸소 경험한 것이었다.

생각의 유연성: '너무 맑은 물에는 고기가 없다.'

소대에 R 병장이 있었는데, 그는 시를 잘 짓고, 글도 잘 쓰는 능력이 있었다. 그래서 나는 그에게 특전사가의 멜로디에 가사를 새롭게 붙여 소대 용진가를 만들어 보라고 했던 적이 있다. 나는 아직도 그가 작사한 소대 용진가를 거의 외우고 있다. 그는 체구가 컸으나, 성격이 조용했고, 나름의 리더십도 있어서 소대원들이 잘 따랐던 병장으로 기억한다. 그는 1983년 4월 중순에 제대할 예정이었다.

1983년 4월 5일은 화요일이었고, 그날 전방에는 눈이 왔다. 4월 5일은 식목일로, 당시에는 공휴일이어서 선임하사가 외박을 나간다고 했다. 전방에서는 3인조 행동이 기본이었기 때문에 선임하사가 북한에서 보이는 선전마을에 가서 버스를 타기 위해서는 소대원 세 명이 동행해야만 했다. (당시 동송읍과 선전마을 사이를 하루에 두 번 운행하는 버스가 있었다.) 그래야 돌아올 때 최소 3인이 되기 때문이다.

소대장에게 세 명이 외출 신고를 하는데, 그중에 R 병장이 있었다. 그를 본 나는 어쩌면 선임하사가 제대를 앞둔 R 병장에게 버스를 기다리는 동안에 술 한 잔을 하자고 권할 수도 있다는 예감이 스쳤다. 그래서 R 병장을 따로 불러서 "일주일 후면 제대를 하게 되고 그러면 R 병장은 하고 싶은 것을 다 할 수 있다. 그러니 여기 있는 소대원을 위해서 행동을 자제해야 한다."라고 주의를 주었다. 그러자 그는 잘 알겠다고 하면서 분대장과 선임하사와 함께 선전마을로 내려갔다.

약 3시간 정도가 흐른 후 복귀 신고를 하는데, 같이 간 두 사람은 이상이 없었는데, R 병장에게서 술 냄새가 나는 것이었다. 나는 그에게 소대장이 그토록 부탁을 했는데, 이게 어찌된 것이냐고 다그쳤다. 그러자 그는 선임하사가 한 잔만 마시라고 해서 어쩔 수 없었다는 것이다. 이미 예감했듯이 그럴 수 있다고 생각하고는 즉시 양치질을 하라고 했다.

그리고 오후 2시 정도에 중대장에게 유선 보고를 하는데, 내무반에 있는 소대원들을 보니 숫자가 조금 적어 보였다. 나는 직감적으로 문제가 있음을 느꼈다. 유선 보고를 마치고, 소대 취사를 하는 곳에 가 보니 R 병장을 포함하여 6명의 소대원들이 둘러앉아 있었고, 그 가운데 수통이 3개가 놓여 있는 것이었다. 수통에는 물론 소주가 가득 들어 있었다.

나는 R 병장에게 너무 화가 났다. 그는 분명 나를 기만한 것이었다. 그래서 수통을 압수하고 그들을 소대 앞에 집합시키고는 강한 기압을 주었다. 그러면서 나는 수통에 있는 소주 모두를 땅에 쏟아부어 버렸다. 아직까지도 눈 덮인 땅에 술을 버리던 장면이 생생하게 기억난다.

소대원들은 제대가 일주일 남은 소대원에게 기압을 주는 것을 마땅치 않게 생각했을 것이다. 그러나 나는 소대장으로서 해야만 하는 불가피한 조치였고, 거기서 R 병장을 예외로 두고 싶지는 않았다. 만일 제대가 얼마 남지 않았다는 이유로 그를 예외로 했다면, 앞으로 그러한 일들은 반복적으로 발생할 수밖에 없을 것이라고 생각했기 때문이다.

또한 나는 그를 불러 당부도 했었는데, 그러한 당부에도 불구하고 술을 마시고 돌아온 그에게 문제를 삼지 않고 양치질을 하라고까지 하면서 나름 아량을 베풀었던 것이다. 그러나 그는 한술 더 떠서, 자신과 가까웠던 소대원들과 대낮에 술판을 벌이려고 했던 것이다. 나는 그들을 크게 질책하고 기압을 준 후에 R 병장에게만 반성문을 쓰라고 했다. 그날 저녁 그는 반성문을 작성하여 나에게 제출했다.

반성문의 구체적인 내용은 생각나지 않지만, 아직까지도 명확하게 기억나는 구절이 있는데, 이런 말로 마무리했던 부분이다. "옛말에 물이 너무 맑으면 사는 고기가 없고, 사람이 너무 살피면 따르는 자가 없다고 했는데, 제가 제대를 하면서 걱정하는 것은 바로 이 점입니다." 그 일은 거의 40년 전에 있었지만, 나는 아직도 이 문장을 기억하고 있다. 그만큼 내게는 충격적인 글이었기 때문이다.

만일 타임머신을 타고 그때로 돌아간다면, 소대장으로서 '동일하게 행동했을 것인가?' 하고 스스로 물어볼 때가 있다. 아마 R 병장과 그와 함께한 병사들에게 동일한 질책과 기압을 주었겠지만, 수통에 있었던 소주는 버리지 않았을 것이다. 잘못을 저지른 병사들이 그들의 잘못에 대해 응당한 기압을 받게 했으니 지휘관의 조치는 당연히 적절한 것이었다. 그러나 다음 조치가 더욱 중요한 것이다.

그것은 소대장으로서 침체된 전체 소대원들의 마음에 활력을 주는 것이었다. 그때 나는 그 소주를 버리지 말고, 소대 분위기 전환에 사용했더라면 더 좋았을 것이라는 생각이 든다. 그래서 그때의 일을 돌아보면 많은 아쉬움이 남는다. 그 일로부터 내가 깨달은 것이 있는데, 그것은 리더가 생각하는 사고의 유연성이다. 즉, 규정과 룰도 중요하지만, 엄정한 것만 강조할 것이 아니라 리더의 인간적인 면도 보여주는 것이 중요하다.

R 병장의 말처럼 사람이 너무 룰만을 고집한다면, 다른 사람의 마음을 붙잡지 못할 수도 있다. 사람의 닫힌 마음을 열고 함께할 수 있기 위해서는 무엇보다 유연한 사고와 인간적인 면이 있어야 한다. 여기서 룰이 중요하지 않다는 말이 결코 아니다. 때로는 분위기에 맞는 유연한 조치를 취할 때도 있어야 한다는 것을 말하고

자 하는 것이다.

장기지원 신청

1983년 5월 어느 일요일에 나는 장기지원을 말씀드리려고 대대
장 관사로 갔다. 그리고 대대장께 진로와 장기 복무지원 계획을
말씀드렸다. 나는 분명히 허락할 것이라 확신했는데, 대대장은 의외
의 말을 하는 것이었다. 그의 말이 나에게는 청천벽력과도 같은
것이었다. "김홍배 중위는 사회에 나가야 할 사람이야."라고 단정하
면서 나의 장기지원을 만류하였다. 그의 만류는 내게는 너무도
놀라운 일이었다.

대대장은 그 후 7월에 나를 사단 신병교육대 교관으로 보냈다.
대대장은 사단장에게 김홍배 중위가 청성부대(6사단) 신병을 강군
으로 육성하는 데 최고의 장교임을 강조하여서 인사이동이 가능했다
고 설명해 주었다. 그리고 간부식당에서 환송회를 열어주었다. 소대
원과의 작별인사를 할 때, 지나간 일들이 새록새록 생각이 나서
아쉬운 작별의 눈물을 많이 흘렸던 것으로 기억한다.

전역한 지 37년 만인 2020년 11월 어느 날에 김종준 대대장을
만났다. 내 인생에 있어서 잊을 수 없는 사람 중의 한 분이다.
육군사관학교동문회를 통해 그와 통화할 수 있었다. 그는 오래전
대령으로 전역하였지만, 그래도 예전의 기품은 남아 있었고, 멋있는

노신사가 되어 있었다.

우리는 많은 대화를 나누었다. 그에게 꼭 물어보고 싶었던 질문이 있었는데, 왜 나의 장기지원을 허락하지 않았느냐는 것이었다. 내 질문에 그는 "내가 그랬었나?" 하고 반문하였다. 그러한 일이 있었던 것을 전혀 기억하지 못하는 것 같았다.

나에겐 평생을 결정하는 중요한 순간이었지만, 그에게는 단지 대대의 많은 장교 중 한 소대장과의 일상적인 면담으로 생각하고 있었던 것 같았다. 나는 순간 놀랐으나, 그것은 당연한 일이었을 것이라고 생각했다. 중대장 시절과 대대장 시절 그리고 연대장 시절에 그에게는 많은 부하장교가 있었을 테니까 말이다.

나에겐 오직 한 명의 대대장이었지만 그에겐 김홍배 중위가 많은 부하장교 중의 한 명이었을 것이기 때문에 기억의 비대칭은 당연한 것이라 생각했다. 그러면서 나도 학생들과 상담을 할 때는 주의해서 그리고 학생의 입장에서 진지하게 해야겠다고 마음먹었다.

신병교육대 교관시절

친척관계도 아니고 그렇다고 친구라고 하기에도 적절치 않았다.
그런데 적절한 용어가 문득 생각났다. 그것은 바로 '전우'였다.

• • •

신병교육대

사단 신병교육대 교관생활이 시작되었다. 그곳은 나에게 따분한
곳이었다. 사실 몸은 편했지만, 지난 13개월간의 수색대대 생활에
익숙해진 나에게 교관생활은 맞지 않았다. 몸이 근질근질 하다는
것이 적절한 표현이었다. 그러나 장기지원을 포기하지 않은 나는
신병교육대에서 더 이상 생활을 할 수 없다고 판단하고 사단 보임장
교를 찾아가기로 마음먹었다.

사단 보임장교에게 사정을 설명하고는 당시 창설된 군단 특공연
대로 보내달라고 요청했다. 그는 모두가 하고 싶어 하는 교관을

왜 그만두려고 하느냐, 그리고 훈련이 많고 힘든 특공연대로 가려는 이유가 뭐냐 라는 등 여러 질문을 했다. 그는 나를 참 특이한 사람이라고 생각했던 것이다.

사단 보임장교는 나의 장기지원 계획을 듣고 군단 특공연대로 보내주겠다고 했다. 그러나 기다리던 인사 명령은 내려오지 않았고, 나는 다음 해에 전역을 하게 되었다. 왜 보임장교가 약속을 지키지 않았는지 나는 아직도 그 이유를 모른다.

신병교육대에서 내가 맡은 과목은 사격과 유격, 매복과 경계 등으로 기억한다. 신병이 들어오면 이러한 과목들을 교육하고, 신병이 들어오기 전까지는 자유로운 시간이 많이 주어졌다. 신병교육대에서는 교관에게 부하가 있는 것도 아니고, 그렇다고 군기가 센 것도 아니었다. 그래서 신병교육대 분위기는 나에게는 실로 재미없는 환경이었다.

일반적으로 자신이 속한 조직이나 공동체의 분위기는 자신의 발전에 정말로 중요하다. 왜냐하면 생각이나 행동에 많은 영향을 주기 때문이다. 그래서 지도자는 좋은 분위기를 조성해야만 하는 것이다. 나에게 맞지 않은 교육대 분위기 속에서 나는 차츰 사회에 눈을 돌리기 시작했고, 대학생 때에도 읽지 않았던 영어소설 책을 읽기 시작했다.

나는 교육대 장교들과 그렇게 가깝게 지내지 않았던 것 같다. 지금 기억에도 특별하게 생각나는 장교들이 거의 없기 때문이다.

그러나 한 분의 행정관은 뚜렷하게 기억하며, 아직까지도 만나고 있는 분이 있는데, 바로 이상선 준위였다.

이상선 행정관의 첫인상은 군인 같지 않았고, 마음씨 좋은 이웃 아저씨 같은 분이었다. 당시 그는 66mm 로켓포 시험 발사를 하다가 가스가 눈에 들어가는 바람에 우측 눈이 실명 위기에 있었다. 그래서 그는 사무실에서 항상 성경을 읽고 있었다. 하나님께 의지하고픈 것이었다.

이상선 준위

나는 하나님께 의지하려는 이상선 준위의 절실한 마음을 이해할 수 있었고, 자연히 그와 가까워졌다. 그는 점잖은 분이었고, 가정에 충실한 분이었다. 그와 대화를 하면 할수록 그런 것을 느낄 수 있었다. 그리고 신병교육대에 대한 시스템과 교육대장에 대해 내가 불만을 말하면, 그는 항상 좋은 말로 나를 많이 위로해 주었다.

한번은 교육대 매점(PX)에서 준위들과 상사들이 모여 지휘관에 대해 불평하는 것을 보았다. 소위 말해, 뒷담화를 하는 것이었다. 나도 교육대장(중령)에 대해서는 불만이 있었지만, 공개된 장소에서 그것도 사병들도 있는 곳에서 집단으로 불만을 토로하는 것은 부적절하다고 생각했다.

그래서 나는 그들 앞에 가서 공개된 장소에서 없는 사람에 대해서 그런 식으로 말하는 것은 안 될 일이라고 주의를 주었다. 그러자 그들은 "왕이라도 없는 곳에서는 욕을 할 수 있는 것 아니냐? 당신이 뭐길래 우리들의 대화에 간섭이냐?" 하고 대드는 것이었다. 분위기가 자못 험악해졌다. 나도 참지는 않았다. 아니 참을 수 없는 상황이었다. 일촉즉발의 위기에서 같이 온 이상선 준위가 사태를 진정시키며 나를 밖으로 나가게 했다.

그때의 상황이 누군가에 의해서 교육대장의 귀에 들어가게 되었고, 그 일로 인해 몇 명의 간부들이 징계를 받았다. 그와 동시에 나는 그들의 적이 되었고, 준위들과 상사들이 뒤에서 나에 대해서 많은 험담을 하게 되었다. 그때 이상선 준위는 적극적으로 나를 변호하는 바람에 그마저도 그들로부터 오해를 받기도 했다. 어찌하였든, 11개월의 신병교육대 교관생활 동안에 기억할 만한 사람은 이상선 준위 외에는 없었다.

나는 전역 후에도 이상선 준위와 지속적인 서신교환과 만남을 가졌다. 그가 서울에 올 때면, 으레 서울역 앞에 있는 대우센터(지금의 서울스퀘어)로 왔고, 우리는 지나간 군 생활 이야기를 하면서 즐거운 시간을 가지곤 했다. 나는 그를 극진하게 대접했고, 그도 나를 깍듯하게 대했다.

아내는 나와 이상선 준위와의 관계를 이해하지 못했다. 나이 차이도 많은데 어떻게 이런 관계가 가능한지 이해가 안 된다는 것이었다. 그것은 군 경험이 없는 사람들에게는 말해도 이해하기가 어려울 것이라 생각한다.

그는 내가 유학을 떠날 때, 공항에 나와서 교회 부흥회의 설교 테이프들을 주며, 힘들 때 들어보라고 할 정도였다. 내가 ㈜대우에 근무할 때도, 그리고 교수가 된 후에도 나는 이상선 준위를 지속적으로 만났다. 내가 교수가 되었을 때, 그는 군에서 정년이 몇 년 남지 않았었다. 나는 그를 위해서 취업 자리를 알아보기 시작했고, 그에게는 말하지 않은 채 깜짝 취업알선을 하고 싶었다.

이상선 준위를 위한 프로젝트

이상선 준위의 취업을 위해서 여러 곳을 알아보고 있었다. 우선 내가 내세운 조건은 넥타이를 매고 사무실에서 내근하는 조건이었다. 나는 그가 군 생활 대부분을 야전군에서 보냈기 때문에 사무실에서 일해야만 한다고 생각했다. 그러나 나이 50대 후반인 전역군인에게 그러한 조건의 자리를 제공할 회사를 찾는 것은 무척이나 어려운 일이었다.

그런데 1995년 가을일 것이라고 기억된다. 어느 한 물류회사에서 연락이 왔다. (물론 나의 인적 네트워크를 통해서 알아본 회사였다.) 그 회사는 서울 시내의 구(區)마다 지점을 가지고 있었는데, 이상선 준위를 지점장으로 채용하겠다는 것이었다. 나는 기쁜 마음으로 그에게 전화를 걸어 이력서를 가지고 그 회사를 찾아가 보라고 하였다.

이상선 준위는 성실하고 정직한 분이었다. 그리고 취업을 부탁할 때도 이러한 면을 집중적으로 부각시켰다. 지점장 자리는 부지런하고 책임감이 강한 그에게 매우 적절한 자리라고 생각했고, 지점장이 된 그의 모습을 상상하며 즐거워했다.

그런데 회사 담당자가 나에게 연락을 해왔다. 면접을 했는데 이상선 준위가 오지 않겠다고 했다는 것이다. 그 이유를 들어보니 일요일에 근무를 해야 한다는 조건 때문이었다. 당시 그 회사는 2주에 한번은 일요일에 근무해야 하는 회사였다.

이상선 준위는 독실한 기독교 신자이고 장로이다. 그와 만나 식사할 때면 그는 나를 위해서 항상 기도를 한다. 그의 기도를 들을 때면, 그의 간절함에 감동과 함께 은혜가 밀려왔다. 이러한 그의 믿음을 알고 있던 나는 조건을 수정하여 그 물류회사에 다시 제안을 했다. 그것은 국경일이나 공휴일을 일요일과 바꾸자는 것이었다.

국경일이나 공휴일은 무조건 이 준위가 근무를 하고, 그 대신에 일요일에는 그를 근무에서 제외하는 조건이었다. 그 임원은 이 준위가 좋다고 하면, 받아들겠다고 하였다. 그래서 나는 새로운 조건을 그에게 말하였더니 그래도 싫다고 하는 것이었다. 그러한 조건이라도 일요일에 근무할 수밖에 없는 상황이 있게 되고, 그런 상황에서는 자연히 주일 성수가 어렵게 된다는 것이 그의 생각이었다.

나는 그렇게 말하는 그를 이해할 수 있었다. 군인 신분이라 주일을 지킬 수 없는 때가 많았을 것이다. 그는 일요일에 근무를 할 때마다 하나님께 약속을 하였다고 한다. 전역하면 그때는 꼭 주일 성수를 하겠다고. 그런데 내가 알아본 회사에서 일하게 되면 가장 먼저 하나님과의 약속을 온전하게 지키지 못하게 된다는 것이었다. 나는 고지식한 그에 대해 답답한 마음을 가졌지만, 하나님은 분명 그의 마음을 아시고 기뻐하셨을 것이라 믿어 의심치 않았다.

관계: 전우

이상선 준위를 생각하면 떠오르는 일화가 또 하나 있다. 2010년 봄의 어느 날로 기억한다. 나에게 부탁이 있어 연구실로 오겠다는 것이었다. 그래서 어떤 일이냐고 물었더니 보훈처에 제출할 문서에 보증인 서명을 해달라는 것이었다. 앞에서 언급하였듯이 그는 로켓포 시험발사 중의 사고로 우측 눈의 시력이 많이 약해져 있었다.

그리고 전역 후에는 우측 눈의 시력이 거의 상실된 수준이었다. 보훈병원에서 치료를 받을 때, 그의 시력 저하가 훈련 때 발생한 것임을 증명하면, 진료비 전액이 무료가 된다는 것이었다. 그런데 그러한 사정을 뒷받침할 만한 증거자료가 없어 받아들여지지 않았다. 그래서 그는 그에 대한 증인을 부탁하기 위해서 나를 찾아온 것이었다. 내가 할 일은 그가 준비한 서류에 사실을 보증하는 증인으로 서명만 하면 되는 것이었다. 그가 준비한 서류에 이름, 직장과 주소 및 연락처를 기재하였다. 그리고 관계 칸에 무엇을 적을 것인지 잠시 머뭇거렸다.

친척관계도 아니고 그렇다고 친구라고 하기에도 어색하고 적절치 않았다. 그런데 적절한 용어가 문득 생각났다. 그것은 바로 '전우'였다. 그렇다! 이상선 준위와 나의 관계는 전우의 관계인 것이다. 나는 그 단어를 쓰면서 너무도 기뻤다. 그리고 이상선 준위의 모든 일들이 잘되기를 마음속 깊이 기원하였다.

같은 학교에 있는 ROTC 출신의 김태식 교수가 이상선 준위의 이야기를 듣더니 만날 때, 함께 만났으면 했다. 오랜 시간이 흘렀음에도 불구하고 군에서 함께한 사람과 만남을 지속하는 경우를 자기는 보지 못했기 때문이라는 것이다. 나는 흔쾌히 좋다고 말했다.

전우들과의 만남(2021년 8월) 왼쪽부터 김태식 교수, 필자, 염중선 원사, 이상선 행정관

그리고 나는 김태식 교수를 이상선 준위와 함께 식사하는 데 두세 번 초대했다. 함께한 김 교수는 감동적이라고 했다. 오랜 만남을 지속할 수 있는 이상선 준위가 있다는 것이 나에게는 큰 행운이라고 생각한다. 그리고 그를 만나면 나는 예전의 순수한 시절로 돌아가는 것 같고, 상식적인 사람이 되는 것 같아서 좋다.

군 복무를 통해 얻은 재산

가족을 생각하는 사람은 정신적으로 성숙한 사람이다.
더 나아가 공동체를 생각하는 사람은 사회적으로도 성숙한 사람이다.

• • •

서울로 향하는 버스

1984년 6월 30일 나는 28개월의 군 복무를 마치고 전역했다. 사단에서 전역하는 장교들을 위해서 버스 몇 대를 마련해 주었다. 버스 안에서 동기들은 노래를 부르며 무사 전역을 서로 축하하며 기뻐했다. 그러나 나는 하나도 기쁘지 않았다. 오히려 2년 전 철원으로 가면서 장군의 꿈에 부풀었었는데, 전역하고 서울로 가는 내 모습에 서글픔을 느꼈다.

서울로 향하면서 나는 군 복무를 하면서 있었던 일들을 되돌이켜 보았다. 많은 일들이 주마등처럼 스쳐 지나갔고, 나도 모르게 눈물이

핑 돌았다. 이런 내 모습을 본 옆에 앉은 동기(그는 경희대를 졸업한 포병장교였던 것으로 기억한다.)가 내 어깨를 툭 치면서 말했다. "김홍배 중위, 네가 우리 사단에서 가장 멋있게 군 생활하고 가는 것이야!" 나는 그의 말에 큰 위로를 받았다.

어찌했든지 군 복무를 무사히 마치고, 두려움과 기대를 동시에 가슴에 안고 사회로 나가게 된 것이었다. 생각해 보면 위험하고 괴로운 순간도 있었고, 기쁘고 보람찬 순간도 있었다. 그러나 전체적으로 너무나도 많은 귀한 재산을 얻었음에 감사한 마음이 들었다.

비록 짧은 기간이었지만, 군에서의 경험이 내게 미친 영향은 실로 지대한 것이었다. 여기서 소개한 내용들은 사실 군 복무 기간 중에 있었던 부분적인 것이었고, 세부적인 것까지 이야기한다면 그것은 책 한 권으로 써도 모자랄 것이다. 내가 군에서 얻은 자산은 한마디로 몸과 마음의 자세였다고 말할 수 있다. 그리고 그러한 자세는 지금까지도 나의 기본자세가 되었다.

몸의 자세: 곧고 바른 자세

내가 군 복무를 하면서 얻은 재산 중에서 살아가면서 가장 유용했던 것이 바로 체력이었다. 특히 수색대대는 훈련이 잦은 부대이고, 완전 군장 10킬로미터 구보도 50분에 주파해야 하는 부대였다. 내가 외박을 얻어 서울에 오면 식구들은 천천히 걸으라고 재촉하곤 했다. 왜냐하면 나와 걸음속도를 맞추려면 자신들은 뛰어야 했기 때문이다. 군에서 길러진 체력은 전역 후부터 지금에 이르기까지 생활하는 데 힘의 원동력이 되었다.

그리고 몸으로 겪은 훈련을 몸이 기억한다는 사실을 아는 것도 중요하다. 2017년 여름에 두바이를 갔었다. 강렬한 태양으로 인해 눈이 많이 부셨고, 나는 눈을 보호하고자 안경을 선글라스로 바꿔 꼈다. 그런데 바로 그때 문제가 발생했다. 그것은 바꿔 낀 선글라스가 다초점 안경이 아니었기 때문에, 쓰는 순간 갑자기 거리감이 없어지게 된 것이었다. (사실 다초점 안경을 처음 쓸 때도 동일한 현상이 있어 특히 계단에서 넘어질 뻔한 위험도 여러 번 있었다.)

두바이에서 어느 한 건물을 방문했는데, 그 건물의 1층 바닥과 건물에 접한 외부 마당 사이에는 약간의 높이 차이가 있었다. 그리고 외부 마당에는 돌과 작은 바위가 널려 있었다. 나는 건물을 둘러보다가 거리감이 없어지는 바람에 그만 외부 마당과 접한 부분에서 갑자기 중심을 잃고 바닥으로 떨어졌던 것이다.

그런데 그때 놀라운 일을 경험하게 되었다. 쓰러져 밑으로 떨어지는 순간 지상 공수훈련을 받았을 때 배웠던 낙법이 기억나는 것이었다. 그 낙법은 낙하산을 타고 내려오다가 지상과 접할 때의 충격을 분산시키면서 몸을 보호하는 것이었다. 건물에서 외부 마당으로 떨어지면서 나도 모르게 충격을 분산시키려고 두 다리를 모아 공중에서 회전시켰던 것이다.

이러한 행동은 나도 모르게 무의식적인 반사 신경에 의한 것이었다. 35년 전에 배운 낙법을 까맣게 잊었지만, 몸은 기억하고 있었던 것이다. 당시 쓰러지는 내 모습에 함께 갔던 사람들이 모두 놀라서 달려왔으나, 낙법을 통해 아무렇지 않은 듯 훌훌 털고 자리에서 일어나는 내 모습에 그들은 더 놀라지 않을 수 없었다. 만일 그때 낙법을 하지 못했다면 나는 상당한 부상을 입었을 것이다.

이러한 경험을 하면서 어른들이 바른 자세를 왜 그렇게 강조하셨는지를 알게 되었다. 젊었을 때 바른 자세를 갖는다는 것은 좋은 것이다. 왜냐하면 바른 자세는 평생 동안 자신의 몸을 건강하고 안전하게 지켜줄 수 있기 때문이다. 이러한 바른 자세를 나는 군에서 배울 수 있었다. 그렇기에 나는 아들에게 몸의 자세에 대해서 강조하면서 "허리가 휘어지면 인생도 휘어진다."라는 말을 자주 했었다. 늘 허리를 곧게 펴고 걷고, 반듯한 자세를 취하라는 것이다.

마음의 자세: 수용성과 책임감의 자세

공동체 의식과 시스템 구축 능력은 내가 장교로 복무하면서 얻은 가장 값진 것이었다. 왜냐하면 이것으로 인해 내가 수용성과 책임감의 자세를 배웠기 때문이다. 군에서는 기본적으로 개인보다는 공동체가 먼저다. 나만 잘했다고 해서 전체의 목적을 달성할 수는 없는 것이다.

이러한 특성 때문에 군인에게 필요한 것은 개인보다 공동체를 더 중요하게 생각하는 수용성의 자세이다. 전체를 위해서는 남들과 보조를 맞추어야 하며, 경우에 따라 자신의 생각과 의견도 포기할 수 있어야 한다. 개인의 행동은 자칫하면 전체에게 치명적인 결과를 초래할 수도 있기 때문이다. 마치 거대한 댐이 작은 구멍으로 인해 무너질 수 있는 것과 같은 이치이다.

그리고 군에서는 목표가 정해지면, 그 목표 달성을 위해서 각 개인별 역할이 주어지며, 그에 따라 전체가 신속하고도 일사불란한 행동이 이루어진다. 나는 이러한 역할분담과 행동을 보면서 군에서 구축된 시스템이 얼마나 효율적인지를, 그리고 그 시스템 내에서 각자가 자신의 역할에 충실히 행한다는 것이 얼마나 중요한지를 알게 되었다.

내가 만난 사람 중에는 공동체를 너무 강요해서는 안 된다는 사람도 있다. 공동체가 잘 되기 위해서는 개인이 잘될 수 있는 환경을 조성하는 것이 먼저라는 것이다. 그런 말도 백번 맞는 말이다.

그러나 개인을 공동체보다 먼저 고려하다 보면, 목표를 향한 정책은 방향을 잃고 혼란에 빠질 위험도 있게 된다. 엄밀히 말해, 공동체와 개인 사이에서 어느 한쪽으로 치우치는 것보다는 균형을 이루도록 접근하는 것이 바람직한 것이다. 단지 내가 말하고자 하는 것은 개인의 생각이 중요하지 않다는 것이 아니라, 공동체에 속해 있을 때는 최소한 공동체를 생각할 수 있어야 한다는 것이다.

나이가 들면서 나는 사람의 성숙도를 판단하는 나만의 기준이 생겼다. 그것은 가족과 자신이 속한 공동체에 대한 생각의 여부이다. 구체적으로, 가족을 생각하는 사람은 정신적으로 성숙한 사람이라 믿는다. 더 나아가 공동체를 생각하는 사람은 정신뿐만 아니라 사회적으로도 성숙한 사람이라고 믿는다. 그리고 공동체에 대한 생각은 곧바로 책임감으로 나타난다.

군 복무 기간은 책임감을 배우는 귀한 시간이었다. 지금까지 강의나 연구를 하는 데 있어서나 그리고 어떤 단체의 장을 맡았을 때에나 나는 책임감을 지닌 자세로 임했다. 학교에서 보직을 할 때나 학회장 또는 협회장으로 일할 때의 내 모습을 지켜본 사람들은 내가 마치 그 일을 즐기는 것 같다고 말하곤 했다.

사실은 즐기는 것이 아니라 책임을 다하는 것이었다. 그리고 책임감을 갖고 일하면, 어떤 일이건 최선의 결과로 이어진다는 것을 알게 되었다. 따라서 책임감 있는 사람들이 성공적인 삶을 영위하게 된다는 것은 틀림없는 사실이요, 이는 내가 믿고 살아온 인생의 철칙이기도 하다.

수색대대는 강한 부대이다. 강한 이유는 지휘관이 강한 사람이어서라기보다는 병사들이 기본적으로 강하기 때문이다. 이는 집단의 능력은 바로 그 집단을 이루는 구성원들의 능력에서 나온다는 것을 의미한다. 물론 집단을 대표하는 CEO들의 능력도 중요하다. 구성원들과 CEO 모두가 중요하지만, 전후 관계는 좀 더 살펴보아야 할 것이다.

어떤 조직이 강해지고 지속적으로 발전하기 위해서는 우선 역량이 있고 집단의 발전에 기여할 수 있는 구성원들이 먼저라는 것이 내 지론이다. 그다음은 구성원이 그들의 능력을 마음껏 발휘할 수 있도록 분위기를 조성하는 것이 CEO의 역할이 아닐까 한다.

그리고 군 복무에서 얻은 자산 중에 빼놓을 수 없는 것이 바로 소대장과 교관을 하면서의 교육 경험이었다. 나는 한양대학교에서 2013년 저명 강의교수로 선정되었다. 저명 강의교수로 선정되기 위해서는 다수의 강의 우수 교수나 best teacher의 수상 경력이

한양대 백남학술정보관 로비에 설치된 명예의 전당패널(원 안이 필자)

있어야 한다. 아마 저명 강의교수로 선정된 것에는 군대에서의 교육 경험이 큰 힘이 되었을 것이고, 그 큰 힘도 좀 더 살펴보면 책임감에서 기인한 것이라 할 수 있을 것이다.

제2장

사회를 배우고 공부를 시작하다

사회시스템에 대한 이해도 대우에서 근무하면서 배운, 빼놓을 수 없이 중요한 것이었다. 사회시스템이란 말 그대로 사회 전체는 하나의 단위이지만, 세부적으로는 다양한 부문들이 상호의존적으로 구성되어 있음을 뜻한다. 사회시스템에서 가장 중요하게 이해해야 할 것은 바로 전체가 부분들의 합 이상이라는 것이다.

㈜ 대우 복직과 배움의 시작

나의 잦은 실수는 내가 사회에 적응하는 과정에서
당연히 거쳐야 하는 통과의례였다.

• • •

첫 출근과 부서 배치

나는 1984년 7월 1일 군 복무를 마치고 ㈜ 대우에 복직을 하였다.
복직이라고 하지만 실질적으로 부서에서 근무한 적이 없기 때문에
신입직원으로 입사했다는 것이 더 정확한 표현일 것이다. ㈜ 대우는
건설부문과 무역부문 그리고 기획조정실로 크게 세 부문으로 구성되
어 있고, 나는 토목직으로 입사했기 때문에 건설부문으로 가게
되어 있었다.

복직과 부서 배치를 위한 인사과장 면담 일정 등을 통보받고 출근
준비를 하려는 데 문제가 있었다. 회사에 입고 갈 마땅한 양복이

없었던 것이다. 사실 ROTC 학생 때는 거의 단복만 입었고, 군에 복무할 때는 군복만 입었다. 그리고 전역과 함께 복직해야만 했던 내게는 출근을 준비할 만한 시간적 여유가 충분치 않았었다.

기성복을 사려고 하니 어떤 것이 좋은지, 그리고 그에 따라 어떤 넥타이를 해야 하는지에 대한 고민이 많았다. 나 같은 사람에게는 제복이 참 편했다는 생각이 절로 들었다. 어떤 옷을 입어야 할지에 대한 선택의 고민을 할 필요가 전혀 없었으니까! 계절의 변화에 관계없이 동일한 옷을 입으며, 더운 여름이면 팔소매를 걷어 올리고, 추워지면 팔소매를 내리고, 더 추워지면 속내의와 야전잠바를 입으면 되었다. 다시 한번 군 생활이 그리워졌던 순간이었다.

출근 전 거울을 통해 본 양복 입은 내 모습은 참 어색하고 불편해 보였다. 복직 신청을 하고, 부서를 배치받기 위해서 인사과장과 면담을 했다. 토목직으로 입사를 했지만, 사실 나는 토목에 대해 잘 몰랐다. 토목직으로 입사한 것은 지원할 때만 해도 도시계획직을 모집하지 않았기 때문이었다.

당시 우리 사회에서는 도시계획의 중요성을 잘 인식하지 못했다. 그래서 도시공학과 졸업생들은 건축직이나 토목직으로 지원하는 경우가 많았다. 물론 나는 학부에서 측량학이나 토목재료 등과 같은 토목의 기초적인 과목들을 이수했지만, 그것을 기억할 리는 만무하였다.

토목직들은 대부분 건설현장으로 배치된다는 말을 듣고 약간의 두려움이 생겼다. 그 두려움은 현장에 필요한 실질적인 지식이 별로 없었기 때문이다. 나는 공사현장에 가기에 앞서 최소한의 기초지식을 쌓기 위한 시간이 필요했고, 이를 위해서는 본사에 남아야 한다고 생각했다. 그래서 인사과장에게 토목행정을 하고 싶다고 말했고, 그는 그것이 무엇이냐고 나에게 되물었다. 토목에 대해 별로 아는 것이 없는 내가 비전공자인 인사과장이 이해할 수 있게 토목행정을 설명하기란 어려웠다. 그리고 실제로 토목분야에 그런 용어가 있는지도 몰랐다. (아마 그런 용어는 없을 것이라 생각한다.)

인사과장은 내 인사기록을 보더니 도시공학을 전공했으니 개발사업부로 가는 것이 좋겠다고 했다. 개발사업이란 용어는 나에게 토목보다 더 생소하게 들렸다. 그래서 나는 차라리 토목으로 가는 것이 더 나을 것 같아 토목기술부로 가겠다고 했더니, 인사과장은 "회사생활을 마음대로 하려고 하느냐?"라며 핀잔을 주었다.

어느 조직이나 인력배치에 있어 나름의 규칙이 있다. 모두가 가고 싶은 부서만 가겠다고 주장하면, 전체 조직이 제대로 작동할 수는 없는 것이다. 생각이 여기에 이르자 나는 순순히 인사과장이 말한 개발사업부로 가겠노라고 했다.

뒤돌아보면, 개발사업부로 갔던 것은 나에게는 행운이었다. 나중에 더 말하겠지만 내가 공부를 시작하게 된 것도 개발사업부의 업무 때문이었고, 그 부서에서 근무하면서 사회에 대해서도 많은 것을 배울 수 있었다. 한마디로 말해, 개발사업부로 가게 된 것은 인생 최대의 기회였던 것이다. 처음에는 그러한 사실을 잘 몰랐을 뿐이었다. 누군가 말하기를 "기회는 고생으로 변장하고 온다."라고 했는데, 그 말이 내게는 딱 맞는 것이었다.

배움의 시작

서울역 앞에 있는 대우센터 건물(지금의 서울스퀘어 건물)은 25층이다. 밤에도 모든 사무실이 대낮같이 환하게 켜져 있는 그 건물은 우리나라 경제성장을 견인하는 기업들을 상징하는 대표적인 건물 중 하나였다. 개발사업부는 그 건물의 23층에 있었다. 그때의 건설 회사들은 주로 공공부문에서 발주하는 항만, 고속도로 및 철도와 같은 국가 인프라 시설공사와 플랜트 공사, 아파트 건설공사 그리고 해외에서 발주되는 건설공사 등을 수주하면서 성장하였다. 그러나 그러한 일들은 항상 있는 것이 아니었다.

수주한 물량이 많을 때는 건설현장도 많고, 그에 따라 회사의 규모와 수익도 늘어나지만, 발주 물량이 많지 않을 때는 회사의 큰 조직을 유지하기가 쉽지 않았다. 그래서 개발사업부에서는 회사 자체적으로 프로젝트를 개발하여 수익을 창출하고 건설현장을 지속적으로 만들려고 노력하였다. 건설회사들 중에서 대우와 같은 규모로 개발사업부를 둔 회사는 드물었다. (나중에 삼성에서도 대우를 모델로 하여 개발사업부와 후에 조직을 확대한 개발사업본부를 설치하기도 했다.)

대우의 개발사업부가 추진했던 프로젝트는 수없이 많았는데, 강남역 지하상가 개발, 부산 수영만 매립사업, 올림픽 훼밀리아파트 건설사업, 광화문 지역의 도렴지구 재개발 사업, 대우 사원주택 사업 등이었다. 사업을 기획하다 보니 개발사업부에서 근무하는 사람들은 공대 출신보다는 법대나 경영대학 출신이 더 많았다. 그들이 작성한 사업계획서와 기획자료 등을 보면서 참으로 '능력 있는 사람들이 여기에 다 모였구나!' 하는 생각을 했었다.

개발사업부에 들어가서 부서장께 인사를 드렸더니, 그는 나를 반갑게 맞이하면서 어느 대리를 불러서 부서 오리엔테이션을 해주라고 하였다. 그는 류창수 대리로, 인상이 좋고 온화한 성격의 사람같이 보였으며, 친절하게 부서에서 하는 일들과 부서원들을 일일이 소개시켜 주었다. 나중에 알았지만, 그는 서울대 법대를 졸업했고, 학교에서는 모범생이었다고 한다. 그런데 사법고시만 보면 불합격을 하여 지도 교수가 특별히 김우중 회장에게 말해서 이곳에 오게 되었다고 주변에서 말해주었다. (아마 류창수 대리도 시험 울렁증 같은 것이 있었던 것 같았다.) 하여튼 법복이 참 잘 어울릴 것 같은 사람이었으며, 누구에게나 호감을 주는 그런 사람이었다.

개발사업부의 업무나 출근할 때의 복장 및 예의 등 모든 것이 나에게는 새로웠다. 특히 상사에게 인사하는 데 있어 몸의 자세가 엉망이었다. 출근하면서 마주치는 상사와 선배직원들에게 인사를 해야 하는데, 허리가 잘 굽혀지지를 않는 것이었다.

그도 그럴 것이 ROTC 후보생 시절과 군 복무 기간에는 상관께 인사를 할 때에는 허리를 꼿꼿하게 편 상태에서 경례를 했기 때문이다. 오랜 시간 그런 자세로 경례했던 것이 몸에 배어 있으니, 전역하고 사회에 나왔다고 해서 몸의 습관이 단번에 바뀌지는 않았던 것이다.

그러나 회사에서는 허리를 굽히고 고개를 숙여서 인사를 해야 하니, 내게는 그것이 문제였다. 마음으로는 허리를 굽히려고 하는데, 몸은 계속해서 저항하고 있는 것이었다. 그러니 나의 인사자세는 선배직원들이 보기에 매우 불량했던 것이다. 그래서 선배직원이 나의 인사하는 자세를 특별지도 해주기도 했다.

인사만이 아니었다. 말이나 용어에도 문제가 있었다. 한번은 보고서를 작성하는데, 지역 간 이동인구수를 지역 간 이동병력수로 표현하여 모두들 여기가 군대냐고 비아냥거리기도 했다. 그리고 사진기 셔터가 작동이 안 된다는 것을 셔터가 격발이 안 된다고 하니, 여직원들은 무슨 말인지 이해하지 못해 어리둥절하기도 했다.

언급하였듯이, 나는 회사에서의 자세와 복장 그리고 말에 이르기까지 모든 것이 새로웠고, 그 모든 것을 배워야만 했다. 지금 생각하니 나의 잦은 실수는 내가 사회에 적응하는 과정에서 당연히 거쳐야 하는 통과의례였다. 그리고 그 과정은 나를 사회화 시켰음은 물론, 또 다른 나로 성장시키는 최고·최선·최대의 기회였던 것이다.

현재에 충실한 것이 미래를 준비하는 것

넓은 바다에서 방향을 잃고 표류하는 배의 선장이 된 느낌이었다.
인생에서 방향을 잃는 것만큼 위험한 것은 없을 것이다.

• • •

무능력과 무력감 극복

부서원들과 대화를 하면서 내가 아는 것이 너무 없다는 것을
절실하게 깨달았다. 그들은 도시공학을 전공한 나보다 도시에 대해
더 많이 알고 있었다. 어찌 보면 그것은 당연한 것이었는지 모른다.
왜냐하면 부서에서 검토하는 사업들의 대부분이 위치적으로는 도시
안에 있었고, 이를 사업화하기 위해서는 도시와 관련한 이론이나
계획의 이슈들을 잘 이해해야만 했기 때문이다. 즉, 그들은 도시를
자기 몸의 피부처럼 이해하고 있었던 것이다.

또한 프로젝트가 정부의 중앙도시계획위원회나 수도권정비위원

회 또는 서울시와 같은 대도시의 도시계획위원회에 상정되는 것이라면, 위원들에게 설명하기 위해서도 공부를 많이 했을 것이다. 그러한 부서 직원들이 실무를 바탕으로 탄탄한 지식을 소유하고 있는 것은 당연한 귀결이었다.

그래서 나는 도시공학을 전공했다는 사실을 그들에게 당당하게 말할 수가 없었다. 대화 중에라도 혹시 도시에 관련한 내용이 나오면 나의 무식함이 드러날 것이 우려되었기 때문이다. 그러한 우려는 학생시절 전공공부를 열심히 하지 않았던 내가 마땅히 지불해야만 하는 비용이었다.

부서에서 작아지던 느낌은, 마치 수색대대에 들어서면서 웃통을 벗고 특공무술을 하는 부대원들의 우람한 체격을 보고 상대적으로 작아지는 듯 느꼈던 것과 같았다. 단지 차이가 있다면, 그때는 내가 소대장으로 우월한 지위에 있었던 반면, 회사에서는 아무것도 몰라 선배직원들에게 전적으로 의지해야만 하는 신입직원이라는 것이었다. 그러니 군대에서 써먹었던 전략적인 억지가 통할 리가 없었다.

근무를 하면서 느끼는 무능력함과 자괴감이 나의 어깨를 무겁게 짓누르고 있었다. 그것은 모든 의욕을 잃게 만들었고, 마치 죽을 것 같다는 절망감을 주기도 했다. 그때가 아마도 내 인생에서 가장 큰 위기의 기간이 아니었나 싶다. 삶의 방향도 잃어버렸고, 내가 하고자 하는 것에 대한 의미를 어디에서도 찾을 수 없었으며, 현실의 벽은 내가 감히 넘기에는 너무나도 높아만 보였다.

군인의 길을 가기 위해서 모든 정열을 쏟았다가 그것이 불가능해지면서 나는 일종의 넓은 바다에서 방향을 잃고 표류하는 배의 선장이 된 느낌이었다. 인생에서 방향을 잃는 것만큼 위험한 것은 없을 것이다. 특히 젊었을 때는 더욱 그렇다. 왜냐하면 아무런 삶의 의미를 찾지 못하고 후회와 탄식으로 젊은 시절을 허송세월하다 보면, 결국 그의 인생이 그렇게 끝나 버리고 말 것이기 때문이다. 무엇을 어떻게 하며 살아야 할지 정말 답답하고 막막하기만 했다.

대학시절에는 분명한 목표가 있었고, 그 목표를 달성하기 위해서 나름대로 최선을 다했다. 그러나 입사한 후에는 목표가 없어졌으니 하는 일에 큰 의미를 찾으려 해도 찾을 수가 없었다. 그냥 하루하루를 살아가는 하루살이 인생이었고, 그러한 현실이 나를 괴롭게 만들었던 것이다.

고민을 거듭하면서 앞으로 무엇을 할 것인가 하는 방향을 설정하는 대신, 나는 현재 나에게 주어진 일에 최선을 다하기로 마음먹었다. 방향을 설정하기에는 내가 알고 있는 지식이나 정보가 너무 빈약하다고 생각했기 때문이다. 현실에 충실하다 보면 앞으로 나갈 방향을 찾을 수 있을 것이라는 확신이 생겼던 것이다. 이러한 위기는 교수가 된 다음에도 찾아왔으나, 나는 그에 대한 대처방법을 회사에 근무하던 때와 동일하게 적용함으로써 잘 넘길 수 있었다.

현실에 최선을 다하기로 마음먹은 다음부터, 나는 주어진 일에 누구보다 열심을 내어 일했다. 좀 더 정확하게 표현하자면 죽어라 일했다. 그것은 죽고자 함이 아니라 살고자 하는 나의 몸부림이었다. 그렇게 생활하다 보니 방향이 서서히 보이기 시작했다. 대우에서의 직장생활은 "미래는 미래에 있는 것이 아니라 현재에 있다."라는 것과 "현재 주어진 일에 최선을 다할 때, 자신의 미래는 자연히 열리게 된다."라는 것을 몸소 체험했던 시간이었다.

근무조건과 직장 분위기

대우의 근무조건은 지나칠 정도로 빡빡했다. 우선 공식적으로 근무시간은 평일에는 오전 8시부터 오후 7시까지, 그리고 토요일에는 오전 8시부터 오후 3시까지였다. 그리고 여름휴가는 2박 3일이었다. 여기에는 조건이 있었는데, 그것은 토요일과 일요일을 반드시 포함해야 한다는 것이었다.

그러므로 직원들은 여름휴가를 금요일부터 일요일까지, 또는 토요일부터 월요일까지 중 하나만을 선택해야만 했다. 오늘날에 이런 기업이 있다면 직원들을 혹사시킨다고 사회적으로 엄청난 지탄을 받았을 것이고, 또한 일할 사람을 구하지 못해 스스로 근무조건을 바꾸지 않을 수 없었을 것이다.

퇴근도 오후 7시였지만 그 시간에 퇴근하는 것은 거의 불가능했다. 퇴근에는 일종의 묵시적인 순서가 있었는데, 그것은 임원과 부장이 퇴근하면 다음엔 차장이, 그다음은 과장이 그리고 그다음에는 대리와 사원이 함께 퇴근해야만 했다. 특별한 사유가 없는 한, 이 퇴근순서는 반드시 지켜져야만 했다. 그래서 사원의 경우 평일은 저녁 8시 정도에 퇴근하는 것이 거의 보편화되어 있었다.

위와 같은 근무조건과 분위기에도 불구하고 불평하는 사람들은 하나도 없었고, 모두들 당연한 것으로 받아들였다. 그때는 그런 것을 불평하지 않을 뿐만 아니라 아무런 문제가 되지도 않았던 시절이다. 나는 꽉 짜인 일정으로 다른 생각을 할 여유가 없는 것이 좋았고, 오히려 그러한 상황을 발전의 기회라고 생각하면서 희망을 품고 열심히 생활했다.

그리고 일요일이나 공휴일과 같이 쉬는 날에는 거의 예외 없이 집 근처에 있는 연세대학교나 서강대학교의 도서관 또는 회사 사무실에 가서 전공 관련 책을 읽었다. 당시 휴일에 쉬는 것은 나 같은 사람에겐 사치라고 생각했고, 미래의 자신에게 대한 무책임한 행동이라고 믿었다.

입사한 지 며칠이 지났을 때다. 부서의 어느 대리가 인천에 출장을 가는 데 같이 가자고 해서 일도 배울 겸 그를 따라나섰다. 회사에 출장 차량을 신청하니 기사가 프린스 세단 승용차로 프로젝트 대상지까지 왕복으로 운전해 주는 것이었다. (당시 프린스는 대형세단으로 군대에서는 사단장이 탔던 승용차로 기억한다.) 사단장 정도의 사람이 타는 자동차를 타고 출장을 간다는 것을 생각하니 괜히 기분이 좋아졌다. 그 자동차로 편하게 프로젝트 대상지를 두루 살펴보고, 주변에서 사진도 촬영하며 시장가격과 수요파악을 위해서 주변의 부동산소개소도 방문했다. 이동하는 것이 편하니 출장이 전혀 힘들지도 않았다.

대상지의 보다 정확한 현황을 파악하기 위해서 인천시청에 가야겠다고 생각했다. 특히 시청 도시계획과에 가서 대상지와 주변지역에 지정된 토지용도와 같은 도시계획 관련 사항들을 수집해야 보다 정확한 사업계획을 수립할 수 있을 것이라는 판단에서였다. 그러나 함께 동행했던 대리가 말하기를 그곳에 가서 자료 얻기가 그렇게 쉽지 않을 것이라는 것이다. 하지만 나는 그래도 가보겠다고 고집을 부렸다.

4학년 졸업논문을 쓸 때도 자료수집을 위해서 몇 번이나 시청과 구청을 방문한 적이 있던 터였다. 당시 논문의 주제는 영등포지역의 대기오염 관리정책에 관한 것이었다. 자연히 자료수집을 위해서 영등포 구청을 여러 번 방문했었고, 구청을 방문하면 직원들이 친절하게 대해 주었을 뿐만 아니라, 내가 필요로 하는 자료들을 직접 복사해서 줄 정도였던 것이다.

내가 인천시청을 가겠다고 했을 때도 그러한 공무원들의 태도를 기대했기 때문이었다. 그러나 그러한 친절은 학생에게만 허용된 것이었지 직장인들에게까지는 아니었다. 그때까지만 해도 우리 사회는 대학생들에게 매우 관대했던 것이다. (아마 정도의 차이는 있겠지만 지금도 그럴 것이라 믿는다.)

인천시청 도시계획과에 가서 명함을 내밀고 자료를 수집하러 왔다고 하니, 그들의 반응은 기대와 달리 냉담하기 짝이 없었고, 자세도 매우 고압적이었다. 알고 싶으면 관련 자료를 직접 찾아볼 것이지 바쁜 사람들을 이렇게 찾아와서 물으면 어떻게 하느냐는 식이었다. 결국 나는 자료도 얻지 못하고 마음만 상해서 돌아오고 말았다.

돌아오는 길이 씁쓸하기는 하였으나, 그들의 말이 맞다는 생각이 들었다. 자신이 맡은 일을 하는데도 시간이 부족할 텐데, 외부에서 누군가가 불쑥 찾아와 자료를 달라고 하면 과연 친절하게 대해 줄 수 있는 사람이 얼마나 되겠는가. 하여튼 시청에 들어갈 때는 호기 있게 들어갔다가, 풀이 죽어 나오는 내 모습을 본 대리는 나를 위로해 주었다. 그런데 이러한 분위기는 비단 인천시청에만 있는 것이 아니라는 것을 이후 더욱 절실하게 느끼게 되었다.

한번은 사무실에서 세금에 관한 부분이 이해가 안 되어 친절한 류창수 대리에게 물어보았다. 그는 가만히 내 질문을 듣더니 부서 책장에 있는 우리나라 세법과 관련한 두꺼운 책을 몇 권 빼들고 와서는 내 책상 위에 올려놓았다. 그리고 내가 알고자 하는 모든 내용이 그 책들 속에 있으니 찾아보라는 것이었다. 나는 그의 행동에 당황하며 어떻게 해야 할 바를 몰랐다. 그냥 한두 시간 동안 책장을 뒤적거리다가 별 소득 없이 그 책들을 도로 책장에 돌려놓고 말았다.

업무와 관련하여 모르는 내용이 있었을 때, 그 내용을 처음부터 끝까지 친절하게 설명해 주는 이는 사실 많지 않았다. 그만큼 각자가 자신의 일에 바빴던 것이다. 심지어 어떤 사람은 자기도 모르는 것이니, 혹시 내가 그 내용을 알게 되면 자기에게도 좀 알려달라고 부탁하기도 했다. 재치 있는 말이기는 했지만, 실상은 설명해 주기 싫다는 속내를 그렇게 드러낸 것이었다.

이러한 경험을 여러 번 하면서, 나는 이제 더 이상 학생이 아니라 사회인으로서 홀로 서야 함을 절실히 느꼈다. 그리고 그러한 질문을 계속하게 되면, 그것은 내 무식과 무능을 대놓고 드러내는 것임을 알게 되었다. 직장인이 된 이상 소위 말해 공짜 식사(free meal)를 기대해서는 안 되는 것이었다. 내가 회사에서 살아남는 가장 빠른 길은 스스로 노력해서 경쟁력을 갖추는 것이었고, 그것 외에는 다른 길이란 없어 보였다.

서울역 민자역사 프로젝트

회사 임원들의 이해를 돕기 위해서라며 조감도를 복사해 달라고 요청했다.
특급비밀인 양 보여주지 않으려고 했던 조감도를 선뜻 복사해 주었다.

• • •

초기 회사의 대응

나는 회사에서 닥치는 대로 일하고 공부했다. 그러던 중 부서장께
서 나에게 서울역 민자역사 프로젝트를 담당하라고 했다. 민자역사
란 당시 철도청(지금의 철도공사)이 민간자본을 유치하여 철도 역사
를 현대화하고, 공간을 확충하여 백화점과 호텔 그리고 오피스
등을 공급하는 프로젝트였다. 민자역사 프로젝트를 통해 철도청은
이용객의 쾌적성과 편의성을 향상시키고, 민간기업들은 공간의
생산성을 높여 수익을 창출한 뒤에 그것을 철도청과 공유한다는
것이었다. 나는 관련 자료를 검토한 후에 철도청으로 달려갔다.

철도청은 민자역사의 우선 대상지로 서울역과 영등포역, 대전역, 대구역 그리고 부산역을 선정하고 투자자를 모집하는 사업계획을 수립하고 있었다. 철도청에 가보니 회사마다 관심이 있는 역들이 달랐다. 예를 들면, 신세계나 롯데와 같은 유통회사들은 영등포역에 관심이 있었으며, 서울역에는 대우를 비롯해 몇몇 회사가 관심을 보였고, 나머지 역들에 대해서는 별다른 관심들이 없었던 것 같았다.

대우는 서울역의 민자역사에 관심을 가져야만 한다고 나는 생각했다. 왜냐하면 계획된 사업의 규모가 우선 컸고(기억으로는 민자역사의 총면적이 대우센터 빌딩과 비슷한 4만 평 이상이었다.), 무엇보다도 민자역사가 대우센터 건물과 지근거리에 있었기 때문이다.

계획된 서울역 민자역사가 대우 앞에 건설된다는 것은 회사로서는 자존심이 걸린 문제라고 생각했다. (최소한 나는 그렇게 생각했었다.) 당시 우리나라 도급순위 2위인 대우가 버젓이 있는 건물 앞에 다른 건설회사가 그들의 회사마크를 걸고 민자역사를 건설한다면, 그것은 대우의 자존심을 훼손시키는 것이라고 믿었다.

거기에 생각이 미친 나는, 민자역사에 적극 참여해야만 한다는 의견으로 보고서를 작성하여 결재를 올렸지만, 담당 임원은 더 이상 추진하지 말라는 것이었다. 이유는 회사의 돈을 먼저 투입하여 비용을 회수하는 사업이라면, 기간이 길어져 별로 좋은 사업이 아니라는 것이었다. 당시 건설회사는 대부분 공사금액 회수가 확실한 수주사업에만 익숙해져 있었다. 이런 수주사업만 담당한 임원이라면 민자역사와 같은 장기적인 사업에는 관심을 갖기 어려울 것임은 자명한 일이었다.

참고로 서울역 민자역사에 참여할 민간기업의 조건은 유통회사나 호텔사업자 또는 일정 규모 이상의 사무실 임대 사업자였다. 나는 힐튼호텔이 대우를 대신해서 서울역 민자역사 프로젝트에 참여해야 한다고 생각했다. 왜냐하면 대우그룹 중에 경쟁력 있는 백화점과 오피스 임대사업자는 없었기 때문이다. 당시에는 힐튼호텔이 대우그룹에 속한 회사여서 민자역사에 참여하는 데는 문제가 없었다. 아무튼 이 프로젝트에서 대우가 얻을 수 있는 것은 공사이익과 회사 자존심이었다.

그리고 나는 반대하는 임원들이 민자역사 프로젝트를 이해하지 못한 탓이라고 생각하고는 철도청에 다시 가서 추가적인 관련 자료를 요청했다. 그랬더니 그곳에 근무하는 계장이 나를 조용히 불러놓고는 "대우는 이 프로젝트에 관심이 없지요?"라고 말하는 것이었다. '왜 그런 생각을 하느냐?'라고 물었더니, 다른 회사들은 부사장이나 전무이사급의 임원들이 사무실을 방문하는데, 대우에서는 사원이 온 것을 보고서 하는 말이라는 것이었다.

나는 그의 그런 생각을 일축하면서 그것은 우리의 시스템을 몰라서 하는 말이라고 정색을 했다. 대우는 프로젝트 담당자가 가장 중요하며, 그 담당자가 검토하여 사업성이 확인되면 사장의 결심을 얻어 프로젝트를 추진하는 그런 시스템이라고 명확하게 설명해 주었다. 그리고 일단 사업이 결정되면, 프로젝트의 진행은 매우 빠르게 진행된다고 말했다.

나는 회사 임원들의 이해를 돕기 위해서 조감도를 복사해 달라고 요청했다. 내 말을 유심히 듣더니, 특급비밀인 양 보여주지 않으려고 했던 조감도를 선뜻 복사해 주었다. 나는 조감도를 첨부하고, 사업내용을 보완하여 다시 결재를 올렸다. 그러나 이번 결재는 부사장 선을 넘지 못했다. 부사장도 담당임원과 마찬가지로 회사의 돈을 먼저 투입한다는 것에는 부정적이었다. 윗선에서 그러한 결정을 내리니 어쩔 수 없이 이 사업의 추진을 포기할 수밖에 없었다.

김우중 회장의 오더

서울역 민자역사를 포기한 이후 2~3개월이 지났다. 나는 그동안 다른 일들로 인해 그 프로젝트를 까맣게 잊고 있었다. 어느 날 갑자기 부서장이 나를 급하게 찾으면서 서울역 민자역사 프로젝트를 다시 추진하게 되었으니 간단한 추진 경과보고서를 만들라는 것이었다.

부서장은 김우중 회장으로부터 그 프로젝트를 추진하라는 오더를 받았다는 것이다. 당시 철도청의 서울역 민자역사에 대한 사업계획이 결정되고, 구체적인 사업의 일정과 조감도가 신문지상에 발표되었던 것이다. 그 신문기사를 읽은 김우중 회장은 당연히 회사 내의 어떤 부서에서든지 그것을 담당하고 있을 것이라 믿었던 것이다.

그리하여 비서실을 통해서 알아보니 개발사업부의 한 사원이 그 프로젝트를 추진하다가 포기한 상태라는 것이 드러났던 것이다. 모든 임원들이 선투자 사업이기 때문에 회사 입장에서는 좋은 프로젝트가 아니라는 의견을 피력하였지만, 김 회장은 그러한 의견에 아랑곳하지 않고 적극적으로 추진하라는 오더를 내린 것이었다.

아마 김 회장도 나처럼 회사의 자존심을 생각한 것이 아니었을까 생각한다. 회사에서 회장의 말은 절대적이다. 그의 말은 군대의 지휘관 명령보다 강력하기가 더하면 더했지 덜하진 않았다. 회장의 오더에 따라 개발사업부에서 민자역사 추진 팀이 급하게 꾸려졌다.

부서장은 사원이 이런 프로젝트를 혼자 담당하는 것은 무리라고 하면서 과장급 직원을 붙여주겠다고 하였다. 그러나 나는 혼자 할 수 있다고 말하고, 직원 한 명만 지원해 달라고 요청했다. 그래서 민자역사 추진 팀은 당시 정진행 상무와 담당직원 김홍배 사원 그리고 지금 미국에서 공인 회계사로 있는 강진원 사원으로 구성되었다. 개발사업부의 직원들은 팀 구성을 보고 걱정을 많이 했으나, 나는 자신이 있었다.

정진행 상무는 토목을 전공했으나 다양한 도시계획 사업들을 경험하면서 도시계획에 대해서는 그룹 내에서 최고의 실력자였다. 한번은 한양대 도시공학과 원로이신 강병기 교수님을 만났을 때, 정진행 상무가 담당임원이라고 말씀드리자, 그를 소같이 일하는 대단한 사람이라고 하실 정도였다. 그는 아침 일찍 출근하여 늘 뉴스위크(Newsweek)를 읽었고, 영어 카세트테이프로 회화공부를 하는 등 자신의 발전을 위해서 노력하는 사람이었다.

나는 정진행 상무가 실력자이지만 매우 까다롭다는 것을 익히 들어 알고 있었다. 그러나 그런 분과 한 팀이 되어 일하는 것은 나에게 좋은 배움의 시간이 될 것으로 기대했다. 그는 철도청 민자역사 담당 과장과 직원들을 힐튼호텔에 초대하여 점심식사 자리를 마련하라고 지시하였다. 철도청 민자역사과 직원과 연락하여 식사 일정을 결정했고, 당일 세 명이 점심에 참석할 수 있다는 말을 들은 나는 승용차 한 대를 배차 받아서 철도청으로 갔다.

그런데 철도청 앞에 도착하니 세 명이 아니라 네 명이 나와 있는 것이 아닌가. '참석인원이 네 명이라고 했으면 두 대의 차를 배차 받았을 텐데.' 하고 생각하면서 난감한 표정을 짓자, 이를 눈치 챈 철도청 민자역사 과장이 직원 한 명에게 택시를 타고 나와 함께 오라고 지시했다. 하지만 그럴 수는 없다고 판단한 나는 그들에게 네 분 모두 승용차를 타야 한다고 강권했다.

그랬더니 "어떻게 오려고 하느냐?"고 물었고, 나는 뛰어가겠다고 대답하면서 내가 먼저 도착해 있을 것이라고 장담했다. 이렇게 자신 있게 말한 이유는 호텔로 가는 빠른 지름길을 잘 알고 있었기 때문이었다.

당시에 철도청은 서울역 서쪽 편에 있는 서부역사(지금의 한국철도공사 서울본부 건물)에 있었다. 그래서 승용차로 남산에 있는 힐튼호텔로 가기 위해서는 남대문 쪽으로 돌아와야 했다. 나는 그들이 떠나자마자 미친 듯이 달려서 서울역과 서부역을 잇는 다리와 지하도를 지나 대우빌딩에 도착한 후 3층에서 남대문 교회를 거쳐 힐튼호텔로 갔다.

그리고 그들이 탄 승용차가 도착하였을 때, 내가 문을 직접 열어주었다. 그랬더니 그 과장은 나에게 날라 다니느냐고 하면서 놀라워했다. 그들은 정진행 상무와의 첫 만남을 내 이야기로 시작하면서 자연스러운 분위기로 점심식사를 마쳤다. 이것이 가능했던 것은 수색대대에서 구보로 단련된 몸 때문이었다고 할 수 있다.

나는 민자역사 프로젝트가 잘 되길 바랐으나, 문제가 발생했다. 그것은 당시 노신영 국무총리가 경제가 어려우니 불요불급한 정부의 대형 프로젝트는 억제하라고 지시함에 따라서 서울역 민자역사 프로젝트가 기약 없이 연기될 수밖에 없었던 것이다. 그리고 나중에는 개발규모도 대폭 축소되었고, 축소된 서울역 민자역사는 도급순위 30위권 정도의 회사가 맡는 조건도 붙게 되었다. 정부의 결정이라 대우는 어쩔 수 없이 민자역사 프로젝트를 포기하였다. 그러나 나에게는 학업을 시작하게 하는 계기를 제공한 매우 의미 있는 프로젝트였다.

학업의 시작

나는 특수지역 계획에 대한 일종의 사명감을 갖고
앞으로 공부를 열심히 해서 이 분야의 발전에 조금이나마 기여를 해야겠다고
마음먹었다.

• • •

Never say Never!

서울역 민자역사 프로젝트를 담당하면서 누구에게나 말하고 싶은
것이 있었다. 그것은 자신의 모든 생각이 앞으로도 변치 않고 영원할
것이라고 쉽게 속단하지 말라는 것이었다. 우리의 삶에서 영원히
변치 않는 것은 없다! 왜냐하면 우리가 직면한 환경은 고정되어
있는 것이 아니라 시간에 따라 계속해서 변하는 것이고, 우리 역시
그 변화된 환경에 적응해야 하는 존재이기 때문이다.

환경의 변화를 고려한다면, 지금 최선의 선택이 미래의 최선이

아닐 수도 있는 것이다. 따라서 미래를 쉽게 예단하지 말고, 지금의 생각과 선택이 미래에는 다르게 변할 수도 있다는 것을 항상 염두에 두고 대비해야 한다. 이는 서울역 민자역사 프로젝트를 통해서 그토록 확신하며 자존심을 걸고 열정적으로 대들었던 일이 일순간에 바뀔 수도 있다는 것을 경험함으로써 스스로 터득한 것이었다.

서울역 민자역사 프로젝트를 담당하면서 4학년 때 수강한 과목이 떠올랐다. 그 강의에서 다루어진 내용이 아니라 책에 나왔던 사진이 기억났던 것이다. 여기서 나의 부끄러운 이야기를 하나 해야겠다. 1981년 1학기 도시공학과에 개설된 "도시설계론"은 작고하신 강병기 교수님께서 강의하신 과목이었다. 과목의 교재는 조나단 바넷 (Jonathan Barnett)의 『공공정책으로서의 도시설계(*Urban Design as Public Policy*)』를 강 교수님께서 번역한 『도시설계와 도시정책』 (법문사, 1979)이었다. 전공에는 별로 관심이 없었던 나는 당연히 그 책에 흥미를 느끼지 못했다. 그 책은 도시설계를 통해 민간부문과 뉴욕시가 협력하여 도시정책을 추진하는 내용에 관한 것이었다. 아마도 국내외적으로 많은 도시 전문가들이 이 책을 읽고 공부했으리라.

강병기 교수님은 책의 구성에 따라 학생들을 나누어 조 편성을 하였고, 학생들은 배정된 부분을 주별로 공부하여 발표하면 되는 것이었다. 중간고사와 기말고사가 없어 쉽게 성적을 받을 수 있는 과목이라고 생각해서 나를 비롯한 ROTC 학생들이 수강했던 것이다. 우리는 발표를 학기 마지막 주에 하는 것으로 신청했다. 마지막 주에 발표를 하려고 한 것은 학기가 다른 학기와 마찬가지로 그전에 끝날 것이라고 예상하고 있었기 때문이다.

당시 1979년부터 1980년 말까지 10.26 사태나 5.18 광주민주화운동 등과 같은 국가적으로 큰 사건들이 발생하여 대학에서 학기를 제대로 마친 적이 별로 없었다. 그러나 1981년 1학기는 캠퍼스가 안정되어 마지막 주까지 강의가 계속되었다. 학기말이 다가오자 우리는 허겁지겁 준비하여 발표를 했으나, 강 교수님께서는 우리의 발표를 매우 못마땅하게 생각하셨고, 불성실한 우리를 크게 나무라셨다.

그리고는 하계훈련을 떠난 ROTC 학생들 모두에게 C를 주셨다. 훈련에서 돌아온 우리는 성적을 확인하고 몹시 놀랐지만, 나는 전혀 개의치 않았다. 왜냐하면 다시 이 책을 접하는 일은 앞으로 내 생애에서는 결코 없을 것이라 믿었기 때문이었다. 여기서 강조하고 싶은 말이 있는데, 바로 "Never say never!"이다. 결코 아니라는 말을 결코 하지 말라는 의미이다. 우리는 우리의 미래가 어떻게 전개될지 도무지 알 수 없기 때문이다.

강병기 교수님의 책이 나를 이다지도 변화시킬 것이라고는 꿈에도 생각하지 못했다. 그래서 나는 지금도 학생들에게 커피 마실 돈이 있으면 아껴서 가급적이면 책을 많이 사서 보라고 강조한다. 그리고 그 책들이 장차 학생들의 미래를 바꾸는 데 어떻게 쓰일지 모르는 일이라고 자신 있게 힘주어 말하곤 한다.

서울역 민자역사 프로젝트를 담당하면서 강병기 교수님이 번역하신 책에 나와 있던 뉴욕 시내 기존 철도역과 주변지역 개발과 관련한 그림이 갑자기 떠올랐던 것이다. 책상 책꽂이에 꽂혀 있던 그 책을 다시 꺼내 읽었다. 학부시절에는 그렇게도 읽기 싫었던 책이 직장인이 된 나에게 참으로 유용하게 다가왔다. 내가 변하니 무용지물이었던 책마저 유용하게 변화되었던 것이다.

서울역 민자역사 프로젝트를 담당하면서 도시계획이라는 학문이 너무나도 귀한 학문임을 깨닫게 되었다. 지금까지 공부에 소홀했던 것이 후회막심이었다. 그리고 불현듯 공부를 열심히 하고 싶다는 생각이 불같이 일어났다. 그렇다고 회사를 그만두고 대학원에 진학하자니 무척 망설여졌다. 왜냐하면 대우에서도 배울 것이 너무 많았기 때문이다.

대학원 입학

대우는 직원들에게 교육의 기회를 많이 제공하는 회사였다. 주말을 제외한 평일의 점심식사와 저녁식사 시간에는 직원들을 위해서 미국인이 강의하는 영어회화 강좌가 늘 있었다. 그리고 강사도 수준급이었다. 나는 가능한 한 시간을 내어 점심시간이나 저녁시간의 모든 영어 강의시간에 참석하기 위해서 노력했다. 비단,

영어뿐만 아니라 컴퓨터 강좌도 다양하게 직원들을 위해서 준비되어 있었다.

회사 내에 고려대학교를 졸업한 ROTC 동기 강승구가 있었다. 그는 기갑부대 소대장으로 6사단에서 같이 근무했었는데, 참으로 성실한 사람이었다. (그는 대우에서 본부장과 자회사 사장을 역임했으며, 지금은 어느 개발회사에서 사장으로 일하고 있다.) 그도 자기 발전을 위해서 공부에 관심이 많았다. 우리는 뜻이 잘 맞아서 퇴근한 후에는 밤 9시에 종로 YMCA 빌딩에 있는 영어회화 학원을 다니기도 했다.

왜 그토록 영어공부에 매달렸는지는 잘 모르겠으나, 당시 미래를 준비하는 데 있어서 영어가 필수적이라는 것이 사회 전반에 흐르고 있는 분위기였다. 지금도 강승구 친구와는 일 년에 두 번 정도 동부인하여 식사를 하고 있으며, 신입사원 시절에 열심히 생활했던 우리의 모습을 되돌아보며 즐거운 시간을 갖곤 한다.

나는 고민 끝에 한양대학교 환경과학대학원에 지원했고, 도시개발 전공으로 입학했다. 회사는 당시 평생직장으로 인식되었던 터라 직원들이 대학원을 다니는 것은 어려운 상황이었다. 공부와 직장 일을 병행한다는 것은 어지간해서는 허용되지 않았고, 공부를 하려면 퇴사를 해야 하는 분위기였다.

부서장께 공부를 하고 싶다고 말하면서 만일 공부로 인해 회사 일에 문제가 생긴다면, 그때는 대학원을 포기하겠다고 했다. 부서장은 처음에는 쉽게 허락하지 않았지만 결국에는 허락해 주었다. 그가 허락한 이유는 우선 내가 열심히 일하고 있던 것과 당시 부서가 골머리를 앓았던 회현동 모 지구의 재개발 계약 건을 무리 없이 처리한 공로 때문이었을 것이라 미루어 짐작한다.

부서장의 허락을 받아 대학원을 다니면서 나의 생활에는 더욱 활력이 생겼다. 공부를 한다는 것이 참 즐거웠다. 대학원은 일주일에 이틀을 가야 했는데, 오후 6시 30분에 첫 강의가 시작되었다.

비록 부서원 모두가 내가 대학원 다니는 것을 알고는 있었지만, 모두가 바쁘게 일하는 사무실에서 혼자 가방을 들고 나가는 것은 분위기상 결코 적절한 모습은 아니었다. 그래서 나는 대학원에 가는 날이면, 점심시간에 책가방을 지하에 있는 다방에 맡겨 놓고, 6시 정도에 사무실을 나와서 가방을 찾은 후에 빛과 같은 속도로 학교로 달려가곤 했다.

학교로 향할 때마다 직원들의 눈치를 보아야 했고, 마음속에서는 마냥 미안하기만 했다. 사무실에는 우수한 직원들이 많았고, 개중에는 공부하고자 원했지만, 형편이 허락지를 않아 포기한 사람들도 있었다. 내가 한양대 부동산융합대학원장을 맡았을 때, 학생들이 시간을 오후 7시로 바꾸었으면 하는 요청이 있었다. 나는 과거의 내 모습을 기억하면서 학생들의 편의를 위해서 쾌히 첫 강의 시간을 오후 7시로 바꾸어 주었던 적도 있다.

하여튼 바쁘게 회사를 다니면서 밤에 공부하던 나는 하루하루가 즐겁고 보람찼다. 어렵게 학교에 들어갔기 때문에 집중하여 강의를 들었고, 교수들이 내어주는 과제도 즐겁게 받아서 해나갔다. 과제를 해나가는 동안에 강의내용을 좀 더 깊이 있게 이해할 수 있어 일거양득이었다.

그리고 항상 회사에서 학교로 걸음을 향하면서 강의에 대한 기대감에 가슴이 부풀기도 했다. 강의를 들으면서 기대하는 마음으로 교수를 바라본다는 것이 공부하는 학생에게 얼마나 중요한 자세인지를 알게 되었다. 그러한 자세는 교수를 위한 것이 아니라 자신을 위한 것이었기 때문이다. 기대로 인해 강의에 임하는 자세도 바르게 되었고, 결과적으로 교수들의 강의도 이해가 잘 되었다.

이러한 경험 때문에 나는 지금도 학생들에게 강의하는 교수님들을 존경하라고 강조한다. 존경하지 않는 마음으로 교수의 강의를 듣는다면, 학생은 온전하게 강의에 집중하기 어려울 것이고, 따라서 내용도 이해하기 어려울 것이기 때문이다. 그렇지 않으면 같은 시간을 투자해서 얻을 수 있는 효과가 별로 없을 것이다. 그러므로 학생들은 자신들을 위해서 교수들을 의지적으로라도 존경하려는 마음의 자세를 가져야 한다.

바쁜 회사에 다니면서, 저녁에는 대학원에 그리고 틈나는 대로 회사와 학원에서 영어공부도 하다 보니 하루가 어떻게 갔는지 알 수 없었다. 이와 같이 여러 일들을 하다 보니 시간을 잘 쪼개어서 효율적으로 써야만 했다. 대학원을 다닌다는 이유로 회사 일을 소홀히 한다는 말은 결코 듣고 싶지 않았다.

영어학원은 밤 9시에 시작했기 때문에 학교에 가지 않는 날이면 거의 8시 30분까지 사무실에 있었다. 그러니 내가 맡은 일들을 더 살펴볼 수 있는 시간적 여유가 있었고, 그 결과 나로 인해 일이 지연되거나 어렵게 되는 일은 거의 없었던 것으로 기억한다.

대우는 토요일 오후 3시가 퇴근 시간이었지만, 나는 직원들이 모두 퇴근한 후에 넓은 사무실에서 홀로 남아서 일도 하고 책도 보는 것이 좋았다. 오히려 넓은 사무실에서 책을 볼 때는 집중도 더 잘되는 것 같았다. 그리고 언급했듯이 휴일에도 집 근처 대학 도서관에 가거나 회사에 나가 책을 읽곤 했다. 대학원을 입학할 때에는 부서장께 회사가 우선이고 공부는 그다음이라고 단언했지만, 공부가 계속되면서 내 마음속에서는 그 무게 중심이 직장에서 학업으로 서서히 옮겨지고 있었다.

이렇게 시간을 보내다 보니 결혼이라는 것은 엄두도 내지 못했고, 그럴 마음도 전혀 없었다. 당시 결혼의 적령기는 남자나 여자나 30세 이전이었고, 30세가 넘어가면 노총각, 노처녀라고 인식되었다. 그렇기에 군에서 전역하고 입사한 동기 대부분은 30세 이전에 결혼했었다. 그러나 진로가 결정되지 않은 나로서는 결혼한다는 것이 언감생심이었다.

탄광도시

공부를 하는 중에 나는 대학원을 졸업한 후에는 유학을 가기로 마음먹게 되었다. 그만큼 공부에 관심이 많아졌던 것이다. 그때 석사학위 논문 주제 선정을 위해서 자료를 찾던 중에 미국 탄광촌에 관한 책을 읽게 되었다. 그 책을 읽으면서 우리나라 탄광촌에 대해서도 관심을 갖게 되었고, 도시계획가로서 탄광도시를 어떻게 해야 하는지에 대해 고민하기 시작했다.

탄광도시로 대표적인 곳이 강원도 정선군의 사북읍(고한읍 포함)이었다. 1986년 인구가 56,096명이었지만, 그 도시에 사는 사람들의 생활환경은 실로 열악하였다. 도시를 둘러싼 산의 중턱에는 채탄을 위한 구조물들과 시설들이 거칠게 드러나 있었고, 도시 중심을 흐르는 하천은 오염물질과 생활쓰레기 그리고 석탄수 등으로 인해 까맣게 변해 있었으며, 악취도 심했다. 탄광도시의 어린이들은 그림을 그릴 때 시내를 까맣게 그린다고 하는데, 그럴 수밖에 없는 환경에 기인한 것이라 할 수 있다.

사람들은 근본적으로 친수성이 있어서 도시민을 위해서 하천을 중심으로 친수공간을 조성하는 것이 기본이다. 그러나 당시 탄광도시의 하천은 환경적으로 주민들의 삶의 질을 크게 떨어뜨리고 있었다. 탄광도시는 주민들의 삶을 생각할 여유는 없는 듯이 보였다.

또한 탄광도시의 대기수준도 석탄가루로 인해 좋지 않았으며,

정선군 사북읍 도시 전경(1986년)

이로 인해 진폐증 환자도 많이 발생했다. 진폐증이란 오랜 기간 동안 석탄가루가 폐에 쌓여 호흡곤란이 생기는 심각한 질환이다. 따라서 탄광도시에 사는 주민들에게 있어서 쾌적성과 건강성을 찾기란 거의 불가능하였고, 삶의 질을 논하는 것 자체가 사치 같았으며, 단지 하루하루 생존을 위해서 살아갈 뿐이었다.

이러한 열악한 환경에도 불구하고 탄광도시의 미래는 불투명했다. 왜냐하면 도시에 매장되어 있는 석탄이 계속된 채탄으로 고갈되면, 그때는 도시 존재의 이유가 사라지기 때문이었다. 탄광도시는 다른 일반 도시들과는 달리 역사적으로나 지리적으로나 경제적으로나 문화적으로나 도시가 될 수 없는 도시였다. 그냥 석탄이 발견되어

도시가 형성된 것이었다.

탄광도시는 석탄관련 산업 이외에는 달리 경쟁력 요소를 찾을 수가 없었고, 도시의 지속성장을 위한 정책수립도 어려웠다. 탄광도시는 매장된 석탄이 고갈되었을 때 사람들이 모두 그 도시를 떠나게 되어 결국은 유령도시(ghost town)로 전락하는 운명을 갖고 있는 것이었다.

탄광도시가 유령도시로 가는 것을 그대로 방치할 것인지, 아니면 적극적으로 대책을 수립해야 하는 것인지에 대해 심각하게 고민하지 않을 수 없었다. 이에 답하기 위해서는 탄광도시에 있었던 사람들이 다른 도시로 이동할 때의 영향도 생각해야 하고, 지금까지 투자된 도시 내의 인프라 시설들에 대한 경제적 가치도 생각해야만 했다. 이런 여러 가지 생각으로 탄광도시의 정책방향에 대해서 명확한 결론을 내리기가 무척이나 어려웠다.

그래서 탄광지역들에 대한 정부의 정책을 알아보고자 탄광지역 계획을 담당하는 국토연구원의 연구원과 전문가들을 찾아다니며 대화도 많이 나누었다. 전문가들의 의견을 들으면서 나는 탄광지역에 대한 구체적인 정책이나 방향이 정해진 것이 없음을 알게 되었다. 그리고 그러한 지역에 대한 정책수립의 논리도 분명하지 않은 듯했다. 이러한 일련의 과정들을 통해서 나는 탄광도시에 대한 연구가 필요함을 절실히 느꼈고, 그래서 졸업논문에서 이 내용을 다루기로 마음먹었다. 지도교수였던 여홍구 교수님도 의미가 있는 주제라고 격려해 주셨다. 자신감을 가진 나는 탄광도시를 연구하기 시작했으며, 강원도 정선군 사북읍을 논문의 구체적인 대상 도시로 결정했다.

언급했듯이, 1986년 사북읍의 인구는 56,096명이었으며, 사북읍은 우리나라 읍 규모의 도시 중에서는 인구가 가장 많았다. 이 인구는 당시 강원도 인구 175만 명의 3.2퍼센트에 해당하는 수준이었다. 그러나 면적 기준으로 보면 사북읍은 강원도의 0.59퍼센트에 해당했다. 다시 말해, 좁은 공간에 상대적으로 너무 많은 인구가 살고 있었고, 그들의 생활환경은 말할 수 없이 열악하였다.

우리나라에서 인구가 5만 명이 넘으면 시(市)로 승격하는 것이 통상적이다. 그러나 사북읍이 시로 승격하지 못한 것은 바로 도시의 장래가 불투명함에서 기인한 것이라 할 수 있다.

탄광도시에 대한 자료수집을 위해서 주로 토요일과 일요일을 이용하여 이틀 동안 사북읍을 방문했다. (물론 설문조사를 할 때에는 월차를 내서 가기도 했다.) 토요일에 직장을 마치고 청량리역에서 밤 10시에 출발하는 태백선을 타면, 다음날 새벽 4시경에 사북역에 도착했다. 도착 즉시 여관에 들어가 잠깐 자고 일어나서 도시를 살펴보기 시작했다.

월요일에 출근해야 했으므로 일요일 오후 4~5시에는 서울로 향해야만 했다. 빡빡한 일정으로 도시 조사를 한 후에 집으로 돌아오면 거의 자정 무렵이 되었다. 몸은 피로에 녹초가 되었지만, 마음만은 오히려 성취감과 보람으로 행복을 느끼게 되었다. 이처럼 행복한 피로도 있다는 것을 사북읍으로 오가면서 알게 되었다. 만일 회사 일을 그런 일정 속에서 했었다면, 아마 매우 지치고 힘들어했을 것임이 틀림없다. 모든 것이 마음먹기에 달린 것이기에 내가 하고 있는 일에 꿈과 보람과 자부심을 갖는 것이 얼마나 크나큰 힘의 원동력이 되는지를 알게 되었다.

그리고 탄광지역과 같은 특수지역의 발전을 위해서 도시계획가는 어떻게 해야 하는가를 더욱 진지하게 생각하면서, 큰 책임감을 느끼게 되었다. 아무도 알아주지 않았지만, 나는 특수지역 계획에 대한 일종의 사명감을 갖고 앞으로 공부를 열심히 해서 이 분야의 발전에 조금이나마 기여를 해야겠다고 마음먹었다. 그래서 시간이 갈수록 공부를 계속해야겠다는 마음이 굳어지면서 유학을 결심하게 되었다.

그리고 나서 구체적인 계획을 세우면서 하나하나씩 실행에 옮기기 시작했다. 미국대학을 지원하는 과정은 생각보다 복잡했다. 모든 과정이 우편으로 이루어졌기 때문에 직장에 매여 있는 나에게는 어려움이 많았으며, 진행 속도도 빠를 수가 없었다. 그러나 천리 길도 한걸음부터라는 생각으로 지원할 대학에 관한 정보수집과 지원을 위한 서류 준비 그리고 토플과 GRE 등을 차근차근 준비하였다.

1987년: 승진, 결혼, 졸업, 그리고 유학

우리는 매 순간 너무나 많은 선택을 하면서 살아간다.
하루의 삶을 위한 선택도 있고, 평생을 위한 선택도 있다.

• • •

승진

우리나라에서 1987년은 정치적으로 격동의 해였다. 전두환 전 대통령의 호헌 선언으로 국민들은 저항했었고, 이에 따른 사회 혼란도 계속되었다. 그 결과 6.29 선언과 대통령 직선제 개헌 그리고 12월에는 대통령 선거가 있게 되었다. 그해는 나에게도 너무 중요한 일들이 일어났다. 살아오면서 개인적으로 큰 변화들이 이렇게 연속적으로 일어나는 것은 처음 있는 일이었다. 가장 먼저 있었던 일은 회사에서 대리로 승진한 것이었다.

입사한 지 2년 6개월 만에 대리로 승진했고, 구체적인 직위가 주어지니 호칭도 달라지고, 월급도 올랐다. 또한 사원일 때는 의자도 팔걸이가 없었는데, 대리가 되니 회사에서 팔걸이가 있는 의자로 바꾸어 주었다. 그리고 결재선도 한 단계 높아졌다. 하여튼 대리로 승진하니 기분은 좋았지만, 이와 함께 책임감도 더 커지게 되었다. 그럼에도 그때의 내 마음속에는 유학을 가는 것으로 정해져 있었다.

비록 마음속에는 유학을 가겠다는 생각이 들어차 있었으나, 나는 회사에서 해야 할 일들은 정말 성실하게 행하려고 했었다. 당시 내가 가장 기다리고 있었던 것은 미국에서의 입학허가서(I-20)였다. 1986년 가을에 대학원 지원을 완료했기 때문에, 1987년 봄에는 결과가 나올 것이라 예상하고 있었다.

그러나 회사에서 승진도 하였기에 회사 일을 소홀하게 할 수는 없었고 그럴 생각도 없었다. 모든 면에서 회사에 감사하고 있었고, 유학을 떠나는 날까지 성실하게 근무하고자 하는 것이 나의 진정한 마음이었다.

아내와의 만남과 결혼

언급하였듯이 나는 회사생활 초기에는 결혼에 관심이 별로 없었다. 부모님과 가까운 분들이나 직장 상사들이 사람을 소개시켜 준다고 했지만, 모두 사양했다. 그 이유는 내가 결혼할 준비가 되지 않았기 때문이었다.

1985년 여름에 민자역사 프로젝트를 추진할 때 한 팀이었던 강진원 사원이 사람을 소개시켜 주고 싶다고 했다. 나는 직장 후배가 소개한다고 하니 마음에 큰 부담이 없었다. 그래서 좋다고 하고는, 만남의 시간을 가지게 되었다.

소개받은 사람은 어느 특급호텔에서 국제영업을 담당하는 사람이었다. 첫눈에도 분위기가 화려했고, 대화의 반 정도는 영어를 구사하고 있었다. 사람은 좋은 사람 같았으나, 나와는 맞지 않을 것 같았다.

강진원 사원에게 소개받았던 사람이 내 타입은 아니었다고 말했더니, 그럼 정반대 타입의 사람을 소개해 주겠노라고 하는 것이었다. 그 사람은 수수한 사람이고 독실한 기독교인이며, 그의 집안은 삼대가 예수를 믿는 집안이라고 했다.

나는 그 말을 듣고 멈칫했다. 부모님의 종교가 불교였기 때문에 괜히 종교로 인해 분란을 일으키고 싶지 않았던 것이다. 그런데도 마음 한편으로는 독실한 기독교인이라는 말에 내 마음이 흔들렸다. 나는 당시 무교이기는 했지만, 기독교인들을 마음속으로 인정하고 신뢰했기 때문이었다. 그래서 다시 한번 소개를 받아 보기로 했다.

처음 아내를 만났을 때는 별다른 감정이 없었으나, 만남이 계속되면서 이 사람과 결혼을 해야겠다는 마음이 들었다. 그래서 마침내 프러포즈를 하고 말았다. 나는 아내가 기독교인인 것도 좋았지만, 착한 심성을 가진 것이 더욱 좋았다. 누구나 그렇겠지만 나는 착한 사람을 좋아한다. 그리고 지금도 주변 사람들이나 제자들에게도 배우자로서의 가장 중요한 필요조건은 착한 심성이라고 강조하고 있다.

한번은 딸이 사윗감에게 가장 중요한 것이 무엇이냐고 물어서 나는 주저함 없이 착한 사람이어야 한다고 대답했다. '왜 능력이 아니냐?'라고 반문을 해서 능력은 그다음이라고 했다. 그렇게 말한 이유는 착한 심성을 가진 사람이 배우자여야 집안이 화평할 수 있고, 그 화평을 바탕으로 능력을 발휘하면, 성공의 길로 나갈 수 있다고 믿기 때문이었다.

프러포즈를 한 이후 약 2년 만에 결혼을 할 수 있었다. 결혼이 늦어진 이유는 바로 종교로 인한 부모님의 반대가 강했기 때문이다. 부모님은 내가 사람을 만난다는 사실을 말씀드렸을 때는 크게 기뻐하셨지만, 종교가 다르다는 것을 아시고는 반대를 하셨던 것이다.

당시 나는 참으로 난감했다. 종교가 다르다는 이유로 이 사람을 놓치고 싶지 않았던 것이다. 결국 부모님은 우리의 결혼을 허락하셨다. '자식을 이기는 부모는 없다.'라는 말처럼 부모에게는 어떠한 일이 있어도 절대로 포기할 수 없는 것이 자식이고, 자식을 자신들의 목숨보다 더 사랑하기 때문이었을 것이다.

현재 우리는 결혼한 지 34년이 지났지만 지금까지 종교 때문에 어려웠던 적이 없었고, 아내는 부모님께서 가장 의지하는 사람이 되어 있다. 또한 아내로 인해 가족 간의 불화는 단연코 없었다. 가족 간에서뿐만 아니라 가족 내에서도 큰소리가 난 적이 없었다.

큰소리가 났다면 그것은 분명 내 소리였을 것이다. 아내는 집안에서 분란을 초래하는 문제아(trouble-maker)가 아니라 가족들에게 평화를 가져온 사람(peace-maker)이었다.

결혼 전 장인의 말씀

부모님과의 갈등이 심해졌을 때, 장인께서 나를 만나고자 회사 내 지하 다방에 오셨다. 과년한 나이가 된 딸과의 만남이 생각보다 길어지자 걱정이 되신 것이었다. 그는 나에게 단도직입적으로 앞으로 어떻게 할 것이냐고 물으시면서, 결혼에 대한 나의 명확한 생각을 알고 싶어 하셨다. 당시 나는 기다려 달라고 말씀드릴 수밖에 없었다.

그때 장인은 나에게 평생 잊지 못할 말씀을 하셨다. "내 딸이 어려운 상황에서도 자네와 결혼을 하겠다는 것을 반대하지 않는 이유는 자네가 아니라 내 딸을 믿기 때문이네."라는 말이었다. 그러면서 "내 딸을 나는 잘 교육시켰다고 생각하네. 내가 딸을 교육시킨 목적은 앞으로 살아가면서 많은 선택을 할 텐데 그 선택을 잘하라는 것이었다네. 딸을 잘 길렀으니, 나는 내 딸의 선택이 맞을 것이라 믿네."라고 말씀을 덧붙이셨다.

나는 장인의 말씀을 듣고 우리가 왜 교육을 받아야 하는지 그리고 자식을 왜 교육시켜야 하는지를 분명하게 깨달았다. 그것은 바른 선택을 하도록 하기 위한 것이었다. 우리는 매 순간 너무나 많은 선택을 하면서 살아간다. 어떤 선택은 하루의 삶을 위한 선택일 수도 있고, 또 어떤 선택은 평생을 위한 선택일 수도 있다. 선택은 결코 쉬운 것이 아니다. 선택과정에서 많은 에너지가 필요하고 때로는 고뇌할 수밖에 없는 순간들이 있다. 그리고 선택에는 책임이 따르기 때문에 항상 신중하게 해야 하는 것이다.

생각해 보니, 나도 지금까지 참으로 많은 선택들을 해왔고, 그중에서는 현명하게 잘한 선택도 있었지만, 어리석고 좋지 않은 선택도 있었다. 그리고 그러한 모든 선택들의 결과가 지금의 나를 있게 한 것이라고 생각한다. 그래도 가장 잘한 선택은 단연 아내와 결혼한 것이다.

지금까지 나는 많은 사람들을 만났다. 그중에서 나라를 이끌어가야 할 인재라고 확신이 드는 사람도 있었다. 그리고 교수보다는 장관과 같은 자리에서 봉사하는 것이 국가를 위해서 더 나은 길이라고 생각한 사람들도 있었다. 그런데 내가 확신했던 그런 사람들이 중간에 여러 가지 이유로 중도하차 하는 경우를 보았다. 중도하차의 이유는 첫 번째 건강악화로 인해 세상을 떠난 것이고, 다음으로는 가정의 문제였다. 첫 번째 이유는 우리가 어쩔 수 없다손 치더라도, 두 번째 이유는 우리의 통제 영역 안에 있는 것이다.

가화만사성(家和萬事成), 즉 가정이 화목하면 모든 일들이 잘 풀린다는 말은 우리 주변에서 가장 흔하게 하는 말이지만, 그 말만큼 정확하고 중요한 말도 없을 것이다. 나는 이러한 면에서 아내에게 항상 감사한다. 어려운 집에 시집와서 지혜롭게 행동하고, 가족의 화목을 위해서 노력했으며, 부족한 나에게 힘과 지혜를 듬뿍 준 사람이었으니 말이다.

석사학위논문: 태백권 탄광도시 연구

1986년 말부터 본격적으로 자료를 수집하여 졸업논문을 쓰기 시작했다. 논문의 제목은 "태백권 탄광도시 연구"로 정했다. 그리고 탄광도시에 사는 사람들의 의식조사를 위해서 설문지를 작성하여 현지조사를 했다. 그 설문지는 총 6페이지였으며, 4개 영역에 총 48항목으로 구성되어 설문치고는 다소 길고 복잡했다. 하지만 주민들은 매우 친절하게 설문에 응답해 주었다. (설문지는 총 400부를

정선군 사북읍 주민 설문조사 (1987년, 좌측이 필자)

배포하여 약 90퍼센트인 총 361부를 회수했었다.)

　주민들의 응답률이 높았던 것은 주민들도 탄광도시의 미래가 불투명하다는 것을 절실히 느꼈기 때문이라고 생각했다. 주민들은 탄광도시들에 대해 많은 연구가 이루어져서 사회적 이슈로 부각되기를 기대하는 것 같았다. 즉, 사회적으로 관심을 받을 때 탄광도시에 대해 정부는 보다 적극적으로 대책을 수립할 것이라고 믿었을 것이다.

　설문조사에서 주민들이 갖는 탄광도시에 대한 낮은 자긍심과 소속감이 여과 없이 드러났다. 주민들은 정부의 지원을 강력하게 희망했고, 정부의 지원이 없을 때는 다른 도시로 이전하겠다는 의지가 강하게 나타났다. 따라서 정부의 지원만이 탄광도시를 지속시킬 수 있는 핵심 요소였던 것이다.

　또한 앞으로 정부가 아무런 대책 수립을 세우지 않을 경우 사북읍의 인구는 1986년 기준 56,096명에서 2010년 5,691명의 자연취락 단위의 도시로 전락할 것임을 논문에서 구체적으로 예측했다. 즉, 사북읍이 정부의 개입이 없다면 유령도시 수준으로 쇠퇴하는 것은 불가피한 일이었다.

　그리고 논문은 유령도시로의 쇠

필자의 석사학위 논문 (1987.06)

퇴를 방지하기 위해서는 정부의 정책이 중요한데, 그 정책은 일반적인 정책이 아닌 도시의 입지적 특성을 고려한 특수한 정책이어야 함을 제시했다. 그러나 특수한 정책이 어떤 정책인지 구체화시키지는 못했다.

정부는 탄광지역의 급속한 쇠퇴로 인해 낙후된 지역경제를 활성화시키고자 1995년 12월에 "폐광지역개발지원에 관한 특별법"을 제정했다. 그리고 이 법에 의해 사북읍 내에서 한 곳에만 내국인이 출입할 수 있는 카지노장이 허용되었으며, 2001년부터 지금에 이르기까지 운영되고 있다. 나는 사북읍의 변화를 계속 관찰하고 있다. 지금은 한마디로 천지개벽을 했다고 할 정도로 도시의 모습이 변했다. 도시의 물리적 환경은 탄광도시 때와는 비교가 되지 않는다. 그러나 그곳에 갈 때면 왠지 마음이 쓸쓸해진다. 왜냐하면 내가 탄광도시에 대해 논문을 쓸 당시 느꼈던 주민들의 순수한 마음이 많이 사라진 것 같기 때문이다.

유학길에 오르다

유학을 결정한 후에 다음으로 고민되는 것은 미국 내의 어느 대학에서 공부할 것인지를 선택하는 것이었다. 나는 도시계획 전공이 설치된 대학 중 탄광도시와 같은 특수지역 개발계획에 초점을 맞춘 곳을 찾으려고 했다. 당시에는 인터넷도 없어 자료를 수집하는 데 많은 한계가 있었다. 그러던 중 미국 내 도시 및 지역계획학과를 소개하는 자료를 찾았는데, 탄광지역계획과 관련한 프로그램에 특화된 대학을 찾기란 쉬운 일이 아니었다.

그러나 제3세계 개발 프로그램(The Third World Development Program)이 설치된 학교를 찾았다. 그 학과는 바로 오하이오 주립대학교의 도시 및 지역계획학과(Department of City and Regional Planning, The Ohio State University)였다. 나는 자료를 읽어보고 이 대학에 입학을 해야겠다고 마음먹었다. 그 이유는 탄광지역의 환경과 경제적으로 낙후한 제3세계의 환경과는 서로 비슷하니까 계획접근도 유사할 것이라 믿었기 때문이다.

참고로 당시 제3세계란 미국과 소련이 냉전으로 대립하던 시절에 미국 편에 속하는 서유럽 국가들을 중심으로 한 나라들이 제1세계였고, 소련 편에 속하는 동유럽 국가들을 중심으로 하는 나라들이 제2세계였다. 그리고 그 외 국가들을 제3세계라고 불렀다. 제3세계에 포함된 국가들은 대부분 남아메리카와 아프리카 및 아시아의 저개발 국가들이었다.

나는 오하이오 주립대학교의 도시 및 지역계획학과를 지원한 후부터 퇴근할 때는 혹시 입학허가서가 왔는지 하는 기대감에 부풀어 아파트 입구의 우편함을 보는 습관이 생겼다.

1987년 3월 드디어 학교에서 보내온 가을학기 입학허가서(I-20)를 받았다. 정말 기뻤다. 아내와 함께 미국에 갈 생각을 하니 너무나도 흥분이 되었다. 그러나 결혼식이 그해 6월로 예정되어 있어서 결혼 후 곧바로 떠나는 것은 여러 가지로 무리가 있었다. 그래서 대학원 입학을 겨울학기로 연기했고, 그때까지 그야말로 더 이상 부러울 것이 없는 상상 속에서 즐겁기만 했다.

그리고 1987년 12월에 나 홀로 미국으로 먼저 떠났다. 당시 미국대학에서 아내의 서류가 늦어져 내가 가서 준비하는 것이 더 나을 것 같아서였다. 둘째 자형이 한국 대사관에서 상무관으로 근무하고 있었기 때문에, 나는 그곳에 가서 중고 자동차를 구입하고 생활에 필요한 물품도 받기 위해서 워싱턴으로 먼저 갔다. 또한 아내가 해산을 앞두고 있기에 아파트와 기타 생활에 대한 만반의 준비를 끝내고 난 후에 아내가 오면 좋을 것으로 생각했었다.

미국으로 출발하는 비행기를 타면서 많은 생각이 교차되었다. 우선 배가 부른 아내를 비롯하여 가족과 헤어지는 것도 그리고 보고 싶은 사람들을 볼 수 없다고 생각하니, 나도 모르게 마음속 저 밑바닥에서부터 슬픔이 차올라왔다. 그와 함께 마음 한편에서는 과연 내가 박사학위를 취득할 수 있을까 하는 두려움도 있었다. 어찌했든 슬픔과 두려움 그리고 기대감 등이 혼재되어, 떠나는 나의 머릿속에서는 만감이 일어 참 복잡했다. 그러나 분명한 것은 그 마당에서 최선을 다하는 것 이외에는 달리 어떤 선택의 여지가 있을 수 없다는 것이었다. 이제는 어쩔 수 없이 이 미국행에 나의 운명을 걸어야 한다고 생각하며 옷깃을 여미었다.

회사생활에서 얻은 재산

우리 자신을 둘러싸고 있는 분위기에 따라 자신 안에 잠재된
무한한 역량을 깨울 수도 있고, 그렇지 않을 수도 있다.

• • •

성숙한 사람들과의 만남

직장생활을 마감하면서 나는 대우에 너무나도 감사했다. 대우는
나에게 사회에 대해 그리고 도시계획에 대해 많은 것을 가르쳐
주었기 때문이다. 군에서 전역할 때 아무런 준비가 되어 있지 않았던
나에게 3년 6개월 동안 월급을 주면서까지 훈련받게 했던 것이다.

대우에서의 생활은 치열하기는 했지만, 뒤돌아보면 더 말할 나위
없이 귀한 배움과 훈련의 기회가 되었다. 무엇보다도 함께한 사람들
이 누구보다 성숙미를 갖춘 사람들이었으며, 그들로부터 사회인으
로서 갖추어야 할 행동과 자세와 덕목 등을 배울 수 있었던 것이다.

이 세상에서 가장 공평한 것이 있다면 그것은 인간 누구에게나 주어져 있는 시간일 것이다. 하루 24시간과 일 년 365일은 누구에게나 공평하게 주어져 있다. 그러나 그 시간을 어떻게 활용하는가는 저마다 다 다르다. 하루 24시간을 30시간같이 사용하는 사람이 있는가 하면 10시간같이 쓰는 사람도 있는 것이다.

이렇게 누구에게나 주어진 시간을 나는 기본적으로 빡빡하게 사용해야 한다고 믿는다. 젊었을 때일수록 더욱 그래야 한다. 그래야 한정된 시간에 하고 싶은 일들을 남보다 많이 할 수 있고, 경험도 풍부해질 것이기 때문이다. 결국 어떻게 시간을 보냈는가에 따라서 그 사람의 인생이 결정된다고 할 수 있다. 대우는 이러한 면에서 나를 어엿한 사회인으로 훈련시키기에 필요충분조건을 모두 갖춘 곳이었다.

사회시스템에 대한 이해도 대우에서 근무하면서 배운, 빼놓을 수 없이 중요한 것이었다. 사회시스템이란 말 그대로 사회 전체는 하나의 단위이지만, 세부적으로는 다양한 부문들로 구성되어 있음을 뜻한다. 사회시스템에서 가장 중요하게 이해해야 할 것은 바로 전체가 부분들의 합 이상이라는 것이다.

그것은 바로 부문들 간의 관계, 즉 각 부문의 고유한 역할과 기능 그리고 부문 간의 상호의존적인 관계가 존재함을 가리키는 것이다. 그래서 이러한 사회시스템을 이해하게 되면, 나 혼자서만 잘 살 수 있는 길은 없다는 것을 깨닫게 되어, 다른 사람들의 존재를 인정하고 배려하는 마음을 갖게 된다. 배려하는 마음이야말로 바로 성숙한 사회인이 기본적으로 취해야 할 자세인 것이다.

그리고 사회시스템을 이해하게 되면, 세상을 바라보는 관점이 종합적이 되고, 이에 따라 기획력도 탄탄해질 수밖에 없다. 도시계획은 공간 측면에서 미래사회를 기획하고 준비하는 것이다. 이러한 면에서 대우에서의 다양한 경험은 도시를 바라보는 내 관점을 보다 넓고 깊게 만들어 주었던 것이다.

현장에 대한 이해와 잠재력의 발견

앞에서 언급하였듯이, 개발사업부는 나에게 도시계획이 얼마나 사회적으로 중요한 학문인지를 알려주었다. 도시계획에서 현장은 매우 중요하다. 왜냐하면 도시계획의 대상은 사람이고, 사람은 실존하는 공간, 즉 현장에 있기 때문이다.

도시계획을 도시문제의 해결(urban problem-solving) 수단으로 정의하기도 한다. 일반적으로 말해, 문제를 잘 풀기 위해서는 먼저 문제를 잘 이해해야만 한다. 마찬가지로 도시문제를 잘 해결하기 위해서는 도시문제가 무엇인지를 잘 이해해야만 하는 것이다. 도시문제의 대부분은 현장에서 발생하는 문제이다. 이는 현장에 대한 이해가 도시문제 해결의 핵심임을 의미하는 것이다.

나는 지금까지 연구평가나 연구자문에 수도 없이 참여했었다.

그러한 참여로부터 알 수 있었던 것은 우수한 연구들이 갖는 공통점이다. 그것은 현황분석이 잘 이루어졌다는 것이다. 정확한 현황분석이 이루어질 때, 문제가 구체적으로 드러나고, 드러난 문제를 해결하기 위한 실효성 있는 계획 방향과 방안이 제시될 수 있는 것이다. 이러한 면에서 개발사업부는 나에게 현장의 중요성을 일깨워 주었던 곳이다.

또한 대우에서의 근무는 치열하였지만, 그러한 생활을 통해서 내 안에 잠자고 있던 잠재력을 깨울 수 있었다. 잠재력이란 말 그대로 겉으로 드러나지 않고 안에 숨어 있는 힘이다. 즉, 드러내지 않으면 영원히 잠자고 있을, 알 수 없는 것이 잠재력이다. 나는 누구에게나 무한한 잠재력이 있다는 것을 믿는다. 그러나 문제는 우리 대부분이 자신의 무한한 잠재력을 모른 채 살아가고 있다는 사실이다. 본능적으로 자신이 가지고 있는 잠재력을 최대로 활용하는 것이 아니라, 표면에 드러난 능력만을 가지고 살아가면서 스스로 자족하는 것 같다.

그래서 인생을 살아가는 데 있어서 중요한 것이 바로 자신과 함께하는 사람들의 분위기일 것이다. 자신을 둘러싸고 있는 분위기에 따라서 자신 안에 잠재된 무한한 역량을 깨울 수도 있고, 그렇지 않을 수도 있기 때문이다. 이러한 면에서 나는 감히 행운아라고 자처할 만한 사람이다. 왜냐하면 함께했던 사람들로 인해 나의 부족함을 절실하게 깨달음과 동시에 잠재력과 가능성도 확인할 수 있었기 때문이다.

대우에서의 배움과 훈련 때문에 지금의 내가 있다고 생각한다. 대우가 아니었다면, 지금의 나는 없었을 것이라고 해도 절대 과언이 아니다. 이 지면을 통해 함께 근무했던 모든 분들께 감사의 마음을 전하고 싶다. 이러한 귀한 만남과 배움을 준 대우에 감사한 마음을 깊이 가슴에 새기며, 1987년 12월에 퇴직하고, 나는 유학길에 올랐다.

제3장

학문과 생각의 자세를 배우다

학교에 학생들은 거의 없었고, 내가 있었던 브라운 홀 건물에는 아마도 나 혼자 있었을 것이다. 나는 습관대로 책을 보고 있었는데, 갑자기 누군가 내 귀에 대고 "아무 걱정하지 말라. 내가 너와 함께할 것이며, 너의 모든 것은 이미 다 결정되었다."라고 속삭이는 것 같았다. 그 순간을 잊지 않기 위해서 나는 즉시 종이를 꺼내어 글로 그 말을 적어 내려갔으며, 나는 그것이 하나님이 내게 주신 말씀으로 확신했다.

미국 도착 및 학업준비

미국의 도시들과 농촌이 눈앞에 펼쳐졌다. 마주치는 모든 광경이 그림 같았으며, 사진기로 어디를 찍어도 달력으로 만들 수 있을 것 같았다.

• • •

첫인상

미국에 도착했을 때 받은 첫인상은 사람과 자동차가 생각한 것 이상으로 많았다는 것이다. 사람과 자동차의 수만 많았던 것이 아니라 인종과 자동차의 종류도 매우 다양했다. 그래서 나는 미국을 합중국(united states)으로 부르는 이유가 바로 이러한 다양성에서 기인한 것이 아닌가 생각했다.

잡화점이나 식품점에 진열된 수많은 종류의 제품들과, 같은 제품일지라도 여러 제조회사에서 만든 것들이 진열된 것을 보면서, 산업 간 그리고 기업 간 경쟁이 만만치 않게 치열할 것이라는 것을 미루어 짐작할 수 있었다. 더욱 나를 놀라게 했던 것은 TV 광고에서 경쟁사 제품의 약점을 노출시켜 가면서까지 자신들의 제품의 우수함을 보이는 것이 허용된다는 것이었다. 이러한 광고는 당시 우리나라에서는 볼 수 없는 것이었다.

우리나라에서는 단일민족의 특징을 드러내듯 같은 제품이라고 하여도 그것을 생산하는 기업의 수는 많지 않았다. 예를 들면, 자동차의 경우는 거의 현대의 포니와 대우의 르망 일색이었고, 라면의 경우는 삼양이나 농심이었으며, 전자제품이나 기타 제품들의 경우도 마찬가지로 생산 기업들은 소수였다. 이러한 현상은 기업 간 경쟁을 제한하여 한정된 자원이 소수의 부문으로 집중되는 것을 막으려는 정부의 정책에 기인한 것이었다고 할 수 있다.

미국에서의 많은 제품의 종류와 치열한 경쟁은 결과적으로 소비자의 효용, 즉 만족 증가와 기업의 경쟁력 향상으로 이어질 것이라는 확신이 들었다. 왜냐하면 소비자는 같은 비용으로 좋은 품질의 제품을 선택하여 소비할 수 있으니 효용이 증가할 것이고, 기업은 제품의 단점이 개선되니 기업의 경쟁력이 자연히 향상될 것이기 때문이다.

나는 미국 경제가 세계 정상에 있을 수 있는 근본적인 요인이 바로 다양성과 자유스러움에 있다고 생각하게 되었다. 이를 보면서 시장에 대한 과도한 규제와 간섭은 궁극적으로 자원배분을 왜곡시켜 소비자의 삶의 질과 기업의 경쟁력을 떨어뜨리는 결과를 초래할 것임을 굳게 믿게 되었다.

앞서 언급하였듯이 당시 둘째 자형은 대사관에서 상무관으로 근무하고 있었는데, 자형이야말로 내가 만나본 사람 중에 역량이 가장 뛰어난 사람이었다. 이러한 나의 생각은 예나 지금이나 변함이 없다. 대학 시절에 만난 그는 내가 군인으로 나갈 계획이라고 말했을 때, 그 길은 절대 아니라고 강력하게 반대하기도 했었다.

미국에 도착 며칠 후 자형과 함께 비행기로 오하이오 주립대학이 있는 콜럼버스에 다녀왔다. 무엇보다도 거주할 아파트를 마련하는 것이 중요했기 때문이다. 자형의 넓은 인맥으로 오하이오 주립대학교의 어느 한국인 교수를 소개받았고, 그 교수 집에서 점심식사를 함께 했다. 나는 그 교수에게 아내가 해산을 앞두고 있어 먼저 왔고, 생활근거지가 마련되는 대로 아내가 올 것이라고 말했다.

그 교수는 내 말을 듣고, 한국에서 아내가 편하게 해산하게 해야지 미국으로 오게 해서 고생시키면 안 된다며 안타깝다는 듯이 말하는 것이었다. 그러면서 아내가 서울에서 해산하는 것이 아내를 위해서 그리고 나를 위해서도 좋을 것이라는 것이다. 그리고 학사일정도 생각해야 한다고 그는 강조했다.

당시 오하이오 주립대학교는 4학기제(quarter system)의 학교였다. (지금은 2학기제로 운영되고 있다.) 겨울학기는 1월 초에 시작하여 3월 중하순에 마치는데, 아내의 해산예정일이 3월 15일이어서 학기말 시험 기간과 겹치는 것이었다. 아내의 해산과 기말고사

기간이 겹친다는 것이 마음에 걸렸다.

그리고 도시 및 지역계획학과에서 공부하는 윤대식 선생(박사 취득 후 영남대학교 도시공학과에서 교수로 재직하다가 2021년 8월 정년을 했다.)을 소개 받았다. 윤 선생은 학과에 대한 설명과 곧 다른 대학으로 가는 유학생이 있으니 그 아파트를 인계받으라고 조언해 주었다. 그 아파트에 가보니 공동묘지가 바로 옆에 있기는 했으나 전체적으로 괜찮은 것 같았다. 그래서 나는 2주 후에 그 아파트에 입주하기로 결정했다.

그날 저녁 늦게 워싱턴으로 돌아왔다. 아파트도 마련되었고, 학과에 대한 개략적인 설명도 들었으니 이제는 등록하고 공부만 하면 되는 것이었다. 그러나 마음이 편하지 않았다. 이유는 아내의 입국시기 때문이었다. 콜럼버스를 떠날 때부터 머릿속은 아내가 언제 오는 것이 좋은지에 대한 생각으로 꽉 차 있었다. 정말 고민이 되었다.

아무래도 3월에 한국에서 해산하고, 봄 학기가 끝나는 6월에 미국으로 오는 것이 좋겠다는 데 생각이 미쳤다. 아내에게 전화를 걸어 학사일정을 말하면서 6월 중순에 입국하는 것이 가족 모두를 위해서 최선일 것이라고 말했다. 진심으로 임신한 아내를 미국으로 오게 하는 것이 아내에게는 상당히 무리일 것이라고 생각했던 것이다. 그리고 해산이 기말시험과 겹치게 되었을 때, 이역만리 타국에서 부부가 서로 어찌할 바를 몰라 발을 동동 구르는 사태도 우려했었다.

아내도 그러는 것이 좋을 것 같다고 말은 했지만 못내 아쉬워하는 것 같았다. 내가 미국으로 떠난 다음 미국 대사관으로부터 비자를 받은 터였는데, 그렇게 말을 하니 아내의 마음이 많이 서운하고 답답했을 것이다. 사실 나도 아쉽고 답답하기는 마찬가지였으나 그렇게 하는 것이 최선이라고 믿었다.

콜럼버스로 가는 길

워싱턴에 2주간 머물면서 운전면허를 취득했고, 중고 자동차도 구입했다. 중고 자동차는 신문을 보고 차 주인을 만나 짧은 거래 끝에 2,650달러에 샀다. 유학 전에 영어 공부를 할 때, 신문광고를 보고 중고 자동차를 사고파는 부분이 있었는데, 막상 미국에서 직접 해보니 신기한 생각마저 들었다. 그리고 자동차 딜러를 거치지 않고 주인과 만나 좋은 가격으로 자동차를 사니 기분도 좋았다. 내가 산 자동차는 8년 된 자동차였지만, 성능은 좋았으며 졸업할 때까지 큰 고장 없이 잘 탔다.

누이한테 받은 기본적인 생활 집기와 서울에서 가져온 이민가방 두 개 분량의 짐을 자동차에 싣고 자형과 함께 콜럼버스로 향했다. 콜럼버스는 오하이오 주의 주도로 행정과 교육이 특화된 도시이다. 당시에는 살기 좋은 도시로 미국 내에서 항상 상위권에 선정되었고, 안전하고 환경이 좋은 도시였다.

당시 대부분의 유학생들은 값싼 중고차를 구입해서 그런지 학생들마다 자동차와 관련해서 다양한 일화를 가지고 있었다. 예를 들면, 기말시험을 보러 가려는데, 자동차 시동이 걸리지 않아 낭패를 보았다거나, 배기가스가 너무 많이 배출되어 건물에서 화재가 나는 것으로 알고 경찰이 왔다는 등의 일화가 많았다. 물론 주행 중 자동차가 갑자기 멈추는 바람에 우연히도 미국인들의 친절을 경험한 사람들도 있었다.

내가 산 차의 가격을 말하니까 어느 유학생은 한번 타고 싶다고 할 정도였다. 어찌했든 그때는 유학생들의 생활이 그리 넉넉하지 않았던 시절이었다. 그때와 지금 유학생들의 생활을 비교해 보면, 많은 차이가 있을 것이라 생각된다.

콜럼버스로 가는 길에 미국의 도시들과 농촌이 눈앞에 펼쳐졌다. 마주치는 모든 광경이 그림 같았으며, 사진기로 어디를 찍어도 달력으로 만들 수 있을 것 같았다. 워싱턴에서 콜럼버스까지는 자동차로 8시간 정도 걸리는 거리였다. 그렇게 오래 걸린다는 것을 상상할 수 없었던 내가 깜짝 놀라니 자형은 그 정도의 거리는 미국에선 아무것도 아니라고 했다.

미국 동부의 뉴욕에서 서부의 샌프란시스코까지의 거리는 약 4,600킬로미터이고, 자동차로 하루에 1,000킬로미터를 간다 해도 약 5일 동안 운전해야 할 거리이다. 그러니 미국에서 8시간의 운전 거리는 비교적 큰 부담을 느끼지 않는 거리로 인식되고 있었다.

국토의 면적도 넓고, 자연환경도 우수하며, 비옥한 토지에 풍부한 자원을 보유한 미국은 참으로 복 받은 나라라고 생각했다. 또한 만나는 사람마다 친절해 보였다. 그래서 나는 이런 곳이라면, 아내와 어느 곳에서든지 살 수 있을 것 같다는 생각이 들었다. 그러나 아내 없이 콜럼버스로 가는 것이 왠지 외롭고 허전했으며, 옆자리에 아내가 있었다면 얼마나 좋을까 하는 상상을 하기도 했다.

대학원 공부

영어회화에 시간을 많이 투자했건만, 교수의 강의를 알아듣기에는
어림도 없었다. 강의 속도는 빨랐고 내용도 어려웠다.

• • •

첫 수업

미국으로 올 때만 해도 공부하는 것이 긴장은 되었지만, 걱정은
크게 하지 않았었다. 왜냐하면 공부에만 전념하면 될 것이기 때문이
었다. 유학 전에는 바쁜 직장업무와 대학원 공부, 결혼과정에서
부모님과의 오랜 갈등, 그리고 아내와의 연애 등 한 몸으로 여러
일들을 겪다 보니 육체적으로뿐만 아니라 정신적으로도 힘들었던
것이다.

그러나 미국에서는 오로지 공부만 하면 되었으므로, 한국에서
겪었던 여건보다는 나을 것이고 생각했었다. 그러나 실제 미국에서

의 공부가 나에게는 그렇게 만만한 것이 아니었다. 겨울학기는 1월 2일에 시작했다. 당시 우리나라에서는 신정 연휴라고 해서 1월 1일부터 3일까지 공휴일로 지정되어 있었다. 이런 분위기에 익숙했던 나는 1월 2일 오후 2시의 첫 수업이 과연 진행될 것인지에 대해 반신반의했다.

도시 및 지역계획학과는 캠퍼스의 중앙에 있는 브라운 홀(Brown Hall)에 있었다. (지금은 새롭게 지은 다른 건물로 이동했다고 한다.) 그 건물은 3층짜리였는데, 각 층 복도마다 큰 괘종시계가 걸려 있었고, 매시 정각에 정확하게 울렸다. 두 시를 알리는 괘종시계의 울림과 동시에 강의실로 들어온 교수가 두 시간 동안의 열정적인 강의를 마치고 나가는 모습에 나는 적잖이 놀랐고, 깊은 감동도 받았다.

그런데 문제는 강의 내용을 전혀 알아들을 수 없다는 것이었다. 유학 전에 그렇게 영어회화에 시간을 많이 투자했건만, 교수의 강의를 알아듣기에는 어림도 없었던 것이다. 강의 속도는 빨랐고 내용도 어려웠다. 그리고 내용을 이해하지 못한 나에게 혹시 교수가 질문이라도 하면 어쩌나 하면서 불안해하기도 했었다. 그때의 내 심정을 어떻게 표현할 수 있을까? 거의 죽을 것 같았다는 것이 솔직한 심정이었다.

강의실에 있는 학생들, 특히 우리나라를 포함한 아시아 국가에서 온 학생들이 미국 학생들과 거리낌 없이 대화하는 모습을 보면서 얼마나 부러웠는지 모른다. 회사도 포기한 채 공부한다고 와서는 무력하게 멍하니 앉아 있는 내 모습이 참 초라하고 한심했다. 그리고 공부를 무사히 마칠 수 있을 것인가에 대해서도 자신이 없어졌다. 순간적으로 나는 나의 모든 것에 대해 의심하기 시작했다.

첫 수업을 들으면서 이 생각 저 생각을 하다 보니 가슴이 막막해지고 무거웠다. 그러면서 내 눈앞에는 오직 한 사람, 배부른 아내의 얼굴만 떠올랐다. 아내가 정말 보고 싶었다. 그리고 과거에 유학 온 많은 선배들도 나와 같은 고통을 겪었을 것이라 생각하니, 그들에 대한 존경의 마음마저 생기는 것이었다.

그렇다고 마냥 주저앉을 수는 없는 노릇이었다. 그들이 해냈다면 나도 할 수 있을 것이라고 나 자신을 다독이며 위로하기 시작했다. 물론 그들이 나보다 훨씬 역량이 뛰어났을 테지만, 그렇다면 나는 무엇으로 그 차이를 메울 것인지를 생각해 보았다.

갑자기 발명의 왕 토머스 에디슨(Thomas Edison)의 말이 생각 났다. "천재는 1퍼센트의 영감과 99퍼센트의 땀으로 만들어진다." (Genius is 1percent inspiration and 99percent perspiration.) 너무나도 잘 알려진 말이었지만, 이전에 들을 때는 그저 아무런 느낌 없이 받아들이던 평범한 말이었다. 그러나 절박한 상태에 있었던 나에게 에디슨의 이 말은 새롭고도 절실하게 다가오는 것이었다.

천재도 99퍼센트의 노력을 하는데, 평범한 내가 공부를 한다면

99퍼센트가 아니라 그의 10배인 990퍼센트 이상으로 노력해야만 할 것이라고 생각했다. 다시 말해, 내가 직면한 어려움을 극복하는 유일한 방법은 노력 이외에는 달리 없었던 것이다. 그리고 부단히 노력하면, 이 정도의 어려움은 극복할 수 있을 것이라 자신감을 일깨우며 힘을 내었다. 나는 다시 한번 나의 노력을 믿기로 다짐했던 것이다.

지도교수와의 만남, "What can I do for you?"

학기가 시작되고 며칠 후 지도교수를 만났다. 학과 소개 자료에서 읽었던 제3세계 개발계획을 담당하는 교수였다. 그는 세계은행(World Bank)과 유엔개발기구(United Nation Development Program)에서 제3세계에 속한 국가들을 대상으로 다양한 연구를 수행하고 있었다. 그는 주로 방학기간에 제3세계 국가들에 머물면서 연구를 했고, 학기 시작 전에 돌아오곤 했다.

처음 만났을 때 그의 외모는 마치 사진에서 본 아인슈타인 박사와 같은 느낌을 주었다. 다만 외국에서 돌아와 그런지 피곤한 모습이었으나 인상은 아주 좋았다. 그의 이름은 벌커드 본 라벤뉴(Burhkard von Rabenau)였는데, 그는 중간 이름인 본(von)에 대해 자긍심이 컸다. (아마 그 중간 이름이 독일의 귀족임을 나타내는 것이기 때문인 것 같았다.)

그는 독일의 슈투트가르트대학교(Stuttgart University)에서 건축을 전공하고, 1968년부터 미국 버클리 대학에서 도시계획학과 지역경제학을 공부했다. 지금까지 50년 이상을 미국에서 생활했음에도 여전히 독일 국적을 그대로 유지하고 있다. 그의 집에 가면 그가 낭비를 모르는 얼마나 검소한 사람인지를 한눈에 알 수 있다. 제2차 세계대전 중 태어났고 전후에 고생을 많이 해서 그런지 검소한 생활이 몸에 밴 것 같았다.

라벤뉴 교수님과의 만남에서 나를 놀라게 한 것은 "무엇을 도와줄까?"(What can I do for you?)라는 그의 첫 인사말이었다. 물론 그 말은 서비스 분야에 종사하는 사람들이 습관적으로 하는 인사말이었지만, 교수가 학생에게 그런 말을 했다는 것에 놀라지 않을 수 없었다.

탄광도시와 같은 특수지역에 대한 계획을 공부하기 위해서 왔노라고 하자, 그는 잘 찾아왔다고 환영해 주었다. 그러면서 탄광도시의 문제를 풀려면 알아야 할 분석기법이나 수강해야 할 과목 등에 대해 구체적인 조언을 해주었다. 나는 그가 말한 것들을 하나하나씩 해나가면 될 것이라는 믿음이 생겼고, 그의 조언대로 열심히 공부해야겠다는 굳은 결심이 서게 되었다.

첫 학기에 라벤뉴 교수님이 강의하는 저개발국가와 관련한 과목을 신청했고, 그 과목을 통해 그와 가까워질 수 있을 것이라고 기대했다. 그래서 다른 과목에 비해 더 열심히 하려고 노력했지만,

역시 영어가 내 발목을 잡고 말았다. 그의 발음이 나에게는 독특하게 들려 알아듣기가 어려웠고, 무슨 내용인지도 이해가 되지 않았다. 3주 정도가 지났을 때 나는 용기를 내야만 했다. 이대로 가다가는 학기를 어떻게 마칠 것인지 정말 불투명했기 때문이다.

라벤뉴 교수님을 찾아간 나는 불쑥 교수님의 강의노트를 빌려달라고 했다. 만약 한국에서 학생이 교수에게 그런 요구를 했다면 과연 어떤 교수가 자신의 노트를 선뜻 빌려줄 수 있을까? 그런 교수를 찾기는 쉽지 않을 것이다. 강의노트에는 강의할 내용뿐만 아니라 자신만을 위한 사적인 내용도 있어 학생들에게 빌려주기는 어려웠을 것이다.

그 말을 들은 라벤뉴 교수님은 한바탕 크게 웃으면서 노트를 빌려달라고 부탁한 학생은 내가 처음이라고 하면서 강의노트를 빌려주는 것이었다. 나는 감사히 그의 노트를 보면서 지난 3주 동안의 강의를 이해할 수 있었다. 그러나 내가 강의노트를 빌려달라고 한 유일한 학생이라는 말이 마음에 걸렸고, 그 후부터는 노트를 빌려달라고 한 적이 없었다.

지금까지 만나본 사람 중 천재성이 있다고까지 느낀 사람은 라벤뉴 교수님이 유일했다. 그는 반짝이는 영감도 소유하고 있었고, 노력은 학생들보다 더하면 더했지 결코 덜하진 않을 정도로 자신의 일에 몰두하는 교수였다. 그는 자신이 지도하는 박사과정의 학생들을 연구실이 아닌 집에서 만나는 것을 선호했다. 집에서 학생을 만나면 다른 사람들로부터 방해를 받지 않고, 학생 지도를 온전히 할 수 있기 때문이었다.

그러나 나는 그의 집에 가는 것을 좋아하지 않았다. 백열전구 밑 테이블에 단 둘이 얼굴을 맞대고 앉은 모습은 마치 학생이 형사에게 취조당하는 그런 분위기 같았기 때문이다. 지도를 받으면서 내 부족한 부분이 적나라하게 드러났고, 그럴 때마다 나는 더욱 위축되었다. 그러나 이것은 일종의 성장통과 같은 것이었다.

라벤뉴 교수님 집으로 갈 때는 긴장을 너무 많이 했고, 아내는 이런 나를 위해서 항상 기도를 해주었다. 물론 나도 기도하는 심정으로 단단히 마음의 준비를 하기는 했다. 이와 같이 유학 초기에는 라벤뉴 교수님이 만나자고 하면 심적 부담이 컸던 것이다.

그러나 시간이 지나면서 그러한 부담감은 서서히 사라져 갔다. 교수님과 인간적인 정도 많이 들었고, 그의 스타일에 조금씩 익숙해졌기 때문이다. 그리고 그의 지도를 통해 내 부족한 부분들이 채워졌고, 문제에 접근하는 방법도 이전과는 완연히 달라졌음을 스스로도 느낄 수 있었다.

라벤뉴 교수님의 지도를 받으면서 나도 모르게 그의 생각과 행동을 따라 하고 있는 나 자신을 발견하였다. 지도 교수님을 존경하니 그의 모든 것이 좋았던 것이다. 이런 모습을 본 주변 학생들은 나를 라벤뉴 주니어라고 부르기도 했다. 나는 시간이 갈수록 교수님을 자주 만나고 싶은 마음이 커져가고 있었다.

5년 동안 방문한 그의 집은 나에게 크나큰 의미가 있는 집이 되고 말았다. 그래서 그런지 졸업한 지 근 30년이 흘렀건만, 아직도 그의 집 주소(oo East Long View Dr. Columbus Oh 43210)를 기억하고 있다. 2018년 10월 중순에 클리블랜드에서 컨퍼런스가 있었다. 그 컨퍼런스에 참가했던 나는 시간을 내어 콜럼버스에 계신 라벤뉴 교수님을 만나러 갔었다. (클리블랜드와 콜럼버스 사이의 거리는 자동차로 약 두 시간 거리였다.) 그때 교수님은 다른 곳으로 이사를 한 뒤였다.

　교수님을 뵙고 내가 그가 전에 살던 집의 주소를 말했더니, 그는

라벤뉴 교수님 부부와 점심식사 (2018년 10월)

자기도 잊었는데 그것을 어떻게 기억하느냐면서 무척 놀라워하셨다. 나는 그분의 집 주소를 결코 잊을 수 없었다. 그 집은 내게 너무나도 많은 추억이 서려 있는 곳이었고, 나를 학자로 만들어준 곳이었기 때문이다.

라벤뉴 교수님은 내가 초기에 쓴 페이퍼에 대해 별로 흥미를 갖지 않았던 것 같았다. 왜냐하면 그는 내 페이퍼를 잘 읽으려 하지 않았기 때문이다. 아마 그는 내 페이퍼가 전체적으로 글이 밋밋했고 논리도 약했으며, 내용도 새로운 것이 별로 없었다고 생각했었을 것이다. (당시 내가 쓴 글을 볼 때면, 내가 봐도 도저히 읽을 수 없는 수준이었다.) 그래서 그는 내게 항상 했던 말이 "Hong Bae, Think!"였다. 지금 생각해 보니, 라벤뉴 교수님으로부터 가장 크게 배운 것이 있다면 바로 생각하는 방법이 아니었을까 한다.

표절에 대한 엄격한 조치

미국에서 공부하면서 내가 가장 어려워했던 것은 페이퍼를 쓰는 일이었다. 대학원 대부분의 과목에서는 페이퍼가 시험보다 더 중요했고, 합리적인 전개를 통해 독창성을 부각시키는 것이 페이퍼의 핵심이었다. 따라서 기존 논문에 대한 단순 리뷰 페이퍼는 기본적으로 환영받지 못했다. 어떤 교수는 요약이나 리뷰 페이퍼는 받지 않겠다고 강의 첫 시간에 선언하기도 했다.

페이퍼 작성에서 학생들이 유의해야 할 것은 바로 기존 연구결과를 인용하는 데 있다. 왜냐하면 대부분의 표절문제가 문헌을 인용하는 과정에서 발생하기 때문이었다. 나는 유학을 떠나기 전 표절에 대한 말은 들었지만 크게 신경 쓰지 않았었다. 정확히 말해, 신경을 쓰지 않았다기보다 표절이 무엇인지 구체적으로 몰랐던 것이다. 그런데 표절이 대학원생들에게 심각한 문제임을 절실하게 느끼게 하는 사건이 있었다.

첫 번째 학기가 반 정도 진행되었을 때의 일이다. 학과에서 가깝게 지내던 K 선생이 있었는데, 그는 나보다 3년 먼저 미국에 왔고, 미국 대학의 시스템에 대해서도 그만큼 잘 알고 있었다. 그래서 K 선생은 내가 미국생활을 이해하고, 학교에 적응하는 데 많은 도움을 주었었다. 직전 학기인 가을학기에 K 선생이 수강한 과목에서 표절문제가 발생했고, 그 표절의 최종결과가 2월 초에 나왔던 것이다.

K 선생이 수강한 과목은 시험 없이 페이퍼만 요구하는 것이었고, 그 과목을 강의한 교수는 필립 바이튼(Philip Viton) 교수였다. K 선생은 학기말에 페이퍼 제출을 하려는 순간 공교롭게도 페이퍼 작업을 해서 저장했던 파일이 깨지고 말았다.

당시 학교는 학생들에게 자체 개발한 소프트웨어를 제공했고, 대부분의 학생들은 문서를 그 소프트웨어를 이용하여 작성해야만 했었다. 그런데 그 소프트웨어가 안정적이지 못해 파일이 깨지는 일이 빈번하게 일어났던 것이다. 그래서 학생들은 문서 작성 중간에 항상 저장하면서 하는 습관을 가져야만 했다.

바이튼 교수에게 파일이 깨진 사정을 말하니, 그 교수는 제출일을 하루 연기해 주었다. K 선생은 페이퍼 재작성을 위해서 이전에 수집했던 자료들을 다시 찾고 기억을 되살려 페이퍼를 완성하여 제출했는데, 며칠 후 학교 캠퍼스 법원으로부터 메일을 받았던 것이다.

그 메일은 바이튼 교수가 K 선생을 표절혐의로 고소했으니, 캠퍼스 법원으로 출두하라는 내용이었다. 바이튼 교수는 K 선생이 제출한 페이퍼에서 표절된 문장들을 모두 찾아내어 증거물로 제출했다고 한다. 거기서 발견된 표절 부분이란 K 선생이 관련 문헌들의 내용들을 따옴표(quotation mark) 없이 인용한 문장들이었다.

K 선생은 분명 억울한 면이 있었다. 깨지기 전의 파일에는 기존 연구결과를 인용한 문장들을 따옴표로 표시했었는데, 페이퍼를 재작성하면서 시간에 쫓겨 따옴표를 모두 생략했다는 것이다. 이러한 그의 항변에도 불구하고, 그는 표절문제로 인해 박사과정으로 들어오지 못하고 다른 학교로 떠나야만 했다.

바이튼 교수는 경제학자로 주로 교통 분야에 초점을 맞춰 연구를 많이 했고, 강의도 열정적으로 하는 교수였다. 앞에서 말한 1월 2일 첫 번째 수업도 바이튼 교수가 강의한 과목이었다. 나는 그 교수로부터 실질적으로 많이 배웠다.

그는 또한 나의 박사학위 심사위원으로 많은 도움을 주었다. 내가 논문의 초안을 제출하면 항상 A4 용지 몇 장 분량으로 자신의 코멘트를 정리하여 주는 친절한 교수였다. 다만 학문적으로는 치밀하고 엄격했기 때문에, 그가 표절이라고 단정한 것에 대해서는 아무리 개인 사정이 있다고 해도 그것을 양해해 줄 교수가 아니었다.

K 선생의 사건을 보면서 말로만 듣던 표절문제가 미국에서 상당히 엄격하게 다루어진다는 것을 확실하게 알게 되었다. 그래서 나는 페이퍼를 쓸 때에는 조심에 조심을 하게 되었고, 다른 사람의 연구결과나 글을 인용할 때는 충분하게 이해하여 분명한 나의 글로 표현해야 한다는 것을 항상 염두에 두었다.

다른 연구자의 연구결과를 이해해서 자신의 글로 표현한다는 것은 사실 누구에게나 쉬운 일이 아니었고, 공부를 갓 시작한 나와 같은 사람에게는 더욱 그러했다. 그러나 이러한 엄격한 분위기 때문에 생각이 깊어졌음은 부인할 수 없는 사실이었다. 하여튼 표절에 대한 엄격한 조치는 연구자들의 독창성과 창의성을 보호하기 위함이고, 이를 통해 건전한 연구 분위기 조성과 학문의 발전에 기여하기 위함이라는 것은 분명하였다.

페이퍼 작성을 두려워한 것은 어찌 보면 내가 한국에서 공부하면서 글 쓰는 기회가 별로 없었을 뿐더러, 글쓰기 훈련도 제대로 받지 못했음에 기인하는 것이었다. 그래서 만약 교수가 된다면, 내가 강의하는 모든 과목에서 학생들에게 페이퍼 작성은 꼭 시키겠다는 결심을 했다.

"도서관 입장은 제일 먼저, 퇴장은 제일 늦게!!"

강의를 들으면서 그리고 다른 학생들과 대화를 하면서 내가 그들에 비해 역량이 크지 못함을 여러 면에서 많이 느꼈다. 그들과 경쟁해서 뒤처지지 않기 위해서는 부지런히 노력하는 것 이외에는 내가 할 수 있는 별다른 무기가 없다고 생각했다.

그래서 원칙 하나를 세웠는데, 그것은 "도서관 입장은 제일 먼저, 퇴장은 제일 늦게!!"라는 단순하고도 명확한 원칙이었다. 학과에서는 나에게 널찍한 방에 있는 작은 공간을 제공해 주었다. 그러나 그 방에는 여러 학생들이 있었고, 외부에서 사람들이 많이 찾아올 때면 시끄러워 집중하기 어렵다는 단점이 있었다. 그래서 나는 중앙도서관 2층 열람실에 있는 넓은 책상을 자주 이용했던 것이다.

중앙도서관은 아침 7시 30분에 개방하여 자정에 문을 닫았다. 그래서 나는 도서관 개방 이전에 출입문 앞에 가서 군대에서 배운 도수체조와 쪼그려 뛰기 등의 체력운동을 하다가 문이 열리면 개선장군과 같이 늠름하게 첫 번째로 입장하곤 했다.

중앙도서관은 10층 이상의(정확한 층수는 기억이 나지 않음) 건물이었는데, 밤 11시 10분경부터 도서관에서 근무하는 사람들이 한 층 한 층 돌아다니며 대출마감 시간과 퇴장시간을 확성기를 통해 알려주었다. 그리고 마지막 층부터 학생들의 퇴장을 안내했는데, 그들이 2층에 올 때면 거의 자정에 가까웠다. 나는 의도적으로 내가 있는 열람실에서 마지막 퇴실자가 될 때까지 기다렸다. 그것은 내가 세운 원칙을 지키기 위해서였다.

혹시라도 한 명이라도 남아 있으면 그가 퇴장할 때까지 뭔가를 하면서 기다렸다. 근무자가 그만 퇴장하라고 내 옆에 와도 문제를 푸는 과정이라고 하면서 잠깐 기다려 달라고 양해를 구했다. 어느 날 마지막까지 있던 학생이 가방을 정리하면서 나에게 무척이나 급한 일이 있었나 보다고 말을 붙이는 것이었다. 나는 마음속으로 '네가 안 나가서 내가 여기서 버틴 것이야!'라고 생각하면서 흐뭇하게 웃기도 했다.

질서와 규칙을 중시하는 나는 일단 세운 생활규칙을 잘 지켜 나갔고, 시간도 효율적으로 사용했다. 같은 학과의 한국 유학생들은 내가 보이지 않는다고 궁금해했으나, 나는 나름대로 최선을 다하면서 생활하고 있었던 것이다.

아내의 출산과 입국

아내는 초췌한 내 모습에 더 놀란 것 같았다.
나는 아내와 딸을 만나 기뻤지만, 딸의 얼굴을 차마 볼 수가 없었다.

• • •

아내의 출산

처음 학기를 바쁘게 보내면서도 3월 15일을 항상 기억하고 있었다. 그날은 아내의 첫 출산이 예정된 날이었기 때문이다. 그래서 3월 14일 오후부터 나는 집에서 전화만을 기다렸다. 한국과 콜럼버스와의 시차는 서머타임 이전(이후)에는 14시간(13시간)이므로 미국의 14일 오후는 한국의 15일 오전이었다.

다음날 있을 기말시험을 준비하면서 밤늦게까지 전화를 기다렸다. 당시에는 국제전화비가 비싸 유학생이 원할 때마다 한국으로 전화할 수가 없었다. 드디어 새벽에 어머니로부터 전화가 왔다.

아내는 예정일에 정확히 딸을 해산했고, 산모는 건강하다는 말씀이었다.

어머니는 손자를 기대하셨는지 손녀라는 사실에 약간 서운하신 것 같았다. 나는 아내가 건강하게 딸을 해산했다는 사실에 한없이 기쁘고 고마웠지만, 마음 한편으로는 무거운 책임감도 함께 느꼈다. 이제는 내가 책임져야 할 사람이 아내 혼자에서 아내와 딸로 늘어났기 때문이었다. 나는 이들을 위해서라도 더욱 열심히 공부하리라고 결심에 결심을 더하였다.

우리나라 산부인과에서는 당시 태아의 성별을 부모에게 알려주지 않았었다. 아들에 대한 선호가 워낙 높았기 때문이다. 성별을 알지 못했으므로, 나는 미국에서 처제에게 카드 두 장을 보냈다. 아내가 아들을 낳았을 경우와 딸을 낳았을 경우로 구분하여 그에 맞게 카드를 전해 달라고 부탁했던 것이다.

아마 장남인 나도 은연중에 아들을 기대했을지도 모른다. 장남은 대를 이어야 한다는 기본적인 책임감이 있었기 때문이다. 그러나 나는 태어난 아이가 딸이라는 말을 들었을 때, 기쁘기만 했다. 예쁜 딸이 왠지 모를 행운을 우리 집에 가져올 것만 같은 느낌이 있었다.

콜럼버스 국제공항으로 가는 하늘길이 캠퍼스 위로 나 있는 것 같았다. 그래서 그런지 학교에서 보면 착륙하려고 고도를 낮춘 비행기들이 캠퍼스 위로 지나가는 것을 자주 볼 수 있었다. 3월 15일 이후부터 비행기가 지나가면서 내는 굉음을 들을 때마다 나는 비행기를 쳐다보는 습관이 생겼다. 아내와 딸이 6월이면 저 중의 한 비행기를 타고 올 것이기에 비행기를 쳐다보면서 그날을 학수고대하고 있었던 것이다.

병원 입원과 퇴원

하루는 잠을 자려고 누웠는데, 몸속에서 물이 콸콸 흐르는 듯한 소리가 났고, 나는 깜짝 놀라 이 소리가 무슨 소리인지 의아했다. 주변 사람들에게 물어보니 잠을 못 자서 그런 것 같다고 하면서 대수롭지 않게 말하는 것이었다. 나도 그랬으면 좋겠다고 희망하면서 크게 신경을 쓰지 않았다.

미국에는 5월 넷째 주 월요일이 우리나라의 현충일과 같은 메모리얼 데이(Memorial Day)이다. 미국의 국경일은 날짜 기준과 요일 기준으로 혼합되어 지정된다. 예를 들면, 독립기념일이나 재향 군인의 날은 각각 7월 4일과 11월 11일과 같이 구체적인 날짜로 정해진다. 반면 메모리얼 데이나 추수감사절은 각각 5월 넷째 주 월요일과 11월 넷째 주 목요일과 같이 요일로 정해진다.

일반인들에게는 메모리얼 데이가 월요일이므로 3박 4일의 짧은 휴가를 가질 수 있지만, 학생들은 그럴 수 없었다. 왜냐하면 봄 학기의 종반이어서 학기를 잘 마치기 위해서는 이 기간을 잘 이용해야 하기 때문이었다.

목요일 저녁 윤대식 선생 집에 가서 저녁식사를 하게 되었다. 당시 나는 어느 집에서든지 식사를 함께 하자고 하면 기꺼이 그렇게 했다. 밥과 김치를 마음껏 먹을 수 있는 좋은 기회였기 때문이다. 윤 선생 자신도 중앙도서관에서 공부하며 학기를 마무리해야겠다고 해서 다음 날 아침에 중앙도서관 앞에서 만나기로 했다. 그도 연구실에 사람들이 많아 공부에 집중하기 어려웠던 것 같았다.

다음 날 아침 일어나 보니 두통과 어지러움이 심해 도저히 학교에 갈 수가 없었다. 윤 선생에게 연락하고, 나는 감기몸살인가 하여 한국에서 가져온 감기약을 먹고 다시 누웠다. 오후에 마지못해 일어난 나는 온 힘을 다해서 중앙도서관으로 갔고, 책을 펴놓고 보려고 아무리 해도 몸 상태 때문에 집중할 수가 없었다. 두통뿐만 아니라 호흡하기도 어려웠던 것이다. 호흡하기가 힘들어지자 몸 상태가 심각한 것임을 자각하고는, 집으로 돌아가야겠다고 마음먹고 자리를 정리하고 일어났다. 그런데 호흡 때문에 걷기도 어려웠던 것이다.

평소 같으면 10초면 내려갈 수 있는 1층까지를 벽과 계단 손잡이를 의지하면서 한 발짝 걷고, 쉬고 하면서 거의 20분 만에 내려왔다. 지나가는 학생들이 계속해서 괜찮으냐고 물어보았지만, 나는 괜찮다고 했다. 지나가는 사람들도 알아볼 수 있을 정도로 나의 상태는 심각했던 것이다. 주차장까지 가다가 벤치에 몇 번이나 앉아서 기운을 차려야 했다.

갑자기 이러다 죽는 것은 아닌가 하는 두려움이 몰려왔다. 죽음을 생각하자 아내와 딸이 너무 보고 싶었고, 겁도 났으며, 억울하기도 했다. 여기서 내 생이 끝난다면, 그것은 너무 불공평하고, 또한 하나님을 잘 믿는 아내에게는 너무 가혹한 처사라는 생각들이 이리 저리 교차되고 있었다.

다음 날 아침에도 두통과 호흡곤란은 계속되어 대학병원 응급실로 가지 않을 수 없었다. 물론 어눌한 영어 때문에 병원에서의 소통이 걱정도 되었지만, 그때는 그것을 생각할 여유가 없었다. 진단을 한 의사는 허파에 물이 꽉 차 있다고 말해주는 것이었다.

그들은 등에 바늘로 찔러 허파로부터 물을 빼냈고, 빼낸 물은 4~5개의 링거 병을 가득 채웠다. 나는 그렇게 많은 물이 어떻게 허파에 들어 있을 수 있었는지 놀라웠고, 내가 누웠을 때 들었던 소리가 바로 이 물들이 허파 내에서 흐르는 소리였음을 알게 되었다. 그리고 호흡이 곤란했던 이유도 허파에 물이 차서 호흡할 공간이 작아졌기 때문이었다.

많은 검사 때문에 피도 참 많이 뺀 것으로 기억한다. 하여튼 나는 그날 거의 실신할 정도로 기진맥진한 상태가 되었다. X-ray 상에 허파 대부분이 하얗게 나타났다. 오래전에 어머니와 동생이 결핵을 앓았다는 것을 의사에게 말했더니, 이 말을 들은 의사는 다짜고짜 결핵에 걸린 것이라고 단정하고는 나에게 마스크를 쓰라고 했다. 호흡이 어려워 마스크를 쓰기가 힘들다고 말했지만, 의사들은 그래도 결핵이 전염병이기 때문에 다른 사람들의 안전을 위해서 마스크를 써야 한다고 강요했다.

나는 속으로 너희들 때문에 에이즈(AIDS) 같은 못된 병들도 생겨났는데, 결핵 가지고 이렇게 호들갑을 떠느냐고 항변하고 싶었다. 의사는 병실도 일인실로 배정해 주었으며, 내가 봄 학기에 수강한 모든 과목들을 미완료(incomplete) 상태로 해야 한다고 하면서 학과에 편지를 쓰겠다고까지 하는 것이었다. 나는 그럴 수는 없다고 강하게 어필했으나, 그들은 한사코 그렇게 처리해야 한다고 강조했다. 의사들은 결핵의 전염성이 크기 때문에 학생들을 보호해야 하기 때문이라는 것이었다.

계속해서 나는 학기를 마치게 해달라고 간청했다. 그랬더니 한 의사가 허파에서 빼낸 물을 배양검사를 하고 있으니 그 결과에 따라 처리하자고 했다. 병실에 혼자 누워 있는 내 모습이 처량했고, 여기서 공부를 포기해야 하는지를 고민하니 마음도 심히 괴로웠다.

몸 상태가 좋지 않으니 입맛이 있을 리가 없었다. 그런데 병원에서는 식사의 메뉴를 환자가 직접 선택하도록 했다. 간호사가 다음날의 식사 메뉴를 가져다주면, 환자는 자기가 먹고 싶은 항목들을 체크하는 것이었다. 메뉴에는 빵과 우유의 종류로부터 시작해서 쇠고기의 종류와 굽기 정도까지 다양한 메뉴에 세부적인 요리 내용들이 제시되어 있었다.

나는 사실 메뉴리스트에 있는 우유들의 차이도 잘 몰랐고, 고기의 종류도 잘 몰랐다. 그래서 그냥 메뉴 항목에 체크는 했지만 실질적으로는 거의 먹지 못했다. 그러한 메뉴 체크리스트를 보면서 미국 환자들은 먹기도 참 잘 먹는다는 생각을 지울 수가 없었다.

간호사는 내게 잘 먹어야 하는데 왜 식사를 하지 못하느냐고 안타깝게 물어보았다. 병원에서 제공하는 식사가 맞지 않는다고 했더니, 그는 다음날 점심식사에 볶음밥을 만들어왔다. 아시안 마트에 가서 만들어진 것을 사서 집에서 볶아 왔다는 것이다. 나는 그의 정성에 감동했고, 감사하며 먹으려 했는데, 쌀이 안남미여서 먹으면 오히려 속이 더 안 좋아질 것 같았다. 그래도 성의를 생각해서 먹으려고 노력해 보았으나, 도저히 먹을 수가 없었다. 몸 상태가 그 정도로 좋지 않았던 것이다.

계속 식사를 못하는 나에게 간호사는 친구에게 전화하여 음식을 만들어오면 식사를 할 수 있도록 해주겠다고 했다. 그래서 나는 같은 학과 학생에게 전화를 걸어 병원에 있다는 것을 말했고, 그는 곰탕을 만들어왔다. 그리고 그는 내 상태가 심각하다고 생각했는지 워싱턴에 있는 자형에게 전화를 했고, 자형은 한국에 있는 가족에게 알려 아내와 딸이 일주일 만에 미국으로 급히 오게 되었다.

간호사는 참으로 친절한 사람이었고, 모든 것을 환자 편에서 생각하는 것 같았다. 한번은 내가 씻지 않고 침대에 누워만 있으니 땀 냄새와 함께 몸에서 향기롭지 못한 냄새가 났던 것 같았다. 간호사는 나에게 샤워를 시켜주겠다고 했다. 몸에는 주사기의 줄들이 주렁주렁 달려 있어 움직이기가 여간 불편하지 않았다. 그리고 여자 간호사가 샤워를 시켜준다는 것도 마음에 내키지 않았다. 그래서 샤워하기는 어려울 것 같다고 했는데도 그 간호사는 막무가내로 나를 일으켜 상반신만이라도 샤워를 시켜주겠다고 하는 것이었다. 어쩔 수 없이 나는 그가 하는 대로 할 수밖에 없었다. 그 간호사가 나에게 베풀어준 친절과 배려로 인해 나의 머릿속에는 병원의 모든 간호사가 그러하리라는 인식이 생겼다.

몸이 불편하여 간호사를 불렀더니 다른 간호사가 오면서 담당 간호사가 오후에 올 예정이니 그때까지 기다리라고 하는 것이었다. 자신이 담당한 환자가 아니면 큰일이 아닌 이상 간호하기는 어렵다는 것이다. 역시 명확한 역할 구분과 그 역할에 책임을 다하는 그런 분위기가 나는 좋았다.

아내와 딸의 입국

나는 계속해서 배양검사의 결과를 물어봤지만, 그들은 아직 결과가 나오지 않았다고만 말할 뿐이었다. 그래서 언제까지 병원에 있어야 하냐고 물어보았더니 결과가 나와야 구체적인 일정을 말해줄 수 있다는 것이었다. 그들은 입원 첫날부터 가래를 채취할 목적으로 컵을 주면서 거기에 가래를 뱉으라고 했지만 사실 가래는 나오지 않았었다.

의사들은 가족들이 결핵을 앓았다는 사실에 기초하여 나를 결핵으로 몰고 간 것이었다. 그래서 간호사에게 한국인 의사를 찾아달라고 했다. 그래서 마침내 닥터 최라는 젊은 의사가 방으로 들어왔고, 그는 내 기록을 보더니 당연하다는 듯이 결핵이라는 것이었다.

결핵이라면 가래가 나와야 하는데 나오지 않았고, 폐에서 뺀 물에서도 결핵균이 아직까지 검출되지 않았다면서 진단의 문제를 제기했다. 그리고 곧 가족이 한국에서 오는데 병실에서 그들을 맞이하고 싶지는 않다고 인간적으로 부탁하기도 했다.

닥터 최는 그럼 폐의 조직검사를 하면 정확한 판단을 내릴 수 있으니 다음날 폐의 조직을 떼어내서 검사를 해보자고 했다. 검사결과가 결핵이 아닌 것으로 판정이 나서 나는 다음 날 오후 퇴원할 수 있었고, 의사는 처방한 약을 잘 복용하라고 당부했다.

팔일 만에 돌아오니 집이 엉망진창이었다. 다음날 아내와 딸이 오기 때문에 깨끗하게 집을 정리하고자 대청소를 했다. 청소 후에 나는 그동안 먹지 못했던 한식을 배불리 먹고 싶어서 한국식당에 갔으나, 늦게 간 탓에 식당의 문은 굳게 닫혀 있었다. 결국 햄버거 집에 가서 약을 복용하기 위해서 햄버거를 먹는 둥 마는 둥 하고는 집으로 돌아왔다.

밤에도 몸의 상태가 좋지 않아서 잠을 이루지 못하였고, 중간중간에 내 몸이 신음하는 소리를 들었다. 몸이 내게 좋지 않은 상태를 호소하면서 뭔가를 좀 해보라는 신호를 계속 보내고 있는 것만 같았다. 몸의 신음소리를 들으면서 내일 도착할 가족을 어떻게 맞이해야 할지 걱정을 하면서도 가족을 만날 기대에 부풀어 밤을 하얗게 지새웠다.

다음 날에도 식사를 하는 둥 마는 둥 하면서 약을 먹으니 정신이 더욱 혼미해졌다. 학과 사람들이 집으로 와서 내 상태를 보더니 걱정이 되었는지 자기들이 가족을 마중 나가겠다고 했으나, 나는 한사코 괜찮다고 했다. 그래도 미국으로 오는 가족을 내가 직접 공항에 나가서 마중하고 싶었던 것이다.

공항에서 아내가 딸을 안고 나오는데, 아내는 매우 지친 모습이었다. 갓난아기와 함께 초행길인 미국을 일본과 디트로이트를 거쳐 왔으니 긴장도 되었을 것이고, 힘도 많이 들었을 것이다. 그러나 아내는 초췌한 내 모습에 더 놀란 것 같았다. 나는 아내와 딸을 만나 기뻤지만, 딸의 얼굴을 차마 볼 수가 없었다. 혹시나 내 몸에 있는 나쁜 병균이 딸에게 옮겨지면 어떡하나 하는 우려 때문이었다.

공항에 가기 전에 한국마트에서 국거리와 반찬을 주문했고, 집으로 돌아오는 길에 그것을 찾아와서 아내에게 저녁식사를 차려준 후 나는 그대로 쓰러졌다. 그리고 이틀 동안 아무것도 먹지 못하고 누워만 있었고, 물만 먹어도 토하게 되었다.

아내는 이런 나를 보고 걱정이 되었는지 한인학생회에 전화를 걸어 도움을 요청했고, 학과 사람들이 와서 다시 나를 병원 응급실로 데리고 갔다. 난생 처음으로 링거 주사를 맞았는데, 링거가 몸에 들어가자 몸 전체가 환호하듯 활력이 생기는 것이었다. '이래서 사람들이 피곤하면 링거 주사를 맞는구나.'하고 생각했다.

의사는 자신이 처방한 약이 건강한 미국 성인 기준이어서 문제를 일으킨 것 같다고 하면서 처방된 약을 쪼개어 삼분의 일만 식후에 복용하라고 했다. 어쨌든 내 몸 상태가 좋지 않았지만, 아내와 딸이 있어서 행복했다. 그렇게 하면서 학기도 무사히 마쳤고, 여름방학 동안 나는 건강을 회복할 수 있었다. 이 모든 것이 사실 아내 덕분이었다.

병원비 계산법

응급실에 들어가 입원하고 퇴원하는 과정에서 많은 검사와 진료를 받았다. 여기서 말하고 싶은 것이 하나 있는데, 그것은 병원이 환자, 특히 저소득층 환자들이 납부할 비용을 산정하는 방법에 관한 것이다. 퇴원 후 얼마의 시간이 지나서부터 병원에서 발송한 고지서가 마치 홍수처럼 밀려왔다. 한 번에 정리해서 내가 납부할 금액을 알려 주면 편할 것 같은데, 병원의 여러 부서에서 고지서를 보내오니 어떻게 해야 할지 난감했다. 주변에 물어보아도 잘 아는 사람이 없었다.

아내는 미국에 오자마자 집에서 가까운 곳에 있는 레인에비뉴 침례교회(Lane avenue baptist church)에 등록했다. 그 교회 교인 중에는 한국인 의사, 김윤성 선생님이 계셨는데, 유학생들은 그를 많이 따르고 존경했다. 나는 김 선생님께 병원비 납부에 대해 물어보았고, 그는 앞으로 한 달 정도 있다가 병원 원무과를 찾아가면 된다고 말해주었다. 그래서 나는 9월 말에 대학병원 원무과를 찾아갔다. 여기서 내가 납부할 금액을 산정하는데 그 방법은 정말 인간적이었다.

원무과 담당자는 내 파일을 보더니 총 비용에서 학생보험이 커버하는 비용을 제외한 금액, 즉 내가 납부해야 할 금액을 말해주었다. 그 금액은 약 5천 달러정도 되는 것으로 기억한다. 나는 한 번에 그렇게 많은 돈을 낼 수 없다고 하면서 분납이 가능하냐고 물어보았더니 그는 가능하다고 답변해 주었다. 그리고 그는 비용 계산을 위해서 어떤 서식이 그려진 종이 한 장을 가져왔다.

그 종이에는 여러 항목들이 플로우차트 식으로 구성되어 있었고, 위로부터 순서에 따라 진행하면, 결국 내가 납부해야 할 금액이 산출되도록 되어 있었다. 처음 항목은 소득을 적는 칸이었다. 나는 담당자에게 학교에서 매월 6백 달러를 받는다고 하니, 그는 처음 칸에 6백 달러를 적어놓고 시작했다. 다음 칸들은 공제항목들이었는데, 예를 들면 세 명이 생활하는 데 필요한 최소금액과 아파트 월세 그리고 책값 등의 개인 비용에 관한 항목들이었다.

이러한 과정을 통해 계산하니, 월 소득 6백 달러에서 모든 항목의 비용을 공제하고 남은 금액은 15달러였다. 그는 최종적으로 나에게 월 15달러를 납부하라고 했다. 나는 그의 말을 듣고 귀를 의심하며

15달러를 언제까지 납부해야 하느냐고 물어보니 병원이 고지서를 발급할 때까지라고 했다. 참 인간적인 방법이었고, 경제적으로 어려운 사람들에게 친절과 자비를 베푸는 고마운 제도였다.

이렇게 해서 나는 매월 15달러씩 병원에 납부했다. 그리고 이런 계산 방법에 감동했다고 학생들에게 말하니 프랑스에서 유학 온 학생이 미국을 강력하게 비난하는 것이었다. 그 학생은 공부하다가 병에 걸린 학생에 대해서는 학교가 전적으로 책임을 지고, 학생이 낼 병원비 전액을 마땅히 지불해야 한다는 논리였다.

학생의 말에도 일리는 있었지만, 나는 지나치다고 생각했다. 왜냐하면 건강을 챙기지 못한 것은 분명히 내 잘못이 더 크기 때문이었다. 하여튼 나는 그 학생의 말을 듣고 놀랐고, 나라에 따라 사람이 생각하는 틀과 폭이 얼마나 다를 수 있는지를 확인하는 순간이었다.

거의 3년 동안 매달 15달러씩 납부했더니, 고지서는 더 이상 오지 않았다. 혹시 의도하지 않게 신용불량자가 될 것을 우려하여 병원 원무과를 찾아갔었다. 고지서를 받지 못해 병원비를 납부하지 못했다고 말하니, 담당자는 내가 성실하게 납부했기 때문에 나머지 금액을 면제해 주었다는 것이다. 나는 감동했고, 그러한 그들에게 감사하고 또 감사했다. 그리고 이런 제도를 가진 이 나라는 참으로 인간적이고 좋은 나라라는 생각이 들었다.

유학생활

내가 공부하면서 청소하고, 아내는 베이비시터를 한 그 기간이
우리 부부에게는 평생 함께 나눌 수 있는 귀한 이야기꺼리가 되었다.

• • •

장학금의 단절과 건물 청소

부족함이 많았지만, 나는 그런대로 공부를 무난하게 해나가고
있었다. 하루는 학과장인 캔 펄만 교수님(Kenn Pearmann)이
나를 부르더니 학과 예산상태가 좋지 않아서 장학금을 다음 학기부
터는 줄 수가 없다는 것이었다. 장학금을 받지 못한다면, 어떻게
생활해야 할지 막막했다. 주변에 물어보니 캠퍼스 내에 한 건물이
있는데, 한국 학생들이 그 건물 청소를 한다는 것이었다. 그리고
학생들이 받는 수입이 괜찮아서 자리를 얻는 데 약간의 경쟁도
있다고 했다. 나는 운 좋게도 일주일에 이틀만 저녁에 건물을 청소하

는 자리를 얻었다. 당시 기억으로는 최저 임금이 한시간당 4.5달러였는데, 내가 받은 금액은 실질적으로 최저 임금보다 훨씬 높은 금액이었다.

건물의 청소는 하루에 2교대. 즉 낮 시간과 저녁 시간으로 구분되었다. 낮 시간의 청소는 대부분 미국 사람들이 했고, 저녁 시간은 한국 학생들이 했다. 건물관리를 담당하는 사람은 저녁에 일하는 사람들이 대학원생들인 것을 알고는 중간에 쉬는 시간 없이 청소가 끝나면 집으로 가도록 조처해 주었다. 나는 수업이 없는 날을 택하여 밤에 청소를 했다.

아내도 아이를 돌봐주는 소위 말해 베이비시터 일을 시작했다. 유학생 중에는 부부가 공부하는 사람들이 많아 아이를 맡기고자 하는 사람들이 많았다. 베이비시터는 꼭 우리나라 사람만을 대상으로 하는 것은 아니었다. 아내는 처음으로 아르헨티나 부부의 디에고라는 남자아이를 돌봐주었다. 오전에 디에고 부모가 그를 우리 집에 맡기고, 오후에 데려갔으며, 맡긴 시간을 계산하여 돈을 지불하였다. 아내는 디에고와 한국 아이 한 명을 돌보아주었고, 나는 일주일에 이틀을 청소하는 일을 했다. 그렇게 하니까 기본적인 생활은 할 수 있었다.

청소를 마치면 피곤이 밀려왔지만, 그렇다고 집으로 가기는 싫었다. 그 건물로부터 나오는 길에서 집으로 가려면 좌회전을 해야 했고, 학교로 가려면 우회전을 해야 했다. 피곤한 몸은 나에게 좌회전을 하라고 하는데, 마음은 우회전해서 학교로 가라고 명령하는 것 같았다. 나는 마음의 명령을 따랐고, 학교에 도착하여 쉬지 않고 공부를 했다. 내가 마음의 명령을 따랐던 것은, 피곤하다고 해서 집으로 간다면, 나는 유학을 온 것이 아니라 일하러 온 것이 되기 때문이었다.

사실 책상에 앉으면, 나도 모르게 곧 책상에 엎어져 잠자기가 일쑤였고, 실질적으로 학교에 가서 공부한 시간은 한 시간도 채 되지 않았다. 그러나 조금이라도 시간을 의미 있게 사용했다는 작은 성취감에 만족과 위로를 받기도 했다.

내가 건물을 청소했던 시간은 그렇게 길지 않았다. 정확하게 두 달 동안을 청소하고 중단했다. 학과에서 나에게 다시금 교육조교(teaching assistant)의 일을 주어 장학금을 받게 되었기 때문이다. 그러나 아내는 베이비시터 일을 계속했다.

돌아보면, 내가 공부하면서 청소하고, 아내는 베이비시터를 한 그 기간이 우리 부부에게는 가장 소중한 시간이었고, 평생 함께 나눌 수 있는 귀한 이야기꺼리가 되었다. 살다 보면, 부부 사이에도 생각이 서로 달라 긴장관계가 형성될 때가 더러는 있을 수밖에 없다. 그때마다 우리는 청소와 베이비시터를 하면서 생활하던 시절의 이야기를 하면, 서로 간에 굳어진 마음이 눈 녹듯이 풀렸다. 그것은 어떠한 경우에든지 예외가 없었다. 아내와 나는 지금도 그때의 일을 회고하며 서로 위로를 해주곤 한다.

그래서 나는 유학을 준비하는 학생들과 대화할 때면, 꼭 결혼을 했느냐고 물어본다. 그리고 그들에게 특별한 사정이 아니면 결혼을 하고 유학을 함께 가라고 강조한다. 내 경험을 말하면서 젊었을 때 부부가 함께 고생하는 것은 멀리 보면 고생이 아니라 보석과 같은 소중한 재산을 만드는 것이라고 강조한다.

이집트 공무원 오사마 타드로스

공부하면서 외국인을 많이 만났지만, 지금도 생각나는 사람이 있다. 그 사람은 내가 박사학위 논문이 한창 진행되고 있을 무렵에 이집트 정부 공무원으로 미국에 일 년 연수를 위해서 온 사람이었다. 이름은 오사마 타드로스(Ossama Tadros)였는데, 심성이 곱고 선한 사람임을 한눈에 알아볼 수 있는 사람이었다.

학교에서는 해외에서 연수 온 사람들을 교환학자(visiting scholar)로 대우하여 으레 오피스 공간을 제공해 주었다. 그러나 공간이 충분하지 않았기 때문에 학과에서는 내가 있는 방의 옆자리 책상을 그에게 배정해 주었다.

그런데 오사마는 코란이 아닌 성경을 항상 읽고 있었다. 이집트 사람은 거의 이슬람교를 믿을 것이라고 생각했는데, 성경을 읽고 있으니 이상히 여겨 믿고 있는 종교가 무엇이냐고 물어보았다. 그는 자기를 기독교인이라고 소개하면서, 이집트 인구의 30퍼센트가 기독교인이고, 그 비율만큼 공무원을 비롯한 모든 공공부문의 자리가 기독교인들에게 할당된다고 말해주었다. 또한 재판도 기독교인은 기독교인 판사에게 받는다고 했다.

오사마는 장차 수도사(monk)가 되길 원하고 있었으며, 실제로 그의 얼굴을 보고 있노라면 수도사가 참 잘 어울릴 것 같았다. 그는 진정으로 하나님과 가까이하고 싶어 하는 사람이었고, 나는 그런 그가 옆에 있다는 것이 말할 수 없이 좋았다. 나이로 보면, 그는 나보다 5년 정도 아래였지만, 정신의 연령은 아마 족히 몇 살은 위일 것처럼 생각이 들었다.

해외에서 온 연수생들의 대부분은 대학원 과목을 수강하기보다는 자유 시간을 많이 가지려는 경향이 있었는데, 오사마의 경우는 달랐다. 그는 학점을 정식으로 취득하기 위해서 대학원에 개설된 과목들을 수강했고, 공부도 열심히 했다. 때로 오사마가 수업에 관련해 물어오면, 내가 가지고 있는 모든 지식을 동원하여 도와주려고 애썼다.

오사마와 나는 대화를 많이 나누었는데, 특히 성경에 관한 이야기를 많이 했다. 그는 실로 성경에 대해 해박한 지식을 가지고 있었다. 그런데 그는 대화 도중에도 특정 요일의 특정시간이 되면 대화를 중단하고 급하게 나가곤 했다. 그렇게 나가는 것이 일정하여 나는 그에게 어디를 가느냐고 물었더니 사회봉사 활동을 하러 간다는 것이었다.

그는 미국에 오자마자 봉사할 일을 찾기 위해서 커뮤니티 센터를 찾았다고 했다. 커뮤니티 센터에서는 그에게 독거노인이나 장애인들을 돌봐주는 일을 부탁했고, 그는 일주일에 12시간을 봉사하기로 하고, 그것을 2일 또는 3일로 나누어서 봉사했던 것이다.

나의 경우 공부를 시작할 때의 모든 생각은 오직 생존하는 것에 대한 것뿐이었다. 그만큼 나는 남을 생각할 여유가 없었던 것이다. 그러나 오사마는 자기보다는 자기가 속한 사회를 먼저 생각했다니 참으로 사랑의 실천을 하는 참 기독교인이었다.

오사마는 커뮤니티센터에서 알려준 사람들을 찾아가서, 그들이 원하는 것을 들어주면 되기 때문에 어렵고 힘든 것이 없다고 했다. 그들이 공원이나 수영장 또는 쇼핑센터를 가길 원하면 함께 가고, 대화를 하자고 하면 앉아서 대화를 했다고 했다. 그들과 함께하다 보니 자연히 언어능력도 향상되고, 미국사람들의 생활과 문화도 이해할 수 있어서 좋았다는 것이었다.

그의 순수하고 인간적인 모습을 보면서 하나님이 분명 그를 기뻐하실 것이라 믿었다. 그는 한마디로 믿음도 깊었고, 사랑의 마음도 충만했으며, 성격도 밝고 낙천적이었다. 오사마를 생각하면, 그는 나에게 많은 것을 깨닫게 해준 사람이었음이 틀림없다. 그래서 나는 박사학위 논문 서문에서 그에 대한 감사의 마음을 표현하기도 했다. 지금도 그가 참 보고 싶다!

1999년 8월 이집트 카이로에 갈 기회가 있었다. 미국에 있는 후배들을 통해 학과에 기록되어 있는 오사마의 주소를 받았고, 카이로에서 하루의 시간을 쪼개어 그를 만나려고 했다. 가이드에게 오사마의 주소를 보여주었더니 하루 만에 다녀올 수 있는 거리가 아니라고 했다.

오사마의 이름과 성만으로 그의 집 전화번호를 찾을 수 없느냐고 했더니, 가이드는 그것만으로는 넓은 시장에서 김 서방 찾기와 같은 것이라고 했다. 아마 이집트인들에게는 성과 이름 그리고 또 하나의 이름이 있는 것 같았다. 결국 나는 그를 만나려는 계획을 포기했다. 언젠가는 만나지 않을까 기대하면서, 나는 오사마가 사람들로부터 존경받고 하나님이 함께하시는 그런 수도사가 되었을 것이라 상상해 본다.

제자들이 유학을 떠날 때 인사를 오면 나는 항상 오사마 이야기를 해준다. 그리고 그들에게 공부도 열심히 하되 시간을 내어 사회봉사도 꼭 하라고 당부한다. 도시계획은 공공의 이익을 향상시킬 때만 의미 있는 것이다. 아무리 계획의 의도가 좋다고 해도 실질적으로 사람들이 느끼지 못한다면, 그것은 좋은 계획이 아닌 것이다.

공공의 이익이 무엇인지를 깨닫기 위해서는 사람들 속으로 들어가야 한다. 그래야 문제도 구체적으로 알 수 있고, 계획의 효과도 피부로 느낄 수 있는 것이다. 우리 주변에 사회적 약자들을 생각하고, 그들을 위해서 봉사하는 것은 인간으로서도 고귀한 일이지만, 도시계획가들에게는 직업적으로도 의미 있는 것이다.

오사마와의 만남을 통해 전문가 이전에 필요한 것은 인간적으로 따뜻한 마음을 가져야 함을 깨달았다. 도시계획은 사람을 다루는 학문이다. 전문가 이전에 사람에 대한 따뜻한 마음을 갖는 것이야말로 기본 중의 기본임을 크게 느끼는 계기가 되었다.

유학과 교회

유학생활에서 교회는 나에게 빼놓을 수 없는 곳이다. 유학 기간 동안 내가 다닌 동선을 그림으로 나타낸다면, 그것은 집과 학교 그리고 교회를 잇는 삼각형으로 나타날 것이다. 그 정도로 유학 기간 동안 교회는 나에게 특별한 곳이었다. 원래 나는 무교였지만, 아내는 삼대째 내려오는 기독교 집안에서 태어났기 때문에 교회는 아내에게 집과 같은 곳이었다. 그래서 아내는 미국에 오자마자 교회를 먼저 찾았던 것이다. 아내가 미국에 왔을 때는 내 건강상태가 좋은 편이 아니어서 집과 가까운 침례교회를 나가게 되었다.

당시 콜럼버스에는 네 곳의 한인교회가 있었고, 그중에서 침례교회가 집에서 가장 가까웠다. 그 교회의 대부분은 유학생들이었고, 그들 중 기혼자 부부들의 대부분은 대학에서 운영하는 아파트 단지인 버카이 빌리지(buckeye village)에 살았다. 내가 처음으로 거주한 아파트는 앞에서 말했듯이 공동묘지와 접해 있었고, 주변에는 상업시설들이 거의 없어 생활하는 데 불편함이 많았다. 그래서 가족이 있는 유학생들은 모두 버카이 빌리지에 입주하고 싶어 했다.

그곳에는 녹지가 많았고, 시설도 깨끗했으며, 가격도 저렴했다. 또한 걸어서 갈 수 있는 상업시설들이 주변에 있었고, 게다가 캠퍼스로 가는 셔틀버스까지 운행되었다. 한마디로 버카이 빌리지는 생활의 환경성과 쾌적성, 경제성 그리고 편리성 등을 두루 갖춘 아파트 단지였던 것이다.

버카이 빌리지의 입주 대상은 결혼한 전일제 대학원생(full-time graduate student)이었다. 아파트는 두 유형이 있었는데, 방 하나인 아파트와 방이 둘 있는 타운 하우스였다. 수요가 많았으므로 평균적으로 오랜 시간을 기다려야 하는데, 방 하나인 아파트는 6개월 정도 그리고 타운하우스는 일 년 반 이상을 대기해야만 했다.

그러나 나는 운 좋게도 신청한 지 3개월 만에 방 하나인 아파트에 입주하게 되었다. 아마 그 학기에 졸업생과 다른 학교로 이동하는 학생들이 유난히 많았던 것 같았다. 우리 부부는 그곳에서 일 년 반을 거주했고, 둘째 아이가 태어났을 때 타운하우스로 이동했다.

아내는 버카이 빌리지에 입주하라고 연락을 받았을 때, 그렇게 기뻐할 수가 없었다. 나는 아내가 좋아하는 모습을 보니 덩달아 좋았다. 교회는 우리 부부를 버카이 구역에 배정했고, 배정된 구역원들과 함께 친밀한 교제를 나누었다.

처음 아내를 따라 콜럼버스 침례교회를 나갔을 때는, 단지 가족을 자동차로 데려다주고 데리고 오는 것이 나의 주된 역할이었다.

그러나 목사님의 설교말씀을 계속 들으면서, 자연히 믿음을 갖게 되었고, 교회활동에도 적극적으로 참여하게 되었다. 1991년에는 예배위원장과 구역장 그리고 주일학교 교사로 봉사하면서 바쁘게 그리고 기쁘게 지냈다. 그해는 성경도 가장 많이 읽었고, 기도도 열심히 했으며, 교회봉사도 왕성하게 했던 시기였다.

신병교육대 교관이었을 때, 12월 31일부터 1월 1일까지 나는 책을 연속해서 보았고, 그 이후부터 특별한 일이 없는 한 지금까지 연말과 연초에는 반드시 책을 읽는다. 이러한 책읽기가 나도 모르게 습관이 되었던 것이다. 이 습관은 사실상 장난스럽게 시작된 것이었다. 즉, 이틀간 책을 읽는 것이지만, 가는 해와 오는 해에 걸쳐 있으니 2년 동안 책을 읽은 것이라고 억지 아닌 억지로 말할 수 있기 때문이다.

1989년 12월 31일 오후에는 학교에 학생들은 거의 없었고, 내가 있었던 브라운 홀 건물에는 아마도 나 혼자 있었을 것이다. 나는 습관대로 책을 보고 있었는데, 갑자기 누군가 내 귀에 대고 "아무 걱정하지 말라. 내가 너와 함께할 것이며, 너의 모든 것은 이미 다 결정되었다."라고 속삭이는 것 같았다.

그 순간을 잊지 않기 위해서 나는 즉시 종이를 꺼내어 글로 그 말을 적어 내려갔으며, 나는 그것이 하나님이 내게 주신 말씀이라고 확신했다. 그리고 그 종이를 책상 서랍에 두고 보물 다루듯이 보관했으며, 힘들 때면 그 종이를 꺼내 다시 보기도 했었다.

공부를 마치고 귀국하기 위해서 짐을 정리하면서, 나는 그 종이를 특별히 잘 보관해야겠다고 생각했다. 그러면서 어딘가에 잘 두었는데 공교롭게도 그것을 영 찾을 수가 없게 되었다. 잘 보관하겠다는 것이 결과적으로 숨겨놓은 것이 되었고, 이사 과정에서 분실한 것이었다. 콜럼버스를 떠나면서 가장 아쉬웠던 것은 바로 그 종이를 분실한 것이었다.

졸업 후 콜럼버스를 떠나는 날이 바로 주일이었다. 평소와 동일하게 아침 일찍 교회에 나가 목사님과 함께 성경공부를 했고, 비행시간으로 인해 예배는 드리지 못하고 공항으로 출발했다. 나는 침례를 받고 믿음생활을 시작한 콜럼버스 침례교회를 떠날 때는 그동안의 받은 은혜를 생각하며 감사의 눈물을 흘렸다. 아무튼 교회에 다니면서 받은 은혜와 교인들과의 소중한 추억은 평생 잊지 못할 것 같다.

교회에서 만난 사람들과의 교제는 나에게 신선하고 좋았다. 다른 사람들의 어려움을 위해서 함께 간절히 기도하고, 소망을 주는 그런 모임은 내가 일찍이 경험하지 못한 것이었다. 따라서 같은 구역에서 함께 활동했던 교인들과의 인연을 지속하고 싶은 생각이 간절하였다. 이 생각은 단지 나만의 생각은 아닌 것 같았다. 구역의 다른 사람들도 나와 마찬가지로 원했던 것 같았다.

같은 구역에 함께했던 사람들은 1995년까지 공부를 마치고 대부분 귀국했다. 그래서 나는 버카이 구역을 만들자고 제안했고, 몇몇 가정이 함께 참여했다. 성경공부도 초기에는 한 달에 한 번씩 정기적으로 가졌으나, 나중에는 분기에 한 번으로 하다가 일 년에 두 번 하게 되었다.

그리고 나중에는 친목의 모임으로 성격이 전환되었다. (각자의 교회에서 맡은 역할들이 있었기 때문이었다.) 2020년 코로나 사태 이전까지는 최소 일 년에 두 번 정도는 모여서 식사를 나누며 즐거운 시간을 가졌으니, 그 인연도 보통 깊은 것이 아님이 분명하다.

졸업과 진로

두 대안 중 최종 결정은 하나님께 맡기기로 했다.
어떤 대안으로 결정되든지 그 결과를 무조건 따르기로 마음먹었다.

• • •

논문 통과 후 실수

1992년 8월 나는 논문 심사위원회의 구두시험을 무사히 통과했다. 내가 심사위원들 앞에서 논문을 발표할 때, 아내는 교회에서 기도를 하고 있었다. 아내도 나만큼 긴장을 많이 했던 것 같았다. 논문이 통과되자마자, 나는 기쁜 마음으로 교회에 전화해서 아내에게 결과를 알렸고, 한국에 계신 부모님께도 빨리 알려드리고자 동전을 많이 바꿔 공중전화로 소식을 전했다. 박사논문이 통과되었다고 말씀드리니 부모님은 매우 기뻐하셨다. 그런데 그때 나는 큰 실수를 저질렀다. 고생 많았다는 어머니의 말씀에 "모든 것이

하나님의 은혜입니다."라고 부지불식간에 답한 것이었다. 순간 어머니의 목소리가 낮아지고 힘이 풀리는 것 같은 느낌을 받았다. 종교가 달랐던 어머니께서는 아들의 그런 말을 들으니 마음이 즐겁지 않으셨던 것이다.

서울에 있는 형제들이 그 뒤로 내게 전화를 해서 부모님이 많이 속상해하신다고 전했다. 이 세상 모든 부모님이 자식에 대해 갖는 무한한 사랑은 동일할 것이다. 우리 어머니의 자식 사랑도 다른 어머니에 비해 더하면 더했지 결코 덜하진 않았다.

예를 들면, 내가 수색대대 소대장을 하고 있을 때, 비가 오거나 기온이 갑자기 떨어지면 어머니는 집의 보일러를 틀지 않으셨다. 아들이 비무장지대에서 고생하는데, 보일러를 트는 것이 마음에 걸리셨던 것이다. 하여튼 이와 같은 예는 수없이 있었고, 자식에 대한 어머니의 마음은 참으로 남달랐다고 할 수 있다.

또한 어머니는 자식의 든든한 후원자이셨다. 내가 유학에 대해 고민을 하고 있을 때, 적극적으로 지원해 주셨다. 만일 그런 지원이 없었다면, 나는 유학 자체를 포기했을지도 모른다. 이런 어머니의 마음을 조금이라도 헤아렸다면, 나는 먼저 "모든 것이 부모님 덕입니다. 부모님 은혜에 감사드립니다."라고 말했어야 했다. 그만큼 나는 생각이 짧았고 지혜도 모자랐던 것이다.

모든 것이 하나님의 은혜라는 것은 결코 부인할 수 없는 사실이지만, 말을 할 때는 분별력과 세상적인 지혜가 필요하고, 듣는 상대방이 누구인지를 생각하고 배려하는 것이 필요했던 것이다.

나는 사람의 성숙 정도를 남을 배려하는 마음의 정도로 가늠할 수 있다고 생각한다. 말은 한번 뱉으면 주워 담을 수 없는 것이다. 따라서 말을 할 때는 듣는 사람을 먼저 생각하는 것이 성숙한 인간이 기본적으로 갖추어야 자세임을 절실하게 느끼는 순간이었다. 이에 대해서는 아직도 실수가 많은 편이다. 늘 생각하고 있지만, 그것이 쉽게 되지 않는 것이 사실이다.

1992년

유학을 떠나기 전부터 나는 교수가 되고 싶었다. 그리고 유학 중에는 한국으로 돌아가 정말 좋은 교수가 되겠다고 그리고 학생들을 위해서 정성을 다하겠다고 다짐에 다짐을 했었다. 나는 모든 과목을 들으면서 노트할 때에는 향후 수업에서 쓰일 강의노트를 만든다는 자세로 임했다. 하여튼 좋은 교수가 되기 위해서 지금 무엇을 해야 하는지를 항상 염두에 두고 행동한 것은, 마치 대학생 시절 군대의 장군을 꿈꾸며 생활했던 것과 동일한 것이었다.

1992년은 여러 일들이 순서대로 내게 일어났다. 먼저 1991년 12월에 한 대학에서 교수를 모집한다고 연락이 와서 나는 기대를 하며 지원했었다. 그리고 두 달 동안에 서울을 두 번이나 다녀왔고, 총장 인터뷰까지 했는데 최종적으로 합격하지는 못했다. 나중에 알고 보니 나와는 비교가 되지 않는 국책연구원의 거물급 지원자가 있었다. 기대를 크게 했었으니 당연히 실망도 컸다.

3월에는 석사논문 지도교수였던 여홍구 교수님께서 콜럼버스를 방문하셨다. 그는 학과에 가서 라벤뉴 교수님을 비롯한 거의 모든 교수들을 만나려 했고, 만나는 교수마다 나에 대해 물어보셨다. 고맙게도 도시 및 지역계획학과 교수들은 모두 여홍구 교수님께 나에 대해 좋은 말을 해주었다.

다음 날 저녁 여홍구 교수님은 콜럼버스를 떠나면서 한양대 도시공학과에서도 신임교수를 뽑을 예정임을 알려주셨다. 그리고 그는 나를 후보자 중 한 명으로 생각한다는 말씀을 남기셨다. 그러니까 콜럼버스에 오신 이유는 바로 내가 어떻게 공부하고 있는지를 확인하고 싶으셨던 것이다. 여홍구 교수님의 그런 마음을 충분히 이해할 수 있었다. 학부시절 교수님들로부터 주목을 받지 못한 학생이었기 때문에, 나에 대해서는 간접적으로 듣기보다는 직접 눈으로 확인하는 것이 필요하다고 생각하신 것이었다.

그해 5월경에 라벤뉴 교수님이 나를 뉴욕에 있는 UNDP의 연구센터(research center)에 추천하시겠다고 하시면서 내 의향을 물어보셨다. 나는 서슴지 않고 학위를 받으면 한국으로 돌아갈 것이라고 말씀드렸다. 의외라는 듯이 "왜 귀국하려느냐?"라고 물으셔서 장남이어서 부모님을 보살펴드려야 한다고 답변했다.

그랬더니 아버지 연세를 물으셨고, 그때 아버지의 연세는 69세이셨다. 그는 부친이 보살핌을 받기에는 너무 젊다고 하면서 자기 아버지는 86세까지 치과의사로 일하셨다고 했다. 어찌 되었든지 나는 한국에 돌아가야만 한다고 말씀드렸고, 라벤뉴 교수님도 그렇다면 할 수 없다고 생각을 바꾸신 것 같았다.

아내는 내가 미국에 남길 바랐다. 서울로 돌아가면 시부모와 종교가 달라 며느리로서 생활하기가 어려운 점들이 있었기 때문이다. 만일 라벤뉴 교수님이 제안한 UNDP의 연구센터에서 일을 할 수도 있다는 것을 말하면, 당연히 아내는 미국에 남자고 나를 종용했을 것이다. 그래서 아예 아내에게는 라벤뉴 교수님이 제안한 것에 대해서 함구했던 것이다.

그러나 세상에 비밀은 없다고 그 누가 말했던가. 8월 논문이 통과되고 한 학기 동안 학과에서 티칭을 했었다. 논문은 통과되었지만 논문 보완도 필요했고, 약간의 여유를 가지고 싶어 나는 12월에 졸업하고 귀국하기로 했던 것이다. 9월경에 이집트에서 방문학자가 학과로 왔었는데, 라벤뉴 교수님은 그 방문학자 가족과 우리 가족을 댁으로 초대하여 바비큐 파티를 열어주었다.

식사 도중에 라벤뉴 교수님은 아내에게 나를 UNDP 연구센터에 추천하려고 했는데, 한국으로 돌아간다고 해서 그만두었다는 사실을 말하는 것이었다. 그 말은 아내에겐 금시초문이었고, 듣는 순간 아내의 안색이 바뀌어 버렸다. 비밀이 탄로 나자 이만저만 당황스러운 것이 아니었다.

아내는 집으로 돌아오는 길에 내게 실망했다고 하면서 그렇게 중요한 일을 상의도 없이 어떻게 혼자 결정할 수 있느냐며 서운한 감정을 여과 없이 드러냈다. 그때까지 아내가 나에게 실망했다는 말을 한 적이 단 한 번도 없었다. 그만큼 아내는 나에게 무척이나 화가 났던 것이다. 나는 한국에서 교수가 되는 것이 꿈이라고 말하면서 아내를 다독거렸다. 아내는 아직까지도 그때의 이야기를 할 때가 있고, 그럴 때면 항상 나는 꿀 먹은 벙어리인 양 침묵으로 일관할 수밖에 없다.

진로의 두 가지 대안

나는 교수가 되고 싶었으나 그렇게 될 것인가는 오직 신만이 아는 것이었다. 주변에 공부를 마치고 한국이나 미국에서 대학교수가 된 사람들도 많았으나, 그렇지 못한 사람들 역시 많은 것이 현실이었다. 그들을 보면서 원한다고 해서 모든 것이 원하는 대로 풀리지 않을 수도 있다는 생각을 하게 되었다.

공부할 때는 공부만 끝나면 모든 걱정이 없을 것 같았는데, 막상 공부를 마치고 나니 다른 차원의 보다 현실적인 걱정이 다가오는 것이었다. 고민 끝에 나는 진로에 대한 방향을 설정하기 시작했다. 대학교수가 되고 싶다는 것은 흔들리지 않는 소망이었지만 그렇게 되지 않을 경우에 대해서도 준비해야만 했다. 그래서 나는 두 가지

대안을 구체적으로 설정하게 되었다.

첫째 대안은 대학교수가 되기 위해서 최선의 노력을 다하는 것이고, 둘째 대안은 대학교수가 되지 못할 경우 방향을 180도 돌려서 다시 학생으로 돌아가는 것이었다. 여기서 학생으로 돌아간다는 것은 신학대학원에 입학하기로 한 것이었다.

두 대안 중 최종 결정은 내가 하는 것이 아니라 운명, 즉 하나님께 맡기는 것이었다. 그리고 어떤 대안으로 결정되든지 그 결과를 무조건 따르기로 마음먹었다. 그렇게 진로의 방향을 정하고 나니 마음이 편해졌다.

나는 박사를 마치고 신학대학원으로 가는 사람들을 종종 보았다. 예를 들면 지금 한국대학생선교회(CCC) 대표를 맡고 있는 박성민 목사는 우리 가족이 침례교회에 등록했을 즈음에 그 교회에 있었다. 그때에는 그가 공부를 거의 마친 시기인 관계로 그와 교제를 나눌 기회는 없었다. 내가 그를 기억하는 것은 그가 박사학위를 취득하고 곧바로 시카고에 있는 신학대학원에 입학했다는 사실 때문이었다.

공학박사를 취득한 후 신학대학원에 간다는 것이 나에게는 이해가 되지 않았었다. 신학대학원에 갈 것이었으면, 처음부터 갈 것이지 왜 시간과 에너지를 낭비했는가 하는 의문이 있었던 것이다. 그 후에도 박사학위를 취득한 다음에 신학대학원에 가려는 사람들을 본 적이 있었으나, 내가 그런 마음을 가질 것이라고는 상상조차 하지 못한 것이었다.

신학대학원에 가는 것에 대해서 넌지시 아내에게 말을 꺼냈더니 아내는 강력하게 반대했다. 그냥 도시계획 분야에서 활동을 하면 좋겠다고 하면서, 자신은 목사의 아내가 되어 사모 역할을 하게 되는 것에 전혀 자신이 없다는 것이었다. 어찌했든 나는 우선순위가 첫 번째 대안이라고 말하면서 그것을 위해서 최선의 노력을 다해 준비하겠다고 아내를 일단은 안심시켰다. 그러면서 두 번째 대안을 준비하기 위해서 교회 담임목사였던 박웅균 목사님을 통하여 그분이 가지고 있던 미국 내 신학대학원들에 대한 자료를 받아 보기도 하고 새로이 자료를 수집하기도 했다.

11월경에 한양대학교와 대구에 소재한 K 대학교에서 신임교수를 초빙한다는 공지를 서울에 있는 어느 교수가 알려주었다. 나는 이 두 대학교에 지원하기로 마음을 정하고 최선을 다해서 준비를 했다. 특히 K 대학교는 기독교 정신으로 설립된 대학이었고, 교수들의 월급수준도 다른 대학에 비해 높은 편이라고 했다. 이런 정보를 들으니 그 대학에 가게 되어도 좋겠다는 생각이 들었다.

1992년 11월 말경에 한국에서 교환교수로 박기조 교수님이 오셨다. 그는 경원대학교(지금의 가천대학교) 도시공학과 교수님이셨는데, 인품도 좋은 분이었고 도시계획 분야에서 동료와 후학들에게 많은 존경을 받는 분이셨다. (박기조 교수님은 애석하게도 2001년 6월에 별세하셨다.)

귀국준비와 학기 성적처리 등으로 경황이 없을 때였는데, 박

교수님이 내 방에 오셔서 어느 대학을 지원했냐고 물으셨다. 한양대학교와 K 대학교를 지원했다고 했더니, K 대학교 도시공학과에 절친한 교수가 있는데, 나를 추천하고 싶다고 하는 것이었다.

이미 지원 서류 모두를 K 대학에 제출했다고 하니, 그는 학교에 제출하는 것이 아니라 사적인 추천서를 말하는 것이라고 했다. 전화보다는 추천서를 쓰는 것이 좋을 것 같다면서 한국에 가서 자신이 쓴 추천서를 가지고 그 교수를 만나라는 것이었다.

그렇게 말씀해 주시는 교수님이 감사했고, 또한 그렇게 하겠다고 말하고 싶었다. 그러나 언급했듯이 나는 내 운명이 어떤 방향으로 정해질지 관망자의 입장에서 바라보고자 했었다. 다시 말해, 두 가지 대안 중 어느 쪽으로 내 진로가 정해지든지 자연스러운 결정과정을 보고 싶었고, 인위적인 방법을 동원하고 싶지는 않았다. 그래서 나는 정중하게 박기조 교수님의 제안을 거절했다.

한국으로 떠나기 며칠 전 박 교수님은 다시 한번 추천서를 써 줄 테니 그것을 가지고 가라고 강권하셨다. 그때도 그렇게 해주면 좋겠다는 말이 목까지 차올랐으나, 꿀꺽 삼켜버리고는 다시금 괜찮다고 말씀드렸다. 마음속에서는 교수님이 그토록 나를 생각해서 그러시는데, 매정하게 거절하는 것은 안 될 일이라는 생각이 들었지만, 나로서도 어쩔 수 없는 일이었다. 그렇게 하는 것이 당시 나의 신앙이요 신념이요 신조였기 때문이다.

그러면서도 나의 마음속 한편에서는 미련이 남아 있었고, 박

교수님이 다시 한번 더 말씀하시면, 그때는 그분의 말씀대로 추천서를 받아야겠다고 마음먹고 있었다. 그런데 그 후로는 더 이상 추천서에 대한 언급을 하지 않으셨다. 그리고 나는 아무것도 결정되지 않은 상태에서 진로에 대한 두 가지 대안만 가슴에 품고 귀국하게 되었다.

유학에서 얻은 재산

소위 성공한 제자들을 생각해 보면, 공통된 특징이 있다.
학업에 임할 때 바른 자세를 가진 학생들이 성공한다는 것이다.

• • •

자세 (Attitude)

유학 기간 동안 나는 성실하게 열심히 공부했다고 자부했었는데,
귀국할 날짜가 다가오면서 갑자기 불안한 마음이 들기 시작했다.
그것은 바로 내가 아는 것이 별로 없다는 자각에서 비롯된 것이었다.
박사학위를 받으면, 세상을 바라보는 자신만의 관점도 생기고, 그에
따른 문제해결의 처방도 있을 것이라 믿었었다. 그러나 생각할수록
막히는 부분이 많았고, 문제에 대한 뚜렷한 처방도 없는 것만 같았다.
과연 이런 상태에서 교수가 된들 학생들에게 무엇을 가르칠 것인가
를 고민하기 시작했다. 1992년 12월 11일 토요일에 졸업식이

있었다. 대부분의 대학 졸업식에서는 박사는 총장님이 직접 학위를 수여하고, 석사와 학사는 단과대학장이 수여한다.

단상에서 총장으로부터 졸업장을 받고 내 자리에 와서 앉는데, 갑자기 힘이 빠지고 허망한 생각이 드는 것이었다. 고작 이 졸업장을 받으려고 지난 5년간 고생했다고 생각하니 허탈했고, 또한 아는 것이 별로 없는 것 같아 허망한 마음이 들었다. 졸업식장의 들뜨고 기대에 찬 밝은 분위기와는 사뭇 달리 내 모습은 자꾸 땅속으로 꺼져 들어가는 듯했다. 졸업식장에서 왜 갑자기 이런 생각이 드는지 의아해하면서 빨리 이런 생각을 떨쳐버리려고 애를 썼다.

박사학위 논문표지에 쓰인 문장이야말로 나는 박사들이 가슴에 새겨야 할 말이라고 생각한다. 그것은 박사학위 논문이 완전한 연구의 성과가 아니라 부분적인 성과(partial fulfillment)임을 규정하는 문장이다. 부분적인 성과로 규정되어 있음에도 불구하고 자신의 큰 성과로 여긴다면, 그것은 오해이고 교만이다. 그리고 그러한 자세로 연구를 계속하는 한 발전을 기대하기는 어렵다고 생각했다.

나는 졸업식장을 떠나면서 작은 성과가 의미 있는 성과로 이어지기 위한 첫걸음은 바로 겸손한 마음으로 성실하게 연구에 정진하려는 자세라고 믿었다. 그리고 졸업식장에서 가졌던 허탈함과 허망함은 새로운 시작에 대한 두려움 때문이었을 것이라고 나름대로 진단했다. 그리고 보니 나는 환경의 변화를 항상 두려워했던 것 같다.

새로운 환경에 들어갈 때에는 늘 긴장과 두려움이 있었고, 그러한 환경에 적응하고 생존하기 위해서 치열하게 노력했던 것 같다. 수색대대 소대장 때도, 회사에 입사했을 때도 그리고 유학을 갔을 때도 동일하게 두려움으로 시작했었고, 그것을 극복하고자 전력을 다해 열심히 생활했던 것이다. 그러한 전력투구의 노력의 결과로 어디에서 생활을 하든지 무사히 각각의 기간을 마칠 수 있었다.

나는 그때까지 경험하고 배운 것이 바로 인생을 살아가는 데 있어서의 자세였다는 것을 깨달았다. 자세를 배운다는 것은 틀을 갖추는 것이고, 그 틀이 갖추어지면 그에 따라 내용이 채워지게 된다. 좋은 자세에는 좋은 내용이 채워지고, 좋지 않은 자세에는 좋지 않은 내용이 채워지게 마련이다. 여기서 좋은 자세란 어떤 환경에서든지 성실하게 최선을 다하는 노력이라고 할 수 있다.

그리고 이러한 노력의 자세에 신에 대한 믿음까지 더해진다면, 못할 일이 없을 것이고, 반드시 보람 있는 결과를 맺을 것이라고 생각했다. 그리고 그러한 자세를 지니는 것이 내가 앞으로 어떤 환경에 처하더라도 해야만 할 일이라고 믿었다. 생각이 여기에까지 이르자, 허탈하고 허망했던 마음이 갑자기 나도 알 수 없는 자신감으로 전환되었으며, 귀국 후 내 진로가 어떤 대안으로 결정되든지 전개될 삶에 대해 기대를 갖게 되었다.

성공하고자 한다면, 먼저 좋은 자세를 배워야 한다고 말해왔다. 자세는 영어로 '에티튜드'(Attitude)이다. 이 단어는 여덟 개의 알파벳으로 구성되어 있는데, 각 알파벳의 순서를 수로 전환하여 합하면 100(1+20+20+9+20+21+4+5=100)이 된다. 즉, 자세가 인생을 살아가는 데 100이라는 뜻인데, 100을 만점으로 상정했을 때, 누구든지 그 사람의 자세가 그 사람의 모든 것을 결정한다는 의미가 아닐까 생각한다.

그러고 보니 제자 중에서 성공한 사람들도 있고, 그렇지 못한 사람들도 있다. 소위 성공한 제자들을 생각해 보면, 공통된 특징이 있다. 그것은 바로 그들이 학업에 임할 때 보여주었던 자세였다. 다시 말해, 바른 자세를 가진 학생들이 성공하는 것이었다.

바른 자세는 평생 동안 지속되는 자세이기 때문에, 학업에 임하는 자세가 좋았던 학생들은 졸업 후에 어떤 환경에 처하더라도 마찬가지 자세로 임했을 것이다. 그러니 그들은 어디에서나 환영을 받게 마련이고, 결국은 그들의 성공으로 이어졌을 것임이 틀림없다. 그래서 나는 제자들을 사랑하는 마음으로 그들이 바른 자세를 갖추도록 지금까지도 엄격하게 강조하고 있다.

좋은 인연들

나의 인복은 타고난 것 같았다. 아마 하나님께서 나에게 가장 큰 선물을 주셨다면, 그것은 바로 좋은 사람들을 만나는 기회를 주신 것이라고 믿는다. 유학 기간에도 예외 없이 귀하고 좋은 사람들을 많이 만났다. 먼저 지도교수인 라벤뉴 교수님은 나에게 연구자와 교육자로서의 귀한 자세를 가르쳐주셨다.

그리고 침례교회의 박웅균 목사님도 잊을 수 없는 분이었다. 그는 목사의 권위는 따뜻함과 온유함 그리고 사랑에 있음을 몸소 보여주신 분이었다. 박 목사님은 전형적인 외유내강의 자세를 보이셨던 분이었고, 교인들 모두는 그분을 매우 존경하고 따랐었다. 그리고 교회에서 함께 믿음생활을 했던 교인들도 나에겐 잊을 수 없는 사람들이었다. 그들은 세상적인 것만 보았던 나에게 신선하고 새로운 삶의 자세를 보여주었던 고마운 사람들이었다.

따뜻하고 인간적인 이집트 공무원 오사마를 만난 것도 내게는 큰 행운이었다. 비록 짧은 기간이었지만, 그는 사랑의 마음으로 겸손하게 봉사하는 것에 대해 나에게 많은 깨달음을 주었다. 그리고

졸업식 후 박웅균 목사님과 함께(1992. 12. 11.)

학과에서 만난 소중한 두 사람이 있었는데, 한 명은 지금 라이트주립대학교(Wright State University)에서 교수로 있는 메리 웨닝(Mary Wenning)이고, 다른 한 명은 브라운 홀의 청소부 더글러스(Douglas)이다. (더글러스라는 이름만 불러서 나는 그의 성은 모른다.)

메리 웨닝은 원래 나와 동갑이어서 친해졌는데, 사실 그는 나보다 한 살 위였다. 왜냐하면 같은 나이라고 했지만 나는 우리나라의 나이였고, 메리 웨닝은 서양의 나이였기 때문이다. 당시 메리는 학과의 학생회장이었고, 밝은 성격에 리더십도 있는 사람이었다.

메리 웨닝은 영어 때문에 고민하는 나를 위해서 내가 쓴 글을 많이 교정해 주었고, 자신도 바쁜 일이 많았을 텐데도 한 번도 싫다는 내색 없이 친절하게 도와주었다. 또한 일주일에 한 번씩 시간을 내어 아내에게 영어도 가르쳐준 적도 있었다. 정도 많고 믿음도 좋은 사람이었다. 우리는 성경에 대해 많은 이야기를 나누었고, 서로의 논문 때문에 속이 상할 때에는 함께 기도도 하며 서로를 격려하며 지냈다.

그리고 메리 웨닝은 여자였지만, 용기 있고 지혜로운 사람이었다. 한번은 학과에서 젊은 학생들 사이에 큰 논쟁이 있었고, 급기야는 서부의 활극으로 이어졌다. 누구도 그들의 거친 기세 때문에 나서지 못하고 숨죽이고 있었는데, 그때 메리 웨닝이 용감하게 나서서 두 학생을 부모가 훈계하듯 나무랐고, 험했던 분위기는 곧 진정되었다. 나는 그때 메리 웨닝이 나이 든 사람으로 상황을 성숙하게 잘 대처했다고 생각한다.

졸업 후 도시계획 관련 국제 컨퍼런스에서 몇 번 메리 웨닝을 만났다. 그를 생각하면, 따라오는 것이 바로 친절과 용기 그리고 따뜻함이다. 두 해 전에 그는 메일로 자신의 건강이 좋지 않다는 소식을 전해왔다. 마음속으로 메리 웨닝이 건강하길 바라며, 다시 한번 기쁘게 만날 기회가 있기를 기대한다.

더글러스는 브라운 홀을 저녁시간에 청소하는 사람이었다. 내가 있는 방에 청소하려고 들어오면, 우리는 항상 대화를 나누곤 했다. 그와 내가 친하게 된 것은 서로의 군대생활에 대해서 이야기를 나누면서부터였다. 그는 나와의 농담을 즐겼으며, 성격이 근본적으로 밝고 착한 사람이었다.

더글러스의 진지함과 정직함에 놀란 적이 있었다. 1991년 12월 말경에 한국의 어느 대학을 지원하기 위해서 갑자기 출국을 할 때였다. 학교에서 자료를 챙겨 급히 나오는데 그를 우연히 만났고, 나는 그에게 한국에 잠깐 다녀오려고 한다고 하면서 내가 한국에 갔다는 것을 다른 사람들에게는 말하지 말아 달라고 부탁하였다.

콜럼버스로 돌아와 그를 만났는데, 그는 나 때문에 고민을 많이 했다고 하는 것이었다. 나는 그가 장난하는 것으로 생각했으나 그는 의외로 진지하기만 했다. 그래서 "왜 그러냐?"라고 물었더니, 주변에 있는 사람들이 내가 어디 갔냐고 자꾸 물어보는데, 나와의 약속 때문에 모른다고 거짓말을 할 수밖에 없어서 몹시 힘들었다는 것이다.

무심코 한 내 말이 진지한 더글러스를 힘들게 만들었던 것이다. 그의 말을 듣고 보니, 내가 너무나도 경솔했다는 것을 느꼈고, 가볍게 한 부탁이었는데, 상대방에게는 큰 부담과 죄책감을 줄 수도 있다는 사실을 새삼 알게 되었다.

메리 웨닝이나 더글러스를 통해서 미국 사람들의 우정이 매우 진지할 뿐만 아니라 결코 계산적이지 않고 순수했으며, 오히려 내가 생각했던 것보다 훨씬 깊다는 것을 경험하게 되었다. 또한 미국이 세계 정상의 국가가 된 것은 바로 그들과 같은 일반 소시민들의 정직성과 건전성 그리고 용기 때문이라는 사실을 확신하게 되었다. 유학 기간을 통해서도 사회의 능력은 바로 그 사회를 구성하는 구성원들의 능력에 있음을 재차 확인할 수 있었다. 이는 수색대대에서도 그리고 대우에서도 동일하게 느낀 것이었다.

돌아보면, 유학 기간에 내가 얻은 재산은 바로 좋은 사람들을 만나 좋은 자세를 많이 배웠다는 것이다. 이러한 재산은 진지하고 자신의 책임을 다하는 자세, 다시 말해, 교육자로, 연구자로 그리고 사회인으로 마땅히 갖추어야 할 자세라고 생각한다.

유학 기간은 군 복무나 대우에서 배운 것과는 다른 측면에서 소중한 것들을 많이 배운 시간이었다. 나는 그러한 자세를 가지고 앞으로 내게 펼쳐질 미래를 기대하면서 1992년 12월 중순에 귀국하게 되었다.

제4장

가르치고 연구하며 배우다

내가 최선을 다했던 것은 정직하게 표현하자면 일에 대한 욕심 때문이 아니라 빈곤 때문이었다. 지식의 빈곤이 항상 나를 급하고 쫓기는 생활을 하게 만들었던 것이다. 사실 어떠한 빈곤이든지 간에 모든 인간은 늘 빈곤을 느끼게 마련인 것 같다. 완전함은 인간에게 허락된 것이 아니다. 만일 인간이 빈곤을 느끼지 않았다면, 즉 현실에 그냥 안주하고 만족하며 살았다면, 인류는 아직도 원시인들의 생활수준에 머물러 있었을 것이다. 그리고 달에도 가고 화성도 탐사하는 그런 과학과 기술은 결코 가능하지 않았을 것이다.

교수임용

일뿐 아니라 사람과의 관계도 항상 끝이 좋아야 한다.
끝이 좋으면 그동안의 모든 관계가 아름답게 미화될 수 있다.

• • •

귀국

1992년 12월 11일 토요일에 졸업하고, 다음날 우리 가족은 서부의 로스앤젤레스를 거쳐 한국으로 귀국했다. 1987년 12월 초에 미국에 왔으니 정확하게 5년 만에 돌아가는 것이었다. 유학을 떠날 때, 사람들이 얼마 동안 공부할 예정이냐고 물어오면, 나는 5년 정도를 예상한다고 말하곤 했었다. 그리고 말한 대로 5년 만에 공부를 마치고 귀국한 것이었다.

목표를 세우고 그것을 마음속에 간직하며 행할 때, 그 목표는 반드시 성취된다는 것과 우리의 인생은 우리가 믿고 말하는 대로 이루어진다는 것을 확인할 수 있는 기간이었다. 우리가 무심코 하는 말에 대해 어른들이 말을 가려서 해야 한다고 항상 말씀하신 이유가 바로 '여기에 있었구나.' 하는 생각을 했다. 그리고 말을 해야 한다면, 나와 내 가족을 위해서 부정적인 말보다는 긍정적인 말을 하면서 살아야겠다고 다시 한번 다짐했다.

귀국하는 비행기에 타니, 지난 5년간의 생활이 주마등같이 스쳐 지나갔다. 힘들었고, 때로는 위태한 시간도 있었지만, 전체적으로 내게는 기쁘고 많은 것을 배운 유익한 날들이었다. 그리고 무엇보다 낙오하지 않고 가족 모두가 무사히 귀국할 수 있음에 감사했으며, 모든 일은 결국 끝이 좋아야 한다는 사실에 대해서 다시금 되새기게 되었다.

일을 하는 데 있어서 끝이 가장 중요하다는 것을 강조하기 위해서 어느 교수는 학생들에게 다음과 같이 질문했다고 한다. "죽다가 살아났다면, 그 사람은 죽은 것이냐, 산 것이냐?"라는 질문이었다. 죽었다고 생각했는데, 살아났으니 그 사람은 당연히 산 것이다.

이 질문에는 그 답변 이상의 뜻이 있는데, 그것은 산 사람이 단순히 삶이 연장된 것뿐만이 아니기 때문이다. 이후 살아가되 환희와 감사로 가득한 행복한 삶을 누린다는 의미를 내포하고 있는 것이다. 왜냐하면 죽다가 살아나는 것은 사람의 능력으로 될 수 있는 것이 아니기 때문이다. 다시 말해, 그 사람은 산 것에 대해 신에게 감사하게 되고, 이로 인해 겸손한 마음으로 기쁨의 삶을 누리게 될 것이기 때문이다.

그렇다면 그와 반대로 "살았다고 생각했는데 죽었다면, 그 사람은 죽은 것이냐, 산 것이냐?"라는 질문도 할 수 있을 것이다. 그 대답은 죽었으니 분명히 죽은 것이 될 것이다. 그러나 여기에는 죽음뿐만 아니라 그 사람의 삶이 허무하고 비참하게 끝나게 될 것임을 내포하고 있다. 마지막 순간 살 것으로 믿었는데, 죽게 된다면 그 이유를 누군가에게 찾으려 할 것이고, 그 대상에게 마지막 순간까지 저주를 할 것이기 때문이다.

물론 나는 여기서 결과만 중요하고 과정은 중요하지 않다고 말하려는 것이 아니다. 경험적으로 좋은 과정이 좋은 결과를 가져온다는 것을 강조하고자 함이다. 불의한 일이 아니라면, 일단 시작한 일은 중도에 포기하지 말고, 좋은 결과를 얻기 위해서 최선의 노력을 해야 한다는 것이다.

어찌 보면, 일뿐 아니라 사람과의 관계도 항상 끝이 좋아야 한다. 끝이 좋을 경우는 그동안의 모든 관계가 아름답게 미화될 수 있지만, 반대로 끝이 나쁜 경우는 그동안의 모든 관계가 허사가 될 수밖에 없기 때문이다.

한국에 귀국한 다음날에 대통령 선거가 있었고, 김영삼 후보가 우리나라 제14대 대통령으로 당선되었다. 우리 모두는 문민정부가 들어섰다고 기뻐했고, 앞으로의 변화와 성장을 기대하며 1992년 마지막 달을 보냈다. 나 역시도 어떤 길이 내 앞에 펼쳐질 것인지를 기대하며 1993년의 새해를 맞이했다.

귀국하여 부모님과 친척들 그리고 장인과 장모님을 비롯한 아내의 친척들께 인사도 드리고, 친구들과도 만났으며, 그리고 어느 대학에서 요청한 강의를 준비하는 등 나름대로 바쁜 시간을 보내고 있었다. 그러면서 백수가 과로사한다는 말이 왜 있는지를 실감하였다.

1993년으로 해는 바뀌었고, 귀국한 지 한 달이 훌쩍 넘었지만 내가 지원한 대학에서는 별다른 소식이 없었다. 당시 대학에서는 관행상 교수임용에 합격한 사람에게만 소식을 전해주었을 뿐, 불합격한 사람들에게는 별도로 연락을 하지 않았다. 이러한 관행은 대학이 불합격한 사람들에게 취할 적절한 태도는 아니지 않을까 생각한다. 왜냐하면 불합격한 사람은 그 결과를 알 때까지 기대와 희망으로 가슴 조이며 불필요하게 에너지를 소모해야 하기 때문이다. 하여튼 당시 대학의 교수임용 과정을 보면, 시작은 분명했으나 불합격자들에게는 끝이 분명하지 않았다.

1991년 12월에 지원한 대학에서도 내게 결과를 알려주지 않았었고, 나는 다른 사람을 통해서야 그 결과를 알았던 것이다. 이러한 관행을 고려해볼 때, K 대학교로부터 아무런 연락을 받지 못했다는 것은 불합격을 의미하는 것이라 생각했었다. 단지 한양대학교의 경우 학교 선배인 노정현 교수님이 학과장을 하고 있어 내게 소식을 종종 전해주었다. (노 교수님은 나의 멘토와 같은 분이셨다.) 그는 전과 같으면 12월 말 정도에 인사위원회가 열렸는데, 이번에는 많이 늦어진다고 하면서 기다리라고만 했다. 상황이 이렇게 전개되자 나는 서서히 두 번째 대안 쪽으로 마음의 준비를 하고 있었다.

그러나 아내는 그러한 상황에서도 아랑곳하지 않고, 걱정이 없는 듯 태평해 보였다. 아내와 오래 살았지만, 어떤 경우든지 희망을 갖고 생활하는 아내가 부러웠다. 그런 낙천적인 자세는 성격에서 기인한 것도 있겠지만, 그보다는 오랫동안 확신해온 믿음에 기인하는 것이라고 생각했다. 만일 아내가 나의 미래에 대해 조급해했다면, 내가 오히려 더욱 불안해했을 것이고 그만큼 힘들었을 것이다.

귀국한 후 우리가 불편했던 것이 있었는데, 그것은 교회에 잘 나갈 수 없던 것이었다. 물론 부모님이 교회에 가지 말라고 하신 것은 아니었지만, 믿는 종교가 달라 일요일에 성경을 들고 가족 모두가 나간다는 것이 조심스러워서였다. 형제들도 내게 집안의 평화를 위해서 교회에 나가는 것을 당분간 자제하라고 요청하기도 했던 터였다. 아내도 종교로 인해 결혼 반대가 심했던 것을 생각하면서, 시부모의 눈치를 살필 수밖에 없는 처지였던 것이다.

그래서 나는 친구 부부들과 만나거나 처가를 방문할 때는 평일이 아닌 일요일을 의도적으로 택했고, 교회에 가서 먼저 예배를 드리곤 했다. 이러한 생활이 계속되면서 나도 결과가 빨리 나오기를 바랐다. 딱히 결정된 것이 없다 보니 가슴이 답답했고, 마음도 안정되지 않아 늘 허공에 떠 있는 기분이었다.

그러던 중 1월 하순의 월요일에 외출을 하고 집에 들어오니

K 대학교에서 연락이 왔다고 했다. 총장면접이 수요일 오후에 있으니 오라는 것이었다. 그 소식은 내게 가뭄 속에 단비와 같았고, 그런 소식을 전해준 그 대학이 얼마나 고마웠는지 모른다. 예정된 시간에 맞추어 대구로 내려가서 K 대학교 총장님과 부총장님을 만났다. 두 분의 인상이 참 좋았고, 나를 아주 편안하게 대해 주셨다. 길지 않은 면접을 끝내고 총장실을 나서는데, 갑자기 한 교수가 내 손을 잡는 것이었다. 그 교수는 자신을 도시공학과 G 교수라고 소개했고, 나는 그의 손에 이끌려어 캠퍼스에서 가까운 찻집으로 가게 되었다. 그가 내게 했던 첫말은 "우리는 김 선생에 대해 아무것도 모르고 뽑은 겁니다."라는 것이었다. 학과 교수들도 내가 어떤 사람인지 궁금해한다고 했다.

충분히 그럴 수 있다고 생각했다. 지원한 사람들의 대부분은 아마 그 학과의 교수들을 찾아가 인사도 하고, 자신을 소개도 했을 텐데, 나는 지원 서류만 제출했으니 말이다. 궁금했다기보다는 부정적인 생각도 했을 수도 있었을 것이다. G 교수님의 말씀을 듣고서 혹시나 학과 교수들이 나를 사회성과 인성이 부족한 사람으로 생각하면 어떡하나 하는 걱정도 했다. 그러나 무엇보다도 학과에서 나를 뽑기로 결정한 교수들께 감사했다.

혹시 박기조 교수님이 말씀하시던 절친한 교수가 G 교수님이 아닐까 하는 생각이 들기도 했다. G 교수님은 K 대학교에서 총장면접은 면접심사라기보다는 신임교수가 인사드리는 정도로 이해하면

된다고 하면서 실질적으로 합격한 것이라고 단정적으로 말해주었다. 그러면서 일학기 시간표를 보이면서 어떤 과목을 강의할 수 있는지를 선택하라고 하는 것이었다.

그의 말을 들으면서 총장면접을 했다고 해서 벌써 교수가 다 된 것인 양 강의할 과목을 정하는 것이 마음에 내키지 않았다. 또한 아무리 총장면접이 신임교수의 인사와 같은 것이라고 할지라도 공식적으로 합격 통보를 받은 다음에 강의과목을 정하는 것이 절차상 적절한 것이라고 생각했다. 이러한 생각을 할 수밖에 없던 것은 지난해에 총장면접을 하고도 불합격한 경험이 있기 때문이다.

그래서 나는 G 교수님께 학교에서 공식적으로 통보를 받으면 다시 내려와서 강의과목을 선택하겠다고 정중하게 말했다. 그리고 한양대학교에서도 인사절차가 진행되고 있어 K 대학교의 공식적인 결과를 받으면, 한양대 지원을 철회하겠다고 했더니, G 교수님은 내일 알아보고 연락하겠다고 했다.

K 대학교를 나와서 윤대식 교수를 만났다. 그는 2년 전에 영남대학교 교수로 임용되었으며, 그곳에서의 생활에 매우 만족해하는 것 같았다. 5년 전 콜럼버스에 갔을 때도 유학생 중 그를 처음으로 만났었는데, 대구에 가서도 첫 번째로 만나게 되니 그와의 인연이 꽤 깊다는 생각이 들었다. 그는 대학교수로 임용된 지가 2년밖에 안 되었지만, 벌써 학자로서의 분위기가 물씬 풍겨 나왔다.

나는 서울로 올라오면서 K 대학교로 가고 싶다는 마음이 간절해졌다. 그 이유는 K 대학교가 기독교 정신에 입각하여 설립된 학교였고, 아내와 함께 대구로 내려가 생활한다는 것도 좋았기 때문이다. 서울로 향하는 기차를 타니 날아갈 것 같은 기분이었다. K 대학교 교수가 된다면, 기뻐하실 부모님의 얼굴이 먼저 떠올랐다. 그리고 아내와 아이들에게도 자랑스러운 남편과 아버지가 된 것만 같았다.

한양대학교 or K 대학교

서울로 돌아와 부모님과 아내에게 K 대학교 총장님과의 면접과 G 교수님의 대화 그리고 내일 안으로 공식적인 합격 소식을 받을 것이라 전했다. 그러면서 아내에게 G 교수님이 합격을 확인하여 연락을 주면, 나는 한양대학교에 가서 지원을 철회할 계획이라고 말했다. 종교의 자유를 찾아 영국에서 메이플라워호를 타고 신대륙으로 향한 청교도에 비하면 대구로 가는 것은 아무것도 아니라는 생각이 들었다.

다음날 전화 옆에 붙어 있다시피 하면서 하루 종일 전화를 기다렸지만, 끝내 연락이 오지 않았다. 총장님과의 면접 분위기도 좋았고, 면접 후 만났던 G 교수님과의 대화도 무리가 없었다고 생각했는데 어찌된 일인지 알 수 없었다. G 교수님은 교무처에 확인해서 결과를 알려주겠다고 했었는데, 혹시 무엇이 잘못된 일이 있는 것은 아닐까 하면서 하루를 보냈다.

금요일 오후까지 기다리다 G 교수님께 전화를 드렸더니, 교무처에 물어본다는 것을 깜빡했다고 했다. 그러면서 합격한 것은 분명하니 걱정하지 말라고 나를 안심시키는 것이었다. 학교 본부는 방학기간에는 토요일 근무가 없으니 월요일에 알아보겠다는 것이다.

힘이 풀렸으나, 별도리가 없었다. K 대학교로 가고자 하는 나의 바람이 워낙 강해서 마음이 급했다. 한양대학교에서 인사위원회가 열리기 전에 지원을 철회해야 한다고 생각했던 것이다. 드디어 월요일 아침이 되었다. 거실에 부모님과 아내가 함께 앉아 이야기를 나누고 있었다. 모두가 말은 하지 않았지만, 속내는 전화를 애타게 기다리는 것이었고, 그래서 그런지 누구도 전화를 사용하려고 하지 않았다.

전화벨이 울렸을 때, K 대학교에서 온 것이라 직감하고는 반사적으로 전화를 받았으나, 노정현 교수님의 전화였다. 그의 첫마디는 "김 박사, 축하해!"라는 것이었다. 그러나 솔직히 말하자면 그 말을 들었을 때 그다지 기쁘지가 않았다. 그만큼 내 마음은 온통 K 대학교로 향해 있었던 것이다.

가라앉은 음성으로 감사하다고 말하면서 곧 연락을 하겠다고 했더니, 나의 그런 태도를 의외라고 생각했던 것 같았다. 그는 교수임용 소식을 전해주면 환호할 것이라 기대했는데, 그런 반응이 없자 오히려 당황했던 것이다. 거실에 계신 부모님께 한양대 교수임용에 합격했다고 말씀드리며 수화기를 놓는 순간, 다시 전화벨이 울렸다. 노정현 교수님이 전달할 내용이 있어서 다시 전화를 한 것이라고 생각했는데, 그것은 기다리고 기다리던 K 대학교 교무처에서 온 것이었다. 교수임용에 필요한 서류를 안내하는 전화로, K 대학교에서 공식적으로 합격을 알려온 것이었다. 나는 수화기를 제자리에 내려놓으면서 "K 대학교에서도 오라고 합니다."라고 부모님께 말씀드렸다.

거의 동시에 온 두 전화는 우리 가족 모두를 흥분의 도가니로 몰아넣기에 충분했다. 부모님은 아들이 두 대학에서 오라고 하니 기뻐서 어쩔 줄을 몰라 하셨다. 그러면서 어느 대학에 가려느냐고 물으셔서 나는 K 대학교에 가는 것이 좋을 것 같다고 말씀드렸다. 사실 부모님은 내심 나를 걱정하셨는데, 두 대학교에서 오라고 하니 안도하시면서 대학의 선택에 대해서는 그다지 마음을 쓰지 않으셨던 것 같았다.

어느 대학으로 갈 것인지에 대해서는 사실 나는 이미 분명하게 확정하고 있었다. 한양대학교보다는 청교도들의 신대륙과 같은 K 대학교에 가기를 원했던 것이다. 그러나 이를 정리하여 결정하기 위해서는 시간이 필요했다. 왜냐하면 나를 믿고 평가를 후하게 하신 한양대 도시공학과 교수님들께도 이해를 구해야 했기 때문이다. 우선은 K 대학교 총장님께 전화를 드렸고, 선택을 위한 시간을 달라고 말씀드렸더니, 총장님은 하루의 시간을 허락해 주었다.

그리고 미국에 전화를 해서 구역식구들에게 기도를 부탁했고, 그들은 축하와 함께 모여서 기도하겠다고 했다. 서울의 월요일 오전은 콜럼버스의 일요일 저녁이었다. 노정현 교수님을 만나 내

사정을 설명하면서, K 대학교로 가려는 것에 대해 양해와 지원을 부탁했다. 그런데 그때 갑자기 내가 현실로부터 도망치려는 것은 아닌가 하는 생각이 뇌리를 스쳤다. 그리고 좀 더 생각해 보니, 나의 결정은 분명히 도망치려는 것이었다. 부부가 서울을 떠나 가족과 함께 대구로 가서 마음 편하게 교회에 다니면서 생활하겠다는 생각 외에는 별다른 이유가 없었던 것이다.

라벤뉴 교수님께 말씀드렸던 부모님을 보살펴 드리기 위해서 귀국한다는 것과 대구에 내려가는 것은 사실 서로 앞뒤가 맞지 않는 처사였다. 서울에 있을 기회가 있음에도 불구하고 굳이 대구로 가는 것은 근본적으로 문제가 있어 보였다.

'도망'이라는 말을 떠올리니 마음이 무거웠고, 무거운 마음을 이끌고 오후에 집으로 돌아왔다. 참으로 길고도 긴 하루였다. 오전에는 기쁨과 흥분으로 들떠 있었는데, 시간이 흐르면서 나의 머릿속이 혼란스러워졌던 것이다. 그런 가운데 나의 진로를 위해서 기도했던 미국의 구역식구들로부터 전화가 왔다. 그들은 내게 한양대로 가라고 하였다. 그들의 말을 들은 나는 마음을 굳혔고, 하나님이 예비하신 대학이 한양대라는 것을 믿게 되었다.

다음날 K 대학교 총장님께 전화를 드려 죄송하다고 말씀드렸더니, 그는 잘 생각했다고 하면서 오히려 나를 격려해 주었다. 이렇게 해서 귀국 전에 설정했던 진로의 두 가지 대안 중에서 첫 번째 대안이 최종적으로 결정된 것이다.

김선영 자매(목사)

교수임용을 위해서 기도를 부탁한 것은 구역식구들이 처음은 아니었다. 그 사람은 김선영 자매였다. 그는 한국에서 신학대학교를 졸업했고, 결혼 후 남편이 오하이오 주립대학교로 유학 올 때 같이 왔었다. (그는 후에 목사님이 되어 경기도 시흥에 있는 한 교회의 담임목사로 있으면서 국내외 많은 교회들을 다니면서 간증집회를 인도했다. 그러나 안타깝게도 2019년 1월에 별세했다.)

김선영 자매의 믿음은 내가 알고 있는 사람들 중에는 단연 으뜸으로 깊었으며, 결코 흔들리지 않는 것이었다. 나는 김선영 자매와 그의 남편을 보면서 '세상에는 이런 사람들도 있구나.' 하면서 놀라기도 했었다. 아내와 김선영 자매는 매우 가깝게 지냈다. 나이도 비슷했고, 아이들의 나이도 같아서 자연히 공통의 관심사가 많았기 때문이다.

김선영 자매는 예언과 치료의 특별한 은사가 있었다. 우리 집에 대해 여러 예언을 했었고, 그 예언 중에는 구체적이고 정확한 것도 있었다. 처음에는 그런 김선영 자매를 이상하게 생각하기도 했지만, 나중에는 하나님이 함께하시는 사람임을 확실히 믿게 되었다.

당시 교회 교인들 사이에는 이런 말이 있었다. 휴거(예수님이 재림할 때, 선택받은 사람들이 하늘로 올라가 그와 만나는 때를 가리키는 말)가 일어났는지를 판별하는 방법은 김선영 자매가 아파트에 있으면 아직 휴거가 일어나지 않은 것이라는 말이었다.

1991년 여름에 김선영 자매는 남편을 따라 보스턴으로 갔다. 그의 남편이 박사학위를 취득한 후 하버드 대학교의 어느 교수와 포스트닥터로 계약했기 때문이다. 보스턴으로 간 후에도 아내는 김선영 자매와 종종 통화도 하면서 교제를 이어갔다. 앞 장에서 언급했듯이, 1991년 12월 말경에 어느 대학의 교수초빙에 지원하기 위해서 나는 급히 귀국했던 적이 있었다.

서울로 떠나기 이틀 전, 아내는 김선영 자매에게 전화를 걸어 기도를 부탁했었다. 그는 밤새도록 기도를 했고, 기도 후 새벽에 아내에게 전화를 걸었다. 내가 지원할 대학은 하나님이 예비하신 대학이 아니기 때문에 서울에 가지 말라는 것이었다. 나는 그 말을 전해 듣고는 정말 황당했다. 전혀 상식적이지 못했고, 한국에 가지 말라고 하는 것은 내게 지나친 간섭을 하는 것이라고 생각했다.

아내는 김선영 자매에 대한 신뢰가 대단했다. 그의 말을 듣고는 아내도 내게 나가지 말라고 설득하려 했었고, 나는 아내의 그런 태도에 크게 화를 냈다. 비행기 표도 구했고, 서울에서 사람들과의 만날 일정도 다 잡아 놓았는데, 갑자기 일정을 취소하는 것은 말도 안 되는 행동이라고 생각했던 것이다. 김선영 자매의 말 한마디에 이미 정해놓은 모든 것을 송두리째 뒤집으려는 아내가 야속하기도 했다.

그래서 서울로 나갈 때는 아내와의 관계가 좋지 않았었다. 아내는 내 가방에 편지를 넣어두었고, 나는 비행기 안에서 그 편지를 발견했다. 그 편지 속에는 나를 걱정하는 아내의 마음이 고스란히 녹아 있었다. 아내를 생각하니 가슴이 미어졌다. 그리고 이런 아내를 내게 허락하신 하나님께 감사의 기도를 드렸다. 결과는 앞 장에서 언급했듯이, 나는 그 대학의 교수임용에 보기 좋게 불합격했다.

불합격이라는 소식을 들었을 때, 나는 김선영 자매가 떠올랐다. 그러면서 지난 2개월 동안의 내 행동과 했던 말들을 생각해 보니, 내가 어떤 사람인지가 명확하게 드러났다. 내 자신이 스스로 듣고 싶은 말만 들으려 하고, 보고 싶은 것만 보려고 하는 편협한 사람이라는 것을 깨닫게 되었다. 어떨 때는 김선영 자매를 하나님이 함께하시는 사람이라고 생각했다가도, 나 자신의 기대와 다른 말을 하게 되면, 그 사람에 대한 생각이 순식간에 부정적으로 바뀌었던 것이다. 그렇게 포용력이 없고 변화무쌍한 사람이 바로 나였던 것이다. 한마디로 말해서 나는 수양을 많이 해야만 했던 사람이었다.

한양대학교와 K대학교에서 교수임용에 합격했다는 소식을 듣고, 구역식구들에게 기도를 부탁할 때, 나는 김선영 자매가 생각났었다. 그러나 그때는 김선영 자매가 보스턴에서 다른 곳으로 이사를 해서 연락이 끊어진 상태였다. 생각해 보면, 하나님은 나를 최선의 대안으로 이끄신 것이었다. 만일 그가 두 번째 대안으로 이끄셨으면, 어떠했을까를 가끔 생각해 본다. 아무래도 영혼을 구원하는 목사로서 모든 면에서 부족했을 것이고, 하나님은 그런 나를 너무도 정확하게 알고 계셨던 것이다.

세 명의 신임교수

노정현 교수님은 도시공학과의 신임교수를 뽑는 데 있어서 어려움이 많았다고 귀띔해 주었다. 원래는 도시계획과 환경계획의 두 분야에 각각 한 명씩 모집하기로 했었는데, 경쟁률이 높았고, 학교에서 볼 때는 놓치고 싶지 않은 사람도 있어서 최종적으로 세 명을 임용하기로 했다는 것이다.

신설학과의 경우에도 한 번에 세 명의 신임교수를 뽑는 것이 이례적인데, 하물며 기존학과에서는 거의 불가능한 일이 아닐 수 없었다. 이것이 가능했던 것은 당시 기획처장을 맡고 있었던 여홍구 교수님 덕분이었다. 세 명의 신임교수를 뽑는 문제 때문에 인사위원회가 이틀 동안 공전되었다고 했다. 여홍구 교수님의 끈질긴 설득과 주장으로 인사위원회는 도시공학과에 세 명의 신임교수를 뽑기로 최종적으로 결정한 것이었다.

나는 함께 임용된 오규식 교수와 최막중 교수를 임명장 받기 전 학과 회의실에서 만났고, 그들은 나에게 강한 인상을 남겼다. 오규식 교수는 헐리웃 영화배우같이 인물이 준수했고, 최막중 교수는 생김새가 범상치 않았다. 짧은 대화였지만, 그들의 지식이 깊다는 것과 체계적으로 교육을 잘 받았음을 느낄 수 있었다. 나는 이들이 우리나라 도시계획 분야의 발전에 크게 기여할 것이라는 확신이 들었다.

오규식 교수는 학부에서는 조경학을 전공했고, 버클리대학교에서 환경계획학 박사학위를 받았다. 최막중 교수는 학부에서 건축을 전공했고, 하버드대학교에서 도시계획학 박사학위를 받았다. 두 교수 모두는 의욕과 자신감이 넘쳐 보였다.

나이는 내가 가장 많았지만, 사실 모두 동년배라고 할 수 있었다. 내가 1958년생이고, 오규식 교수가 1959년생, 최막중 교수가 1960년 생이었다. 한양대에 들어온 이후 보이지 않는 경쟁을 했는지는 모르겠으나, 전체적으로 관계는 좋았고 서로를 위해 주는 그런 사이였다.

나는 학생들의 설계발표나 대학원생들의 논문개요 및 중간발표 시간을 마음속으로 즐겼다. 학과 교수님들이 학생들의 설계나 논문에 대해 코멘트를 할 때, 그들의 다양한 생각과 의견을 들을 수 있기 때문이었다. 원로 교수님들의 코멘트는 대체적으로 다양한 경험에서 나오는 문제해결의 유용한 코멘트였다면, 신임교수들의 코멘트는 문제의 근본을 찌르는 듯이 날카로웠고, 학생 입장에서는 뼈아픈 코멘트였다.

여러모로 동료인 두 교수는 내가 배울 점이 많은 교수들이었다. 오규식 교수는 기독교인이라 함께 나눌 이야기가 많았고, 강의와 학생 지도에 대해서도 폭넓은 대화를 나누었다. 최막중 교수는 마치 탱크와 같이 저돌적이어서, 신임교수였지만 결코 신임교수 같지 않았다. 최막중 교수는 10년 동안 바로 내 옆에 있는 연구실에서 생활하다가 서울대학교로 자리를 옮겼고, 아쉽게도 2019년 1월 별세했다. 나는 그를 불꽃같이 살다 간 교수라고 표현한다.

교수 초기 생활

교수란 모름지기 학생들에게 얼굴이 화끈거리는 질문을 받으면서
진정한 교수가 되는 것이며, 그래야 관록도 생긴다.

• • •

과도한 강의시간

나는 첫 학기에 무려 19학점의 강의를 맡았다. 나만 그런 것이
아니라 신임교수 세 명의 강의시간이 거의 비슷한 수준이었다.
당시 학과장이었던 노정현 교수님은 신임교수 세 명에게 가급적
비슷한 상황을 만들어주려고 했다. 강의에는 학부 4학년 논문지도가
있었는데, 한 교수가 10명의 학생을 2명씩 한 조로 편성하여 5개
조를 지도하는 것이었다. 따라서 5개의 각기 다른 주제의 논문을
지도하는 데에는 실로 많은 시간을 투입해야만 했다.

교수 초기에 나는 눈코 뜰 새 없이 강의를 준비할 수밖에 없었고,

신임교수들이 함께 모일 때면, 이구동성으로 강의가 너무 많아 힘들다고 하소연하곤 했다. 그러면서 신임교수 세 명이 들어왔는데도 교수들의 강의가 이렇게 많은데, 그전에는 어떻게 학과 교육이 이루어졌는지 궁금하기만 했다. 하여튼 모든 신임교수가 강의준비에 여념이 없었고, 사정이 이렇다 보니, 연구실 외부로 눈을 돌리는 것은 상상하기도 어려웠다.

나는 주일에도 예배를 마치면 연구실에 나와 강의준비를 했다. 이러한 내 모습을 본 장인어른께서는 나를 안타깝게 생각하셨고, 걱정도 많이 하셨다. 그러나 아내는 그런 모습을 유학 기간 내내 보았기 때문에, 별로 놀랍지 않은 듯이 이해해 주었다.

강의를 하면서 실감했던 것은 가르치는 것이 곧 배우는 것이라는 사실이었다. 학생들을 가르치기 위해서는 내가 먼저 명확하게 이해해야만 했기 때문이다. 그리고 강의를 준비하면서 나는 흩어진 지식들이 체계화되는 것을 새삼 느꼈다. 또한 강의하면서 학생들의 우수함도 알았고, 하나를 말하면 그 이상을 깨우치는 학생들이 무척이나 자랑스러웠다. 그래서 학생들의 능력에 대해 욕심을 내기도 하여, 학부 4학년의 졸업논문 수준을 국책연구기관의 보고서 수준 정도로 끌어올리고자 부단히 노력하기도 했다.

1997년 12월 삼성경제연구소의 연구평가 회의가 있었던 것으로 기억한다. 나는 그 자리에 평가위원으로 참석했었는데, 주제가 학부 학생들이 연구한 주제와 비슷했다. 물론 연구소에서 이용한 분석기법은 학부 학생들보다 정교했지만, 도출된 연구결과는 서로 유사했다.

연구에 대한 구체적인 코멘트를 하니 연구 책임을 맡은 박사가 어떻게 그토록 자세히 아느냐고 묻는 것이었다. 학부 4학년이 쓴 논문주제와 비슷하기 때문이라고 말해주었다. 그랬더니 그는 한양대 도시공학과 학생들이 이렇게 어려운 논문을 쓸 정도로 우수하냐고 놀라기도 했었다. 당시 도시공학과 학생들의 수준은 공과대학 내에서 항상 상위권에 있었고, 강의에서 학생들의 질문 역시 날카롭고 수준도 높았다. 나는 어떤 학생의 질문에 일주일 내내 끙끙거리며 고민해서 답을 준비한 적도 있었다.

교수를 공부하게 만드는 것은 바로 학생이라고 생각한다. 어떤 교수는 학생들의 수준은 교수의 수준을 넘어설 수 없다고 말하지만, 그런 말에 나는 전적으로 동의하지 않는다. 교수의 수준과 학생의 수준은 오직 한 방향에 의해 정해지는 것이 아니라, 상호보완적으로 양방향에 의해서 정해지는 것이라고 믿기 때문이다.

나는 교수가 된 후배나 제자들에게 교수란 모름지기 학생들에게 얼굴이 화끈거리는 질문을 받으면서 진정한 교수가 되는 것이며, 그래야 관록도 생긴다고 종종 말하곤 한다. 요즈음은 국내외 다양한 기관에서 대학평가를 하는데, 그 평가에 교수들의 연구 실적이 크게 반영되는 반면, 교육평가는 상대적으로 적게 반영된다. 그러다 보니 대학에서는 교육보다는 연구를 더 강조하는 경향이 있다. 나는 이러한 경향을 매우 안타깝게 생각한다.

신임교수들에게 나는 연구도 중요하지만 강의에도 정성을 다해야 한다고 말한다. 돌아보면, 지금까지 교수 전체 기간을 통해서 나는 가르치면서 배웠다. 그리고 우수한 학생과 함께한 것도 내 인복 중의 중요한 부분이라고 생각한다.

다가온 위기

교수를 한 지 일 년이 되는 1994년은 나에게 잊을 수 없는 해이다. 왜냐하면 충격을 여러 번 받아 교수로서 자괴감과 심각한 위기를 느낀 해였기 때문이다. 마음 아픈 충격이 세 번 정도 있었는데, 그중 첫 번째 충격은 한국학술진흥재단(현재의 한국연구재단)에 응모한 연구제안서가 채택되지 않은 것이었다. 내 전공 분야는 도시 및 지역계획 중 세부적으로 지역경제 분석이었다. 이 분야는 당시 우리나라에서 활발하게 연구되지 않았는데, 그 주된 이유가 자료의 부재였다. 다시 말해, 실증적으로 지역에 대해 연구하려면, 지역 자료가 있어야 했는데, 자료가 충분하지 않으니, 연구가 활발하게 될 수 없었던 것이다.

전공에서 말하는 지역의 단위는 군(郡) 단위 이상의 행정구역을 말한다. 군 단위 지역에서 창출된 총부가가치를 의미하는 지역 내 총생산(gross regional domestic product)의 자료 정도는 있어야 의미 있는 연구를 진행할 수 있었다. 문제는 이러한 자료가 당시에는 조사되지 않았던 것이다.

그리고 연구를 하려면 교수에게 학생의 보조는 절대적으로 필요한 것이다. 사실 신임교수 모두가 전임강사로 시작했고, 당시 학교 규정에 의해 전임강사는 대학원생 지도에 제한이 있었다. (지금은 그러한 규정이 없어졌다.) 1994년 초에 대학원생 한 명이 내게 지도받기를 원했고, 나는 그 학생을 첫 번째 연구생으로 받아주었다. 그 학생과 함께 나는 우리나라 군 단위 행정구역의 지역 내 총생산 자료를 구축하려는 야심 찬 생각을 가지고 있었다.

지역과 관련해서 흩어져 있는 여러 통계 자료들을 조합하면, 엇비슷하게 지역 내 총생산의 자료를 만들 수 있을 것이라고 생각했고, 그 자료가 구축되면 많은 실증적 연구가 가능할 것이라고 믿었다. 이러한 자료구축을 위해서는 연구비가 필요했고, 그래서 한국학술진흥재단의 신진학자를 위한 연구비를 신청했던 것이다.

연구제안서에 신경을 많이 썼기 때문에, 나는 당연히 연구비 지원 과제로 선정될 것이라고 확신했었다. 그러나 결과는 선정에서 탈락한 것이었다. 이것은 내게 전혀 예기치 않은 충격이었고, 이러한 결과에 나는 스스로 크게 실망하고 말았다. 연구비를 마련하지 못하면, 자료구축이 어려워지고, 자료구축이 어려워지면, 내가 하고자 하는 연구들을 수행하기가 힘들어질 것이기 때문이었다.

두 번째 충격은 도시공학과 대학원생들이 내가 개설한 과목을 단 한 명도 신청하지 않아 폐강되는 일이 발생했던 것이다. 이것도 내게는 충격 중의 충격이었다. 직전 학기에 내 과목을 수강했던 대학원생 모두에게 B 학점을 주었기 때문에 일어난 일이라고 추측이 되었다. 그 과목에서 최종 성적은 다음과 같은 항목, 즉 출석(10%), homework 세 번(30%), paper(30%) 그리고 기말시험(30%)에 의해 결정된다고 강의계획서에 구체적으로 제시했었다. 이처럼 성적 결정의 기준이 명확히 제시되었으나, 학생들은 이에 대해 그렇게 신경을 쓰지 않은 것 같았다. 왜냐하면 학생들이 제출한 homework를 보면 성의가 별로 없어 보였기 때문이다. 그래서 나는 학생들에게 성적 기준에 대해서 재차 확인해주면서 모든 기준 항목에 대해서 성실하게 임하라고 강조했었다.

학기말에 제시된 항목별 기준에 의해 최종 성적을 계산했더니 모두 80점대로 나왔고, 그 점수에 따라 학생들에게 학점을 그대로 주었던 것이다. 결국 학생들 중에 A를 받은 학생은 단 한 명도 없었던 것이다. 대학원생들은 성적에 대해 불만을 노골적으로 표출 했으나, 그러한 결과는 그들의 불성실한 태도에서 나온 것임을 깨달아야만 한다고 힘주어 말했다.

그런데 다음 학기에 대학원생들은 보복이나 하듯이 내 과목을 아무도 수강신청을 하지 않은 것이었다. 학생들이 내 과목을 기피했 다고 생각하니 마음이 즐겁지가 않았고 영 마땅치가 않았다. 어찌했 든 내 강의를 기피한다면 그 이유는 가장 먼저 내게서 찾아야만 했다. 그렇게 생각하니 마음도 복잡해졌다. 그리고 과연 학과에서 내가 필요한 존재인가에 대해서도 본질적인 회의마저 갖게 되었다.

마지막 세 번째 충격은 연구실에 들어온 학생이 한 학기 만에 다른 연구실로 가고 싶다는 것이었다. "왜 그런 생각을 하나?"라고 이유를 물었더니, 그 학생은 실질적인 연구를 하고 싶다는 것이었다. 자료를 만들기보다는 실제 연구를 하고 싶었던 것이다. 이미 언급했듯이 지역자료가 없는 상태에서 지역에 관한 연구를 진행하기는 쉽지 않았던 것이다. 그 학생의 말을 들으면서 자신이 혼자서 방대한 자료를 만든다는 것에 지레 겁을 먹은 것이 아닌가 하는 추측이 되었다. 그렇다고 그 학생을 이해시키고 싶지는 않았다. 이미 마음이 떠난 학생을 연구실에 남아 있으라고 설득하는 것은 부질없는 것이라고 생각했기 때문이다.

나는 그 학생이 가고 싶어 하는 연구실의 교수님을 찾아가서 적극적으로 학생지도를 부탁했고, 결국 그 학생이 원했던 연구실로 가도록 선처를 해주었다. 당시 그 연구실에는 대학원생이 많았고, 연구도 다양하게 진행되고 있었다.

1994년 9월까지 세 번에 걸쳐서 일어난 일련의 일들로 인해서 내가 받은 충격은 자못 큰 것이었다. 분명 교수로서 위기임이 분명했고, 그러한 위기를 돌파하기 위해서 나는 어떤 일이든 집중해야만 했다. 마치 군을 전역하고 대우에 입사했을 때, 사회인으로서 받은 압박과 긴장을 극복하기 위해서 공부에 매진했던 것과 거의 동일한 상황이 벌어진 것이었다.

첫 저서 출간

대학원 과목이 폐강이 되었기 때문에, 나는 오히려 세 시간의 여유 시간이 생긴 것이라고 생각했고, 그 시간을 유용하게 활용해야겠다고 결심했다. 그리고 여유가 생긴 만큼 내 전공에 관련한 책을 쓰기로 마음먹었다. 그 책은 지역경제 분석모형에 관한 것이었는데, 당시만 해도 그러한 책이 많지 않아서 그전부터 시간을 내서 써야겠다고 생각만 하고 있었던 것이다. 먼저 책의 구조를 잡고 한 장한 장 내용을 채워나갔다.

그리고 나는 1994년 7월부터 대학종합평가 준비위원회에서 간사의 역할을 맡고 있었다. 강의와 논문 그리고 위원회 간사 역할 때문에 책을 쓰기 위해서는 정말 시간을 잘 활용해야 했다. 그래서 책을 쓰는 시간을 통근시간에서 찾기로 했고, 이를 위해서 통근수단을 승용차에서 지하철로 전환했다.

교수임용 후에 분당 신도시에 살고 있었는데, 전철로 분당에서 연구실까지는 1시간 30분이 소요되었다. 그러니까 전철에서 보내는 시간이 하루에 무려 세 시간이나 되었던 것이다. 이 시간을 잘 활용하면 빠른 시간 내에 책을 쓸 수 있겠다고 예상했다.

연구실에서는 전철에서 작성한 내용을 타이핑만 했고, 글에 대한 교정과 내용 전개는 전철 안에서 했다. 이렇게 하니, 출퇴근 시간은 나에게 매우 생산적인 시간이 되었다. 그리고 책 집필 속도가 빠르게 진행되면서 나는 심적으로 위축된 분위기를 활력 있는 분위기로 전환시킬 수 있었다.

정말 하루가 어떻게 지나갔는지 모를 정도로 바쁘게 생활했다. 구체적인 목표가 생기고 이를 위해서 전력투구하니 몸은 피곤했지만, 그런 피로는 내가 최선을 다해 살아가고 있다는 기분 좋은 증거라고 여겼다.

이런 과정을 통하니 9월 초부터 시작한 책은 12월 중순에 탈고를 할 수 있었다. 책의 제목은 『도시 및 지역경제: 분석과 예측』으로 정했다. 대학원 과목이 폐강된 세 시간을 책을 집필하는 데 유용하게 사용했던 것이다.

도시의 분석과 예측의 이미지를 고려하여 내가 직접 표지를 디자인했다. 그런데 책이 출간되고 보니, 표지 디자인이 세련되지 못하고 우스꽝스러워 보였다. 나와 가까운 분들도 도대체 누가 이런 표지 디자인을 했느냐고 말할 정도였다. 디자인 감각이 없는 사람이 디자인을 하다 보니 사고를 친 것이었다. 그러나 나는 그런 표지에 오히려 애정을 가졌고, 그래서 이어진 책들의 표지 디자인도 사실상 『분석과 예측』의 표지에 기반을 두고 한 것이었다.

어찌했든, 1994년 받은 일련의 충격과 위기를 나는 책 집필로 이겨낸 것이다. 나는 『분석과 예측』의 내용을 보완하여 2001년에 『도시 및 지역경제 분석론』으로 출간했고, 그 후 내용을 확대하고 보완하여 2016년에 그 개정판을 출간하였다. 서울대 어느 교수님은

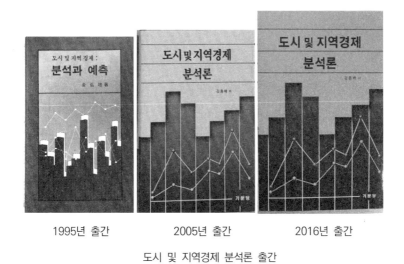

| 1995년 출간 | 2005년 출간 | 2016년 출간 |

도시 및 지역경제 분석론 출간

내 책을 감사하게도 필독서로 지정하기도 했다.

첫 책을 출간한 후에도 나는 단독저서로 1997년 홍문사에서 『비용편익 분석론』을 출간했으며, 이를 발전시킨 『정책 평가기법』을 2003년 나남출판에서 출간했다. 그리고 2011년에 기문당에서 공간구조와 시설입지에 관한 내용을 다룬 『입지론』을 출간했다. 이 중에서 『도시 및 지역경제 분석론』이 내가 가장 아끼고 애정이 가는 책이다. 이유는 그 책을 볼 때면, 당시 내가 직면한 위기의 상황을 벗어나고자 몸부림쳤던 모습이 떠오르는 것은 물론, 자연스럽게 그때의 심정이 되살아나기 때문이다.

이렇듯이 1994년은 연속된 충격으로 인해 내겐 위기의 해였다. 그중에서 개인적으로 가장 큰 충격은 연구실에 들어온 학생이 다른 연구실로 간 것이었다. 그러한 충격은 내 마음을 크게 위축시켰고, 남 보기가 부끄럽기도 했으며, 내 가슴을 저리도록 아프게 했던 일이었다.

1997년 12월에 다른 교수님에게 지도를 받고 석사학위를 취득한 학생이 내게 면담을 신청했다. 그 학생은 내게 지도를 받으면서 박사과정을 하고 싶다는 것이었다. 즉, 지도교수를 나로 바꿔 내 연구실로 들어오고자 했던 것이다. 그 학생은 학부 때부터 내 과목을 모두 수강했기 때문에, 나는 그 학생이 우수한 학생임을 잘 알고 있었다. 그러나 나는 그 학생의 요청을 허락할 수가 없었다. 왜냐하면 지난 3년 전의 일이 불쑥 생각났기 때문이다. 그래서 나는 그 학생에게 논문에 도움을 줄 수는 있지만, 지도교수를 바꿔서는 안 된다고 분명하게 말했다.

그렇게 말한 이유는 그 학생을 지도했던 교수님이 혹시 내가 겪었던 마음의 아픔을 겪지는 않을까 하는 생각 때문이었다. 그 학생은 결국 해외로 유학을 떠났고, 해외에서 오랜 시간을 보냈으나, 공부를 마치지 못했다. 지금은 공부를 포기하고 해외에서 사업을 하고 있다. 나는 그 학생을 해외에서 여러 번 만났었다. 그를 만날 때마다 과연 내가 그 학생에게 한 처사가 잘한 것인지를 생각하게 된다.

내가 하지 못하는 것: 학생도 하지 못하는 것

1995년에 있었던 일이다. 내 연구실은 지하철 2호선 한양대역의 3번 출입구를 이용하면 빠르게 올 수 있다. 3번 출입구는 높은 계단으로 보행도로와 연결되어 있는데, 그 계단에는 어느 할머니 한 분이 앉아서 자신의 환부를 보이면서 항상 구걸을 하고 있었다. 그 할머니를 볼 때마다 민망하여 돈이라도 드리고 싶었는데, 마음만 그럴 뿐 실제로는 돈을 주지 못하고 지나가기만 했었다. 적선을 하는 데도 용기가 필요했던 것이다.

그해 가을에 나는 외부기관에 장학생 한 명을 추천할 기회가 있었다. 장학금이 얼마인지 명확한 기억은 없으나, 한 학기 등록금의 반 정도는 되는 금액으로 기억한다. 누구를 추천할 것인가 고민을 하고 했는데, 한 학생이 떠올랐다. 그 학생은 대학원 면접 때, 진학하려는 이유를 묻는 질문에 "하나님께 영광을 돌리기 위해서입니다." 라고 씩씩하게 답한 학생이었다. 그때 그 질문을 한 교수는 그러면 일반대학원에 오지 말고 신학대학원으로 가는 것이 학생을 위해서 좋을 것 같다고 제안하기도 했었다. 비록 그 학생은 내 연구실 학생이 아니었지만, 나는 그 학생에 대해 좋은 인상을 가지고 있었고, 또한 그는 아주 성실한 학생이었다.

그 학생을 추천하기로 마음을 먹었으나, 그냥 장학금이 하늘에서 떨어진 듯 받게 하는 것보다는 의미 있는 일을 시키고 싶었다. 그래서 그 학생을 불러, 외부에 장학생으로 추천할 예정임을 말하면서, 해야 할 일이 있다고 조건을 내걸었다.

　그것은 지하철역 3번 출입구 계단에 앉아 있는 할머니를 목욕탕에 모시고 가서 목욕하게 하고, 식사 한 끼를 대접하라는 것이었다. 그리고 이에 해당하는 금액은 내가 대주겠다고 했다. 그 조건을 말하자 그 학생은 할 수 있다고 대답했고, 나는 그 학생을 장학생으로 추천했었다. 그 학생이 약속한 대로 당연히 그 일을 했을 것으로 믿었고, 나는 지하철역을 이용할 때마다 그 할머니의 변화를 기대했었다.

　그런데 그 할머니의 겉모습에는 전혀 변함이 없었다. 그래서 그 학생을 불러서는 어떻게 된 것이냐고 물어보았더니, 약속한 것을 실천하지 못했다면서 죄송하다는 말만 반복하는 것이었다. 내 앞에서는 하겠다고 약속하여 장학금을 받았는데, 실제로 하지 못했으니, 그것은 분명 약속위반이었다.

　만일 그 학생이 하지 못할 것 같다고 말했다면, 나는 할 수 있는 다른 학생을 찾았을 것이다. 이렇게 생각하니 그 학생이 말할 수 없이 괘씸했고 화가 치밀어 올랐다. 그 학생에게 약속위반을 지적하려는 순간, 학생 입장에서 한 번 생각해 봐야 한다는 마음이 갑자기 생기는 것이었다.

　교수도 할 수 없는 일을 어떻게 학생이 할 수 있었겠는가 하는 마음이 들었다. 학생에게 그 일을 시킨 것 자체가 잘못된 것이었음을 깨닫게 되었다. 차라리 그러한 조건을 내걸지 않았다면, 그 학생은 내게 미안함이 아닌 감사함을 느꼈을 텐데 하면서 괜히 그런 일을 시켰다는 후회마저 들게 되었다. 그날 이후로 그 학생은 나를 피하는 것 같았고, 그에게 죄책감을 느끼게만 한 것 같았다.

결론적으로 말해서, 나 자신도 할 수 없는 것을 무리하게 학생에게 시켰다는 자책감이 들었다. 내가 할 수 없었다면 학생도 당연히 할 수 없었을 것이다. 그때부터는 내 자신이 할 수 없는 일이라면 학생에게도 결코 시키지 말자고 결심하게 되었다.

연구와 배움

가장 기억에 남고 소중했던 연구가 바로
카지노 입지결정에 관한 연구이다.

• • •

교수가 된 이래 나는 많은 연구를 수행했다. 여기서는 나에게
특별했던 세 가지 연구에 대해 간단히 소개하고자 한다.

고속철도의 파급효과 분석

내가 처음으로 외부의 연구에 참여한 것은 1994년 9월 국토연구
원에서 대한국토도시계획학회로 의뢰한 고속철도의 파급효과를
분석하는 연구였다. 이 연구는 다섯 명의 교수들과 함께하는 것이었
고, 나는 고속전철의 건설이 우리나라 지역들에서 생산되는 제품들
의 가격변화를 분석하는 부분을 맡았다.

전문용어로 말하자면, 다지역 가격 투입산출모형(price multi-region input-output model)을 이용하면 파급효과가 지역별로 구체적으로 분석될 것이라고 생각했다. 그러나 이런 모형을 이용하기 위해서는 다지역 투입산출표가 있어야 하는데, 당시 우리나라에는 그러한 자료가 조사되어 있지 않았다. (한국은행은 2007년부터 다지역 투입산출표를 발표하고 있다.)

그래서 연구자들은 간접방법을 이용하여 지역투입산출표를 만들어 분석에 활용하는 실정이었다. 간접방법으로 표를 만드는 데는 많은 인력과 시간이 필요했기 때문에 그 표를 혼자 만들려고 하니, 엄두가 나질 않았다. 강의와 논문, 대학교 종합평가위원회 간사역할, 여기에 책까지 집필하는 중이다 보니 다른 일을 할 시간적 여유가 정말 없었다. 더구나 연구를 위한 데이터까지 직접 만들어야 했으니, 실로 걱정이 태산이었던 것이다.

연구 참여를 포기하려는 마음이 굴뚝같았으나, 그렇다고 연구 책임자인 여홍구 교수님께 말씀드리기란 참으로 어려웠다. 그때 내 마음을 읽으셨는지 여 교수님은 자신의 연구실에 있는 대학원생 두 명을 6개월 동안 내 연구실로 파견하겠다고 하셨다. 나는 천군만마를 얻은 기분이었고, 너무도 감사했다.

두 대학원생은 내 연구실로 출근했고, 우리는 자료를 만들고 분석모형을 정립하여 파급효과를 분석했다. 연구 과정에서는 생각지도 못한 문제들이 발생했으나, 그러한 문제들을 함께 해결하면서 보다 탄탄한 이해를 할 수 있었다. 나로서는 처음으로 하는 연구였지만 참으로 의미 있는 것이었다.

연구결과를 논문으로도 발표했고, 관련 분야의 전문가들은 우리의 연구결과에 대해 좋은 평을 해주었다. 그리고 인프라 건설의 파급효과에 관한 문헌 검토에서 우리의 연구결과가 거의 일정하게 인용되었다. 내가 여기서 느낀 점은 원로교수의 역할에 관한 것이다. 그 연구에 참여할 때, 나를 도와줄 대학원생이 없어 고민이 많았지만, 여홍구 교수님은 신임교수의 형편을 잘 아시고 적절한 방법으로 나를 배려해 주셨던 것이다. 만일 교수님께서 대학원생들을 붙여주지 않았다면, 그 연구를 수행할 수 없었을지도 모른다. 사실 이러한 배려는 교수들 사이에서 쉽지 않은 것이다. 이 일을 통해서 나는 원로교수라면 어떻게 처신해야 하는지를 참으로 깊이 깨닫게 되었다.

지금 나는 학과에서 가장 나이가 많고, 정년도 얼마 남지 않은 교수이다. 오래전부터 제자들이 교수로 들어오고 있다. 나는 학과의 원로교수로서 어떻게 행동해야 하는지 그리고 나이든 사람으로서 할 수 있는 지혜롭고 적절한 행동이 무엇인지를 항상 고민하고 있다. 오래전 여홍구 교수님이 내게 하셨던 것을 생각하면서, 나도 그분처럼 배려의 자세를 가져야겠다고 늘 다짐하곤 한다. 지금도 그때를 생각하면, 여홍구 교수님의 배려에 감사하는 마음이다.

통일시대의 국토계획 방향수립

1996년 삼성 비서실에서 통일 후 국토계획의 방향이라는 연구 과제를 학회에 의뢰했고, 나는 운 좋게도 그 과제에 참여할 수 있었다. 처음에는 민간기업이 이러한 주제에 관심을 가졌다는 것이 의아했다. 그런 주제는 정부나 기타 공공부문에서나 관심을 갖는 주제이지, 민간부문에서는 없을 것이라는 생각을 하고 있었기 때문이다. 그러면서 이러한 연구를 의뢰한 삼성 비서실이 대단하다는 생각마저 들었다.

통일 관련 연구는 제도, 행정, 재무 및 금융, 국토 및 도시계획, 부동산, 군사 등 실로 다양한 분야에서 많은 이슈가 존재한다. 그러나 공간을 다루는 학회에 그러한 연구를 의뢰했을 때에는 연구의 내용이 공간적으로 구체적이어야 함을 기대했을 것이다. 나는 기업에서 그러한 연구결과를 어떻게 활용할 것인가를 생각해 보았다. 아마 제시된 연구결과를 바탕으로 통일 후 기업의 장기적인 투자계획을 수립하려는 데 그 목적이 있었을 것이라고 생각했다.

그러나 통일이 과연 가능한지 그리고 가능하다면, 그 시기는 언제일지 등에 대해서는 누구도 명확히 말할 수 없는 것이었다. 그래서 연구는 통일이 이루어진다는 전제를 바탕으로 진행되어야만 한다고 생각했다. 이러한 생각을 가지고 첫 연구 회의에 참석해 보니, 다른 연구 때와는 달리 연구에 참여하는 교수들이 많았다. 연구진도 내로라하는 분들로 구성되어 있어서 이런 연구에 참여한다는 것 자체가 행운이라 여겨졌고, 장차 좋은 배움의 기회가 될 것이라 믿어 의심치 않았다.

연구는 몇 부분으로 구성되었는데, 내가 맡은 부분은 통일이 되었을 때 발생하게 될 지역 간 인구의 이동에 관한 것이었다. 이 부분은 구체적인 수치로 나타내야 했기 때문에, 통일의 시점을 명확하게 설정해야만 했다. 왜냐하면 목표 시점에 남한과 북한을 구성하는 지역들에 대한 인구규모가 있어야만 그로부터 지역 간 이동하게 될 구체적인 인구수를 예측할 수 있기 때문이었다.

통일 시점에 관해 전문가들을 만나 조언을 얻으려고 했지만, 그 누구도 전제조차도 말해줄 사람이 없었다. 그래서 나는 2010년을 통일의 시점으로 과감하게 전제하고, 그에 따라 분석을 진행했다. 문제는 역시 자료였다. 북한에 대해 박사학위를 썼던 교수에게 연락해서 북한 내 도(道) 단위 행정구역의 인구를 보내 달라고 요청했었다. 그는 자신이 가지고 있는 공식적인 북한 내 지역별 인구는 1948년도 자료라고 했다.

6.25 전쟁을 고려하면 내가 얻을 수 있는 북한 내 지역별 인구현황 자료는 전혀 없는 것과 마찬가지였다. 정말 북한은 철의 장막이라는 생각을 지울 수가 없었다. 더욱이 북한에 관한 연구 자료는 대부분 비밀로 지정되어 있어 접근 자체가 어려웠다.

그래서 나는 예측에 있어 많은 전제가 필요했으며, 가정에 또 가정을 하면서 연구를 진행했었다. 연구기간은 일 년이었고, 연구결과가 발표되었을 때, 많은 전문가들이 관심을 보였었다. 여기서 강조하고 싶은 것이 있는데, 그것은 바로 북한 관련 자료는 군사적인 비밀이 아니라면, 과감하게 공개되어야만 한다는 것이다. 그렇지 않으면 동일한 수준의 연구가 반복적으로 재생산되기만 할 뿐, 연구내용이 발전되고 심화되기는 어려울 것이기 때문이다.

북한 관련 연구는 연구로서 묻어두면 안 된다고 믿는 나는, 논문으로 연구결과를 발표했었다. 만일 우리나라가 통일이 되었을 때는 이상적인 계획이 아니라 현실적인 계획이 수립되어야만 할 것이다. 이를 위해서 북한지역에 대한 정확한 이해가 필요한 것이고, 북한에 대해서 더 많은 연구가 이루어져야 함은 두말할 나위가 없는 것이다. 그렇게 될 때, 북한에 대한 일반적인 이해 수준이 높아질 것이고, 이를 바탕으로 현실적으로 의미 있는 계획수립도 가능해질 것이라 믿는다.

통일은 우리 민족에게 있어서는 중차대한 국가의 핵심과제이지만, 이에 관한 연구가 턱없이 부족한 것 또한 사실이다. 그리고 그러한 연구 부족은 자료의 한계에 기인하는 부분이 크다. 정부는 이런 점을 고려하여 북한에 관한 연구와 자료들을 과감하게 공개해야 한다. 그래야 통일이 되었을 때, 혼란 없이 현실적인 계획을 수립할 수 있을 것이다.

탄광도시와 카지노 입지결정

앞의 2장에서 언급했듯이, 나는 강원도 사북탄광 도시 때문에
유학을 갔을 정도로 탄광도시에 대한 계획에 관심이 많았다. 단지
교수 초기에는 눈앞에 해야 할 일들이 많아 탄광도시에 신경을
쓸 겨를이 없었지만, 탄광도시의 문제는 늘 내 마음속에 자리 잡고
있었다. 그래서 석사학위 논문을 쓸 때의 슬라이드 필름을 강의
시간에 학생들에게 보여주면서, 탄광도시에 대한 문제인식과 향후
계획적인 대처가 필요함을 강조했다.

1996년의 사북읍과 고한읍의 모습은 내가 논문을 쓰기 위해서
다녔던 1986년과는 사뭇 다른 분위기였다. 내가 논문을 쓸 때만
해도 지형의 경사가 급해도 주택을 지을 수 있는 곳이라면 주택을
지었고, 그곳에 사람들이 어김없이 거주하고 있었다. 그런데 시간이
지남에 따라 많은 사람들이 떠났고, 탄광도시는 유령도시로 전락하
는 과정에 있는 것 같았다.

1986년 사북읍과 고한읍을 합친 인구는 앞에서도 말한 바와
같이 56,096명이었는데, 1996년에는 17,927명으로 10년 사이에
도시인구의 70퍼센트가 급격히 감소한 것이다. 급격하게 쇠퇴하는
탄광도시를 성장시킬 수 있는 계획은 사실상 불가능하다고 생각했
다. 왜냐하면 석탄 이외에는 도시의 경쟁력 요소를 찾을 수 없었고,
석탄은 기본적으로 사양 산업이었기 때문이다.

학생들은 슬라이드 필름을 볼 때마다 탄광도시를 위한 계획의 방향을 질문하곤 했다. 그러한 질문을 받을 때, 나는 일반적인 접근이 아닌 특수한 접근이나 극단적인 접근으로 해야 한다고 말해 주었다. 만일 정부가 일반 도시에 적용하는 방법으로 탄광도시를 계획한다면, 그 계획은 필연적으로 실패할 것임을 지적해 주었다. 그 이유는 탄광도시의 문제는 모든 도시가 겪을 수 있는 일반적인 것이 아니라 탄광도시만의 특수한 것이었기 때문이다.

사북읍은 1985년 10월부터 사북읍과 고한읍으로 나누어졌는데, 두 도시 모두가 급격하게 쇠퇴하자 두 도시의 주민들은 협력하여 정부의 대책마련을 위해서 투쟁을 함께 하였다. 이에 정부는 1995년 말에 폐광지역개발지원에 관한 특별법을 제정했고, 그 법에 탄광도시에 내국인이 입장할 수 있는 카지노장이 들어설 수 있도록 명시했던 것이다. 그러나 한 곳만 허용한다는 조항 때문에 협력했던 두 도시의 주민들은 서로 경쟁하며 갈등하게 되었던 것이다.

주민들의 심한 갈등으로 인해 카지노장의 입지를 결정하는 데 큰 어려움이 있었다. 왜냐하면 두 도시의 관계는 상호보완적인 관계가 아니라 경쟁관계였기 때문이다. 이러한 관계로 인해 모두가 동의할 수 있는 입지를 찾기란 근본적으로 어려웠던 것이다. 입지결정이 늦어지자 전체 계획의 추진일정도 위험해졌다. 그래서 두 도시의 주민 대표 격인 번영회 회장들은 당시 강원도지사 앞에서 입지결정에 대해 합의를 하게 되었다.

합의 내용은 최적의 입지결정에 대해서는 객관적으로 연구할 수 있는 기관에 맡기고, 그 기관의 결정을 조건 없이 수용한다는 것이었다. 그리고 그 연구기관을 대한국토도시계획학회로 결정했으며, 학회는 나를 연구책임자로 지목했던 것이다.

그에 따라 나는 최고의 연구진을 구성하고자 했다. 그래서 홍익대 강양석 교수, 충북대 황희연 교수, 서울대 정창무 교수로 연구진을 구성했다. 당시 나는 조교수였는데, 연구를 의뢰했던 석탄산업합리화사업단에서는 연구책임은 정교수 직위의 교수여야만 한다고 해서, 나는 내용들에 대한 책임만 맡았고, 대외적으로는 다른 교수가 책임을 맡는 것으로 하였다.

후보 지역은 다섯 지역이 이미 선정되었고, 학회는 합리적인 의사결정 방법에 의거해서 선정된 후보지역 중에서 최적의 입지를 결정하는 것이었다. 그러나 사람들은 경쟁하는 두 도시 중간에 있는 지역이 최적의 후보지로 선정될 것으로 믿고 그 지역에 많이 투자하였다. 즉, 그 지역에 투기가 많이 일어났던 것이다. 그 결과 중간 지점의 지역이 다른 곳에 비해 땅값이 월등히 비싼 것으로 나타났다. 따라서 연구진은 이러한 요인이 사업을 추진하는 시행자에게 재정적인 부담으로 작용할 수 있을 것으로 진단했다.

그래서 연구진은 새로운 후보지를 찾아서 기존 후보지에 포함시켰고, 합리적인 평가를 통해 그 후보지를 최적의 입지로 결정했다. 그리고 그 후보지를 최적 입지로 발표했을 때, 두 도시의 번영회는 환영성명을 동시에 발표했다.

　탄광도시에 카지노가 들어선 이후에도 나는 정기적으로 그 도시를 방문하여 도시의 변화를 관찰하고 있다. 입지를 결정할 당시 나는 정선군 군수에게 카지노장이 건설되었을 때, 사북읍과 고한읍이 건전한 도시로 성장하기 위해서는 가장 먼저 도박의 상한선을 설정하고, 엄격하게 지켜야 한다고 말해주었다. 그러나 그 군수는 상한선을 두면 지역경제가 어떻게 회생하겠냐면서 나의 말에 부정적인 반응을 보였다.

　지금도 사북읍에 가면, 도시가 너무 혼란스럽고 어지러워서 답답함을 느낀다. 그리고 내가 석사학위 논문을 쓸 때, 주민들의 순수한 모습은 어디론가 사라진 것만 같고, 마치 일확천금의 대박만을 노리는 사람들로 변한 것 같아 안타까움을 금할 수가 없다.

　나는 지금까지 많은 연구를 해왔지만, 가장 기억에 남고 소중했던 연구가 바로 카지노 입지결정에 관한 연구이다. 카지노장을 바탕으로 사북읍과 고한읍이 모범적인 개발 사례의 도시로 남기를 간절히 기대하는 마음이다. 이 연구를 통해서 많은 것을 배웠는데, 특히 도시계획가의 생각과 주민들의 기대 사이에 뚜렷한 차이가 있다는 것을 몸으로 체득한 것이었다. 그리고 그 차이를 전문가로서 어떻게 줄여나갈 것인가에 대해 골몰했던 시간이었다.

사람들

그는 우리가 교수라고 했을 때, 떠오르는 좋은 이미지 모두를
소유한 분이라고 해도 과언이 아닌 교수였다.

• • •

교수란 참으로 좋은 직업이라는 생각이 든다. 이렇게 생각하는
가장 큰 이유는 바로 훌륭하고 좋은 분들을 만날 기회가 다른 직업에
비해서 많기 때문이다. 나는 운 좋게도 그런 분들을 많이 만날
수 있었다. 그중 지금은 고인이 되신 신기철 교수님과 박희용 교수님
을 간단히 소개하고자 한다.

신기철 교수님

4년이라는 짧은 기간을 한양대학교에서 함께 보냈지만, 신기철
교수님은 내 마음속에 오래도록 남는 분이다. 그는 학부에서 건축을

전공했으며, 미국 펜실베이니아대학교(University of Pennsylvania)에서 건축학 박사를 취득했고, 명지대학교 건축학과에 있다가 1997년에 한양대 도시공학과로 자리를 옮겼다. 스스로 자리를 옮겼다기보다는 한양대학교에서 스카우트했다고 하는 것이 정확한 표현일 것이다.

신기철 교수님의 세부 전공은 도시설계였고, 능력과 열정이 뛰어났지만 결코 거만하지 않았고, 겸손하며 성격도 온유한 교수였다. 한마디로 말해, 그는 우리가 교수라고 했을 때, 떠오르는 좋은 이미지 모두를 소유한 분이라고 해도 과언이 아닌 교수였다. 그러나 그의 제자들에 의하면, 교육에 있어서만큼은 학생들에게 매우 엄격했다고 한다. 아무튼 그는 동료 교수들이나 후학들 그리고 학생들로부터 많은 존경을 받는 교수였다.

나이는 나보다 여덟 살 위였지만, 나이 차이를 전혀 느낄 수 없을 정도로 나를 대해 주었다. 나는 장남이어서 형이 없었는데, 마음속으로 신기철 교수님을 형과 같이 의지하고 싶었었다. 그는 2001년 5월 뇌출혈로 별세했지만, 만일 그가 지금까지 생존해 있었다면 우리나라의 도시설계 수준은 한층 높아졌을 것이고, 나는 그와 더욱 가까워졌을 것이다.

신기철 교수님은 도시에 대한 이슈개발과 아이디어가 무궁무진했던 교수였다. 예를 들면, 그는 인터넷 시대에는 다양한 네트워크가 중첩된 네트로폴리스(netropolis)가 대도시 (metropolis)의 기능을 대신할 것으로 예견하고, 도시계획가들은 이에 대한 준비를 해야 한다고 주장했었다. 그래서 그는 1998년 1학기 첫 번째 한양도시학술제의 주제를 "From Metropolis to Netropolis"로 결정하기도 했다.

이외에도 청계천의 복원을 주장하면서 4학년 전체 설계 주제로 삼기도 했고, 이와 관련하여 세운상가 재개발에 관한 도시계획적 이슈를 제안하기도 했다. 신기철 교수님이 제시한 이슈들은 통찰력 있는 특별한 주제였으며, 도시계획적으로도 의미가 큰 것이었다. 나는 복원된 청계천과 세운상가를 갈 때면, 예외 없이 신기철 교수님이 떠오르곤 한다.

신기철 교수님을 생각하면, 그는 남들과 얼굴을 붉히는 경우가 거의 없을 정도로 안정되고 성숙한 교수였다. 그는 하고 싶은 말이 있으면, 얼굴을 맞대고 하기보다는 편지로 하는 경우가 많았다. 내가 학과장을 하고 있을 때, 그는 내 책상에 편지를 놓고 간 적이 여러 번 있었다. 그 편지에는 학과에 대한 걱정과 교수들이 해야 할 일들을 제안하는 등의 내용이 담겨 있었다. 그 편지를 읽으면서 나는 그의 교육에 대한 열정과 자신이 속한 공동체에 대한 애정이 남다르다는 것을 항상 느끼곤 했다.

그에게 1999년 1학기에 뇌출혈이 왔을 때, 나는 병원에서 가슴 조이며 수술의 결과를 기다렸었다. 수술은 잘 되었지만, 퇴원 후 오른손에 마비증상이 있었고 걸음걸이도 불편해 보였다. 그가 입원했던 병실에 갔을 때, 불안해하던 그의 얼굴을 나는 결코 잊을 수가 없다. 항상 자신만만했던 그가 자신의 미래에 대해 불안을 심하게 느꼈던 것이었다. 그런 그를 위로하고 싶었으나, 나는 그를 위로할 적당한 말이나 방법을 찾지 못했었다.

퇴원 후 그는 오른손의 마비 증세가 심해서 설계를 학생들에게 가르칠 수 없게 되자, 필사적으로 노력하여 왼손으로 설계를 하기 시작했다. 그리고 몸의 상태가 좋지 않았는데도 불구하고 학생들을 열정적으로 가르쳤다. 이와 같이 교육에 대한 그의 열정은 정말 특별한 것이었고, 그의 불굴의 의지 또한 대단했었다.

나는 그의 연구실 제자들에게 연락해서 신기철 교수님이 즐기시는 것이 무엇인지를 물어보았는데, 영화, 특히 중국 무협영화를 즐긴다는 말을 들었다. 그래서 노정현 교수님과 상의해서 영화를 정기적으로 보는 모임, 영사모(영화를 사랑하는 사람들의 모임)를 결성하여 최소 한 달에 한 번은 동부인해서 영화를 보기로 하였다. 첫 번째 영화를 보고, 신기철 교수님이 매우 즐거워하셨다는 말을 사모님으로부터 들은 나는 다행이라고 생각했다.

2001년 5월 어느 금요일로 기억한다. 영사모 행사로 영화 "친구"를 보았다. 그것이 마지막 영사모 행사가 되었다. 영화를 보고 저녁식사를 할 때, 신 교수님은 바로 내 앞에 앉아 있었다. 그의 얼굴을 바라보는 내 마음이 이유 없이 슬퍼졌다. 그리고 주차장에서 헤어져 어렵게 걸어가는 신 교수님의 뒷모습을 보면서 왠지 모를 불안과 슬픔이 내게 엄습했었다. 아내에게 나의 이런 심정을 말했으나, 아내는 별일 없을 것이라며 나를 위로해 주었었다.

그러고는 다음 월요일에 연락을 받았는데, 2차 뇌출혈이 발생했다는 것이었다. 뇌교(소뇌와 대뇌를 연결하는 부분)에서 뇌출혈이 발생했기 때문에 소생이 어렵다고 의사들은 판단했고, 결국 그는 세상을 떠나고 말았다.

남들에게 내색은 하지 않았으나, 신기철 교수님을 늘 마음속으로 존경했다. 그리고 그의 온유함과 성실성 그리고 학생 교육에 대한 열정은 내가 감히 따라갈 수 없을 정도라고 생각했다. 그런 신기철 교수님의 인격과 열정을 더 오래도록 함께하면서 배우고 싶었는데, 아쉬움이 컸다.

51세를 일기로 돌아가셨으니, 미인박명(美人薄命)이란 말은 신기철 교수님과 같은 사람을 두고 하는 말인 것 같았다. 사람들과의 교제를 즐겼고, 교육과 자신의 연구 분야에 대한 의욕은 지대하였으나, 세상적인 것에는 별 관심이 없던 분이었다. 온유한 성격으로 어떤 사람과도 함께할 수 있었던 신기철 교수님은 시간이 갈수록 그리워지는 분이다.

박희용 교수님

박희용 교수님은 나보다 나이가 20년 이상 많으신 교수님이다.

그분과의 첫 만남은 1994년 7월경이었다. 당시 한국대학교육협의회는 처음으로 우리나라 대학교를 대상으로 대학종합평가를 실시한다고 발표했다. 그전까지만 해도 학과평가는 있었으나, 대학들을 종합적으로 평가한 적이 없었다.

대학종합평가 결과가 대외적으로 알려지면, 그것은 대학들의 서열화로 이어질 수 있었기 때문에, 한양대학교는 긴장하였고, 준비위원회를 구성하여 평가에 대비하고자 했다. 사실 한양대학교뿐만 아니라 거의 모든 대학교가 종합평가에 잔뜩 긴장했을 것이다.

내게는 대학종합평가 준비위원회의 총괄팀 간사 역할이 주어졌다. 종합평가는 1995년 10월경으로 예정되었기 때문에, 학교에서는 평가준비위원회를 1994년 7월에 구성하였고, 많은 교수들과 직원들이 위원으로 참여했다. 그중에서 나는 참여 교수 가운데서 가장 젊은 교수였고, 위원장은 바로 기계공학과의 박희용 교수님이 맡으셨다.

박희용 교수님은 육사를 졸업한 군인 출신이었으며, 퍼듀대학교(Purdue University)에서 공학박사 학위를 취득하고 육군사관학교에 교수로 계시다가 한양대로 오신 분이었다. 나는 그가 군인 출신이라는 말을 들었을 때 놀라지 않을 수 없었다. 왜냐하면 그의 외모에서 군 출신으로서의 분위기를 전혀 느낄 수 없었기 때문이었다.

그러나 평가준비위원회에서 함께 일하면서 박희용 교수님의 마음자세는 진정한 군인이었음을 알 수 있었다. 일이 주어진 이상 성실하게 시간 내에 책임을 완수하려고 정진하는 자세는 군인의 기본적인 자세라 할 수 있었기 때문이다. 지금까지 내가 만나본 교수 중에 박희용 교수님과 같은 자세를 가지고 일하는 교수를 거의 보지 못한 것 같다.

나에게 박희용 교수님은 마치 마음이 푸근한 동네 아저씨처럼 느껴졌다. 또한 권위의식도 전혀 없었지만, 가까이 다가가면 그에게서 저절로 배어 나오는 권위를 느낄 수 있었다. 그에게 내 부친이 육군사관학교 교수이셨다고 하면서 존함을 말씀드렸더니, 앨범과 같은 명부를 찾아보시더니 아버지가 물리학과 교수이셨고 자신을 가르치셨다고 했다. 그러면서 제자가 안부를 여쭙는다고 전해 달라고 부탁하기도 하셨다. 이러한 연유로 해서 나와 박희용 교수님은 더욱 가까워지게 되었다.

평가준비위원회에서 자주 박희용 교수님과 만나면서 나는 그의 온유한 성격과 인간적으로 따뜻함이 좋아서 그에게 어리광을 떨고 싶었을 정도였다. 그리고 내가 학과장을 할 때, 그는 공과대학장을 하셨기 때문에 나는 그를 더욱 가까이에서 대할 수 있었다. 공과대학장의 역할도 잘하셨으며, 학과 사이에서 일어나는 어려움도 잘 조율하셨다.

내가 생각하는 박희용 교수님의 큰 장점은 일을 하는 데 있어 무리가 없었으며, 함께하는 사람들에게 부담을 전혀 주지 않으면서도 일을 하게 만드는 것이었다. 이것이 가능했던 것은 자신의 생각을 일방적으로 남들에게 강요하기보다는 상대방의 의견을 경청하려는 역지사지의 자세를 지니고 있었고, 일을 하는 데 있어서 솔선수범하는 자세를 갖추고 있었기 때문이었을 것이다. 나는 그러한 그의 모습을 보면서 한없이 그를 존경하게 되었고, 그와 같은 교수가 되었으면 하는 소망을 품게 되었다.

박희용 교수님은 한마디로 말해 좋은 인성과 능력 그리고 순수성을 겸비하신 분이었던 것으로 기억한다. 박 교수님과 같은 분은 어느 사회에서든 환영받고, 존경받기에 충분하신 분이라고 나는 믿었다. 그분이 정년퇴직을 한 후에도 개인적으로 계속 관계를 맺으며 지내고 싶은 마음이 간절했다. 그래서 자주 할 수는 없었지만 식사를 함께 하기도 하면서 그와 지내는 시간을 만들려고 노력하기도 했다. 나중에는 위가 별로 좋지 않아서 외부에서 식사하기가 어렵다는 말씀을 들으면서 안타까운 마음을 금할 길이 없었다.

2020년 9월에 별세하셨는데, 부고장을 받지 못하여 (아마 학교에서 알렸을 텐데, 내가 메일을 자세히 보지 않았던 것 같았다.) 돌아가셨다는 사실을 뒤늦게야 알게 되었다. 빈소에 찾아가서 조문을 하지는 못했지만, 늦게나마 고인의 명복을 비는 마음이다. 가까이에서 그리 오랜 시간을 보낸 적은 없었지만, 나이를 들어가면서 가장 닮고 싶은 그런 교수님이다.

초기 교수생활 회고

누구에게나 동일하게 하루 24시간과 일 년 365일이 주어지지만
시간의 활용은 사람마다 천차만별이다.

• • •

모든 것이 배움의 시간

1993년 3월 한양대학교 교수로 임용된 이래, 나는 나름대로
열심히 생활했다. 강의하는 것이 좋았고, 학생들과 함께 있는 것을
좋아했다. 그것은 기본적으로 학생들과 있을 때, 마음이 편했기
때문이다. 그래서 지금까지 나는 강의를 다른 교수들에 비해 많이
해오고 있다. 그리고 옛말에 가르치는 것이 곧 배우는 것이라고
했듯이, 나는 정말 가르치면서 배웠다.

그리고 훌륭한 교수님들과 함께하면서도 많이 배웠다. 학문적으
로 깊이 있는 교수들과의 만남은 그들의 다양한 관점과 논리 등을

간접적으로 경험할 수 있는 귀한 기회였다. 또한 인격적으로도 성숙한 교수들을 만나면서 그들의 행동과 매너 그리고 사고방식에 이르기까지 좋은 점들을 배우려고 노력했다.

실제로 연구하면서도 배운 것은 이루 말할 수 없을 정도이다. 연구주제에 대한 논리개발이나 연구에 참여한 교수님들과의 토론을 통해 내 생각의 깊이와 넓이가 확장되는 유익한 경험을 많이 할 수 있었다. 내가 참여한 연구 중에는 연구비를 받아야 할 것이 아니라 오히려 연구비를 내고 참여해야 할 정도로 귀한 연구들도 있었다. 돌이켜 보면, 단독으로 하는 연구도 의미가 있었으나, 다수의 연구자들이 공동으로 하는 연구에서 나는 더 많이 배웠던 것 같다.

모든 면에서 가장 많이 배우고, 학습한 시간이 바로 교수 초기의 기간이었다. 지금도 가끔은 그 시절을 회고해 본다. 참으로 열정적으로 생활하고, 배운 것이 많은 기간이었음을 새삼 알게 된다. 그러면서 그때의 나와 지금의 나를 비교해 볼 때면, 너무 많이 변화되었음을 느끼며, 변한 내 모습과 행동에 가끔은 스스로 놀라기도 한다. 그래서 요즈음에는 초심을 잊지 말고 생활하자는 다짐을 하곤 한다.

책임을 다한 시간

한양대 교수가 된 이래 나는 여유도 없이 시간을 보냈고, 바쁜 정도는 대우에서 일할 때나 유학생 때보다 더했으면 더했지 결코 덜 하지 않았다. 처음에는 오로지 강의준비에만 바빴으나, 시간이 가면서 다양한 일들을 하게 되었고, 시간을 관리하며 생활해 나갔다. 그래서 항상 시간을 쪼개어 사용하는 것에 익숙해 있었다. 여기서 다양한 일들이란 강의와 학생지도 외에도 연구와 논문, 서적 집필 그리고 기타 학과장과 같은 교내 봉사와 학회 및 공공부문의 자문 및 심의위원회 위원 등의 교외 봉사를 말한다.

앞에서 여러 번 말했듯이, 세상에서 가장 공평한 것은 시간이다. 누구에게나 동일하게 하루는 24시간과 일 년은 365일이 주어지기 때문이다. 공평하게 주어지지만 시간의 활용은 사람마다 천차만별이다. 그렇기에 학생들에게 항상 시간을 낭비하지 말고 빡빡하게 사용하라고 강조한다. 나 역시 이러한 자세로 모든 일에 최선을 다해왔다.

내가 이처럼 할 수 있는 한 최선을 다했던 것은 정직하게 표현하자면 일에 대한 욕심 때문이 아니라 빈곤 때문이었다. 지식의 빈곤이 항상 나를 급하고 쫓기는 생활을 하게 만들었던 것이다. 사실 어떠한 빈곤이든지 간에 모든 인간은 늘 빈곤을 느끼게 마련인 것 같다.

완전함은 인간에게 허락된 것이 아니다. 만일 인간이 빈곤을 느끼지 않았다면, 즉 현실에 그냥 안주하고 만족하며 살았다면, 인류는 아직도 원시인들의 생활수준에 머물러 있었을 것이다. 그리고 달에도 가고 화성도 탐사하는 그런 과학과 기술은 결코 가능하지 않았을 것이다. 그러므로 빈곤을 느낀다는 것은 아마도 인간의 자연스러운 기본 속성이 아닌가 싶다.

빈곤에는 절대적 빈곤과 상대적 빈곤이 있다. 전자는 최소한의 필요수준이 기준이 되는 반면, 후자는 자신이 기준이 된다. 예를 들면, 건강유지를 위해서 필요한 인슐린의 양이나 비타민의 양, 또는 최소 생활을 영위하기 위한 최소 소득 수준 등은 절대적 기준이고, 이러한 수준에 이르지 못하면 삶이 위태로워진다.

그러나 상대적 빈곤은 자기 자신의 상태와 사회 전체 또는 자신이 바라는 수준과의 차이로부터 오는 것이다. 예를 들면, 자신의 현재 수준과 자신이 바라는 수준 (또는 옆집의 수준) 사이의 차이에 의해 빈곤 정도가 결정된다. 그 차이가 크면 클수록 상대적 빈곤의 정도 역시 심각해지는 것이다. 그러나 절대적 빈곤과 달리, 상대적 빈곤은 그 간극이 크다고 해서 삶이 위태로워지지는 않는다.

오늘날 현대인은 상대적 빈곤에 의해 고통을 받는 시대에 살고 있다고 할 수 있다. 여기서 내가 감히 말하고 싶은 것은 상대적 빈곤은 통제가 가능하다는 것이다. 왜냐하면 상대적 빈곤의 근본은 바로 자신이 바로미터(barometer), 곧 척도가 되는 것이므로 자신을 잘 통제하기만 하면, 상대적 빈곤으로부터 오는 고통을 최소화할 수 있기 때문이다.

나는 후배 교수들에게 상대적 빈곤에서 벗어나기 위해서는 상대를 멀리서 찾으라고 강조하곤 한다. 나의 경우, 나는 지식의 빈곤함을 항상 느꼈지만, 그 빈곤을 국내에 있는 관련 분야의 교수들이나 학과의 교수들과 비교를 통해서 찾으려고 하지 않았다. 구체적으로 상대적 지식의 빈곤을 미국에 계신 라벤뉴 교수님과 비교함으로써 극복할 수 있었던 것이다.

라벤뉴 교수님과 나를 비교해 보면, 그 차이는 내가 도저히 극복할 수 없을 정도로 크기만 하다. 그렇다고 해서 그러한 차이를 인정하는 것이 나에게 정신적으로 고통을 주지는 않는다. 오히려 그와 반대로 나로 하여금 열심히 달려가게 하는 힘의 원동력이 되었다.

이런 식으로 생각하면, 차이로 인한 스트레스를 받지 않게 된다는 장점이 있고, 목표 수준을 좀 더 높게 설정함으로 인해 더욱 노력하게 된다는 것이다. 그리고 그러한 노력의 결과는 성취도의 향상과 성취감에 따른 기쁨으로 나타나게 된다. 따라서 상대적 빈곤은 어떻게 대처하는가에 따라 고통이 아니라 희망이 될 수도 있다는 것이다.

그리고 내 일에 열심을 낼 수 있었던 것이 빈곤 때문도 있었지만, 기본적으로는 책임감도 크게 작용했다. 어떤 일이 주어지든지 간에 일이 주어지기만 하면 나는 책임감을 가지고 전력투구 했다. (물론 불의한 일이 아니라는 전제 아래서 하는 말이다.) 아마 그러한 자세가 오늘의 나를 있게 한 것이라고 나는 믿고 있다. 그런 내 모습을 보면서 사람들은 나에게 주어진 일들을 즐기는 것 같다고 말하기도 한다. 그들에게는 그렇게 보일 수도 있었겠지만, 사실은 책임감 때문이었다. 그 책임감은 젊은 시절 군에서 소대장을 하면서 몸과 마음으로 얻은 귀한 자세에 기인하는 것이었다.

정리하면, 나는 교수생활을 함에 있어 빈곤을 절대빈곤과 같은 수준에서 찾으려고 했고, 그러한 비교를 통해 가급적 정신적인 스트레스를 받지 않으려고 했다. 그리고 비교를 한다면, 내가 도저히 따라갈 수 없는 사람을 대상으로 삼았다.

그리고 생활함에 있어서 나는 늘 책임감을 앞세워 생각했다. 교수가 된 이상 교수로서의 교육과 연구에 책임감을 가지고 임했다. 나의 책임감 때문에 의도하지 않게 대학원생들이나 함께한 연구자들에게 고통을 주었을 수도 있었을 것이다. 그러나 혹시 이 글을 읽는 분 중에 나에게 그런 고통을 받았던 경험이 있었던 분이 있다면, 넓으신 아량으로 이해해 주시기 바란다.

가족에겐 고맙고도 미안했던 시간

시간에 제약이 있다는 사실은 내가 해야 할 일들 사이에 소위 상반관계(trade-off relationship)가 존재함을 의미한다. 이는 내가 해야 할 일 중에 어떤 일에 충실했다는 것은 바로 다른 일에 소홀했음을 가리키는 것이다. 교수로서 최선을 다했다면, 가장으로서의 역할에는 소홀함이 많았을 것이다. 누구든지 모든 것을 다 잘하기는 어려운 것이다.

내가 내 일에만 집중할 수 있었던 것은 바로 사랑하는 나의 아내 덕분이었다. 아내는 내가 바쁘게 생활하는 것에 대해서 고맙게도 단 한마디의 불평도 하지 않았다. 한정된 시간을 나만을 위해서 쓰다 보니 정작 신경을 써야 할 가족에게 소홀했던 것이다. 생각할수록 가족들에게 미안하기만 할 뿐이다.

자식들이 부모를 가장 필요로 하는 시간은 그들의 유아시절이 아닐까 싶다. 그런데 가장인 나는 그들이 가장 필요한 시기를 나만을 위해서 시간을 사용했고, 그들과 함께하지 못했던 것이다. 유학시절이나 교수가 되어서나 아내와 아이들에게 시간을 내서 함께하지 못했던 것이 못내 아쉽기만 하다.

되돌아보니, 교수가 된 이래 그 많은 방학기간 중에 가족과 함께 여행을 떠났던 기억이 별로 없다. 물론 전혀 없었다는 뜻이 아니라 매우 드물었다는 것이다. 이러한 환경 속에서도 아이들이 잘 자라 주었다는 것은 전적으로 아내 덕분이라고 생각한다.

이 글을 쓰다 보니 1993년 아들의 행동이 불현듯 생각난다. 집에서 학교까지의 통근시간은 자동차로 1시간 30분 정도가 소요되었지만, 정체시간을 피하면 그 시간을 크게 줄일 수 있었다. 그래서 나는 일찍이 학교로 가곤 했었는데, 하루는 바삐 출근 준비를 마치고 막 집을 나서려고 했다. 그런데 자동차 열쇠를 어디에 두었는지 찾을 수가 없었다. 여기저기를 샅샅이 뒤지며 찾던 끝에 한참 만에야 텔레비전 뒤에 놓인 것을 발견하게 되었다.

누가 열쇠를 거기다 감추었는지 아이들에게 다그치니, 아들이 나서서 자신이 그랬노라고 순순히 자백(?)하는 것이었다. 그는 열쇠를 찾지 못하게 되면 출근을 하지 못하게 되어 하루 종일 아빠와 함께 보낼 수 있을 것이라고 생각했던 것이다. 아들이 나와 함께하고자 하는 마음이 그 정도로 절실했던 것이다. 그런 마음을 까맣게 모르고 있었다니 나는 무심해도 지나치게 무심한 사람이었다.

아무리 바빠도 가족들의 마음을 헤아렸어야 했고, 그들을 위해서 기꺼이 시간을 냈어야 했다. 그리고 시간을 내려고 했더라면, 충분히 시간을 낼 수도 있었다. 그때는 그것이 왜 그렇게 어려웠는지… 마치 내게는 내일이 없는 것같이 행동하며 살았던 것이다. 1993년 당시로 돌아간다면, 무엇보다도 가족과 함께하는 시간을 가장 많이 가질 것이라고 결심해 본다.

제5장

봉사하며 배우다

다양한 봉사를 하면서 생각이 자신의 운명을 바꾼다는 평범한 진리를
몸으로 알게 되었다. 사람은 자신이 생각하는 것만큼 성장하게 되어 있다.
사회 구성원으로서 자신의 가치와 수준을 높일 수 있는 좋은 기회가 바로
봉사이다. 왜냐하면 봉사를 통해 사회를 알게 되고, 지도자로서의 기본
자질도 배울 수 있기 때문이다.

한양대학교

자기 자신만을 생각하는 사람은 그 이상으로 성장하기가 어렵지만,
공동체를 생각하는 사람은 지도자의 위치로 성장할 수 있게 된다.

• • •

나는 교수가 학교에서 하는 일이 교육과 연구만이라고 생각했었
다. 그러나 막상 교수가 되고 보니 강의와 연구 이외에도 교내에서
해야 할 일들이 많이 있음을 알게 되었다. 학교본부와 단과대학의
각종 위원회 참여나 여러 가지 자료 작성 등을 포함하여 학과 자체의
일까지 해야만 했고, 그러한 일들이 교육과 연구보다 더 많을 때도
있었다.

이를 반영하듯이 '교수는 전임 행정직 직원인 동시에 시간제
근무 교사여서 결코 연구자가 될 수 없다.'라고 묘사하기도 했다
(A professor is a full-time administrator, part-time teacher,

and absolutely no researcher.). 물론 이런 표현은 교수에 대해서 극단적이고도 해학적으로 표현한 것이었지만, 일정 부분은 적절한 표현이기도 했다.

나는 교수로 임용된 이래 학교에서 다양한 보직으로 봉사를 했으며, 늘 그랬듯이 맡은 일에 대해서는 최선을 다했다. 학교에서의 보직을 맡아서 했던 일들은 주로 관리적인 면이 강한 것이어서 특별히 말할 내용이 별로 없다. 그렇다고 해서 학교의 보직이 시간 낭비적이고 의미 없는 일이라는 뜻은 결코 아니다. 학교의 시스템이 제대로 작동하기 위해서는 보직을 맡은 교수들의 역할이 절대적으로 중요하고도 필요한 것이다.

학교의 여러 보직을 맡아 일하면서, 상상할 수 없을 만큼 많은 것을 배웠다. 봉사할 때는 잘 몰랐으나, 나중에 그러한 봉사가 나에게 얼마나 귀한 재산이 되었는지를 새삼스럽게 느끼게 되었다. 여기서는 교내에서 했던 봉사를 회고하면서, 배운 점들에 대해 간단히 서술하고자 한다.

도시공학과 학과장

1998년 3월 초부터 2001년 2월 말까지 3년 동안 도시공학과장을 맡았는데, 돌이켜 보면, 처음으로 맡은 학과장 보직에 나는 열정적으로 일을 했었다. 학과장이 하는 일은 대부분 학과의 일상적인 일들이었지만, 그래도 기억하자면 기획적으로 했던 일 두 가지가 떠오른다. 그것은 학과 전용의 도서실을 만들었던 것과 강의를 인사로 시작해서 인사로 마치는 운동을 추진했던 것이다.

우선 학과 도서실을 만들게 된 배경은 학과 사무실에 보관되었던 자료 중에는 유용한 서적이나 연구보고서가 많았고, 그러한 자료들을 체계적으로 잘 관리한다면, 그 자료들은 교수들의 연구나 학생들의 공부에 큰 도움이 될 것으로 생각했기 때문이었다. 그리고 일단 만들어 놓으면, 더 많은 자료들이 모아질 것이고, 그렇게 되면 반듯한 학과 도서실이 도서관 규모로 확대될 수 있을 것이라고 기대했던 것이다.

그래서 방학기간에 도서실을 만들 계획을 수립했고, 실행을 위해서 도시공학과 학생들을 대상으로 자원봉사자들을 모집했다. 자원한 학생들과 함께 자료의 분류체계와 목록을 정했고, 그에 따라 자료를 분류하고 공간을 확보하여 도서실을 그럴듯하게 만들었다. 동문들로부터 자료를 기증받아 도서실을 개방하는 데는 약 6개월의 시간이 소요되었다. 그리고 장학조교들에게 도서실 사서의 임무를 주어 자료 열람과 대출 등의 운영관리를 하게 했다.

나는 도시공학과 도서실 운영에 특별한 관심을 쏟았다. 그 이유는 대학 전체에서 유일한 학과 전용 도서실을 갖게 되면, 우선은 교수들과 학생들이 자료를 이용하는 데 편리할 것이고, 이와 함께 학과에 대한 학생들의 자긍심도 높아질 것이라 생각했기 때문이다. 또한 이는 궁극적으로 학과의 이미지 부각과 지속적인 발전으로 이어질 것이라 믿었다.

시간이 감에 따라 학생들도 학과 도서실이 있다는 것을 인식하게 되었다. 자료의 대출은 많지 않았지만, 나름대로 도서실의 기능은 이루어졌고, 나는 중앙도서관과 연계하여 도시공학 자료를 학과 도서실에 보관하고 관리하는 것까지도 시도했다. 그러나 그 같은 중앙도서관과의 연계는 행정적인 문제로 인해 불발이 되었다.

그리고 두 번째로 추진했던 것이 학생들의 인사하기 운동이었다. 나는 강의를 할 때마다 항상 시작과 끝이 분명하지 않아 어색함을 느끼고 있었다. 강의실에 들어서면, 앞에 있는 학생들의 노트를 보면서 전번 시간에 했던 부분을 확인한 후에 강의를 시작했고, 마칠 때는 그냥 강의노트를 덮고 나가곤 했던 것이다. 질서를 중시하는 나에게는 이렇게 강의의 시작과 끝이 어색한 것이 내심 불편했던 것이다.

그래서 강의는 중·고등학교 때와 같이 학생 전체가 인사하는 것으로 시작해서, 인사로 강의를 마치는 것을 생각하게 되었다. 대학에서 교수와 학생이 서로 인사하고 강의를 시작하는 것은 당연하고 자연스러운 것이라고 믿었으며, 이를 개인적으로 하기보다는 학과 차원에서 추진했으면 했던 것이다.

또한 인사로 강의를 시작하면, 교수는 더욱 책임감을 가지고 지식의 단순 전달자가 아닌 교육자의 자세가 될 것이고, 학생들의 자세도 달라질 것이라 믿어 의심치 않았다. 이렇게 될 때, 강의시간은 진지한 가르침과 배움의 시간이 될 것이고, 교수와 학생이 서로 존중과 존경의 마음을 가질 것이라 생각했다.

더 나아가 나는 '인사하기 운동'을 통해 학생들이 인사하는 것이 몸에 배었으면 했고, 그러한 운동이 도시공학과의 고유한 문화가 되길 바랐다. 그래서 학과 교수님들과 학생들에게 '인사하기 운동'의 취지를 설명했고, 대부분의 교수님들과 학생들이 내 취지에 공감해 주었다. 나는 학과의 모든 강의시간에 전체 인사를 주도할 학생을 지명했고, 초기에는 일주일에 한 번씩 점검회의까지 했었다.

결과는 매우 만족스러웠다. 전임교수들은 물론 시간강사들까지 인사를 하고 시작하니 강의 분위기가 산만하지 않고 진지해져서 강의의 효율이 높아졌다고 평가해 주었다. 나는 강의시간에 인사하는 것이 학과에서 계속 이어지길 기대했다. 그러나 놀랍게도 2002년 연구년을 다녀오는 동안에 인사하는 분위기는 일 년 만에 모두 사라져 버리고 말았다. 지금은 나만 홀로 인사하기를 계속하고 있는 실정이다.

또한 학생들과 함께 많은 노력을 해서 만들었던 도시공학과 도서실도 도시대학원과 공동으로 이용한다는 명분으로 장소를 옮겼고, 운영관리 역시 공동으로 하기로 했다. 그렇지만 모든 일이 그렇듯이 공동 관리는 책임의 소재가 명확하지 않은 문제가 있었고, 이는 곧 관리 소홀로 이어졌다.

관리가 잘되지 않고, 장소도 떨어져 있다 보니 자료 열람과 대출과 같은 기능이 서서히 사라지게 되었고, 자료 보관실 정도의 역할만을 할 뿐이었다. 또한 공간부족으로 인해 다른 용도로 사용하자는 요구가 많아졌고, 게다가 허술한 자료관리 등으로 인해 이용 횟수가 점차 거의 없게 되자, 결국은 2019년에 폐쇄하고 말았다.

1998년 학과장을 하면서 내가 추진했던 학과 도서실 만들기와 인사하기 운동은 종국적으로 모두 수포로 돌아가 버린 것이었다. 이러한 결과를 보면서 유형의 시설이건 무형의 문화이건 그런 것들이 지속되기 위해서는 구성원들의 애정과 관심이 정말 중요하다는 사실을 깨달았다. 그리고 좋은 것은 단번에 이루어지지 않는다는 것과 없어질 때는 순식간에 마치 빛의 속도처럼 없어진다는 것을 알게 되었다. 또한 무엇이든지 책임소재를 명확히 하는 것이 관리의 기본이라는 것도 알 수 있었다.

학과 도서실 운영과 '인사하기 운동'이 중단된 책임은 일차적으로 나의 열정 부족에서 찾아야만 했다. 왜냐하면 내가 시작을 했으니 그러한 것들이 잘 지속되도록 노력했어야 했기 때문이다. 아무튼 이 두 가지 기획했던 일을 생각하면 아쉬움이 많이 남는다. 그리고 그러한 결과는 어찌 보면 학과장의 보직을 교수들이 돌아가면서 맡는 현실에서는 불가피하게 발생할 수밖에 없다는 생각이 든다.

학과는 학교에서 가장 기초단위의 조직이지만 가장 중요한 조직이기도 하다. 왜냐하면 기초가 튼튼해야 건물이 안전한 것과 같이 학과가 건강해야 대학 전체가 건강해지고 활력도 생길 수 있기 때문이다. 그리고 뭐니 뭐니 해도 학과에서 중심은 학과장이라는 것은 두말할 나위가 없다. 이는 학교에서 가장 중요한 보직이 학과장임을 의미하는 것이다. 따라서 학과장을 교수들이 돌아가면서 하는 순환보직이 아니라 책임과 권한을 대폭 강화하여 학과운영의 전권을 학과장에게 부여해야만 한다. 이러한 것이 가능하도록 제도화되어야 하며, 대학은 이를 위해 지속적으로 노력해야 한다.

스승님이신 강병기 교수님은 대외적으로 장관급 정도의 위상을 가진 분이었지만, 그는 학교를 떠나시기 전 마지막 2년을 학과장으로 봉사하셨다. 나는 그 모습이 참 좋아 보였다. 원로교수가 학과장을 하니 학과의 운영에 질서와 안정감이 있었고, 그가 솔선수범하시는 모습도 좋아 보였다. 따라서 대학에서는 학과의 원로교수가 학과장을 맡을 수 있는 현실적인 방안을 모색해야 한다고 늘 생각하게 되었다.

교무처 교무실장과 공과대학 교무부학장

나는 2004년 8월부터 2년 동안 교무처 교무실장(지금의 교무부처장)을 맡았었다. 어떻게 내가 학교 본부에 추천되었는지 잘 모르겠으나, 나는 그 보직을 피하고 싶었고, 실제로 맡을 수 없다고 교무처장께 요청하기도 했었다. (인사 발령이 이루어진 이후라 내 요청은 받아들여지지 않았다.) 내가 보직에 큰 의미를 두지 않았던 이유는 그로부터 얻을 수 있는 유익이 별로 없을 것이라고 단정했기 때문이다. 그리고 교수가 보직을 수행하는 데 쏟는 시간을 연구에 이용한다면, 더 의미 있고 생산적일 것이라고 생각했다.

그러나 보직에 대한 지금의 생각은 그때와는 180도로 바뀌었다. 지금은 후배 교수들에게 학교에서 보직을 맡을 기회가 있을 때는 적극적으로 맡으라고 강조한다. 그렇게 강조하는 이유는 보직을 수행하면서 배우는 배움의 유익이 크다는 것을 알았기 때문이다. 그 유익이란 학과에만 있으면 결코 배울 수 없는 것들이었다. 가장 큰 유익은 대학 차원에서의 고민에 참여하게 되면서 자신이 속한 공동체를 더욱 생각하게 된다는 것이다.

개인을 떠나 공동체를 생각하는 자세를 갖는 것은 지도자의 기본 자세를 갖는다는 것을 의미하는 것이다. 일반적으로 사람은 자신이 생각하는 수준만큼 발전하게 되어 있다. 자기 자신만을 생각하는 사람은 그 이상으로 성장하기가 어려운 반면, 공동체를 생각하는 사람은 지도자의 위치로 성장할 수 있게 되는 것이다.

학교 보직을 맡아 일하면서 얻을 수 있는 또 다른 유익은 학교 내에 있는 다른 분야의 교수들과 접할 기회가 많아지고, 그들로부터도 무엇이든 배울 수 있는 기회가 그만큼 많아진다는 것이다. 오늘날은 융합과 복합을 통해 스마트한 기술이 창출되는 소위 제4차 산업혁명의 시대이다. 융합과 복합이 실질적으로 이루어지기 위해서는 먼저 분야 간 전문가들의 교류와 협력이 전제되어야 한다.

만일 전문가들의 교류와 협력이 없다면, 분야 간 융·복합은 거의 불가능하다고 할 수 있다. 이는 오늘날의 시대정신이 바로 교류와 협력에 있음을 가리키는 것이다. 이러한 점을 고려할 때, 교내에서 보직을 수행하는 것은 시대정신에 매우 부합하는 것이다.

학교에는 많은 교수가 있지만, 각 교수들은 자신이 속한 학과 외의 교수들을 접할 기회가 많지 않은 것이 사실이다. 그러다 보니, 같은 대학에 있는 교수들이 외부에서 만나면, 명함을 서로 교환하는 우스꽝스러운 광경을 종종 볼 수 있다. 그런데 나는 학교에서 보직을 맡으면서 다른 분야의 교수들을 접촉할 기회가 많았고, 그들의 분야에 대한 이해를 높일 수 있었으며, 그들의 좋은 생각과 태도를 배울 수 있었다.

또한 직원들을 알게 된 것도 간과할 수 없는 유익이었다. 나는 보직을 맡아 일하는 동안 직원들에 대한 선입감이 크게 바뀌게 되었다. 교무처에서 봉사하면서 직원들의 책임감과 능력이 내가 생각했던 것보다 훨씬 크다는 것과 일에 임하는 태도도 진지하다는 것을 알게 되었다.

그리고 함께 봉사했던 교무처장으로부터도 많은 것을 배울 수 있었다. 당시 교무처장은 관광학과 교수였는데, 그와 함께하면서 학교 보직에 있는 교수들의 수준이 얼마나 높은지를 알게 되었다. 일을 처리하는 방법이나 보직 교수들이 가져야 할 자세 등에 관해 참으로 많이 배웠다. 돌이켜 보면 교무실장으로 봉사한 2년이 대학의 시스템뿐만 아니라 또 다른 사회를 배우는 소중한 시간이었다.

2011년 8월부터 공과대학 교무부학장으로 2년간 봉사했었다. 당시 학교에서는 공과대학의 위상을 고려하여 부학장을 교무위원으로 대우했다. 교무부학장으로 봉사하면서 교무실장 때와 같이 공대 내 훌륭한 교수님들을 접할 수 있었다. 그러면서 그들의 분야에 대해서도 좀 더 깊이 알 수 있었고, 그들과 교류하는 즐거움도 누릴 수 있었다.

교무부학장으로 일하면서 실감했던 것은 바로 교무실장의 경험이 크게 도움이 되었다는 것이다. 교무실장 때 익힌 학교 전체의 시스템에 대한 이해 때문에 공과대학에서의 일이 수월했다. 그리고 그러한 행정 경험을 바탕으로 학교 정책에 대한 나름의 의견도 생기게 되었다. 역시 과거의 경험은 사라지는 것이 아니라, 몸과 마음에 남아서 지속적으로 우리의 삶에 영향을 미친다는 것을 절실하게 느꼈다.

어찌했든 교무실장과 교무부학장으로 일하면서 나는 학교와 교수에 대한 이해를 높일 수 있었다. 이해는 정말 중요한 것이다. 왜냐하면 이해가 깊으면 깊을수록 그만큼 정확한 선택을 할 수 있기 때문이다. 그래서 나는 마음속으로 내가 다음 보직을 맡게 된다면, 그것은 교무처장일 것이라고 예상했었다. 그러나 내 예상과는 달리, 나는 2013년부터 2년간 학생처장을 맡게 되었다.

학생처장

나는 학생처장으로 봉사한 것이 참으로 행운이었다고 생각한다. 왜냐하면 대학에 있으면서 학생들을 위해서 실제적으로 무엇인가를 할 수 있었기 때문이다. 학생처의 주요 관심이 오래전에는 학교의 안정화였다면, 오늘날에는 취업과 장학, 학생 상담 등 오로지 학생들의 복지에 초점이 맞추어져 있다고 할 수 있다. 나는 학생처장을 맡으면서 학생들이 보다 이성적이고 합리적으로 행동하는 대학생이 되길 바랐고, 그들을 위해서 무엇을 할 수 있는지를 고민했다.

학생처의 일도 일상적이고 정해져 있는 일들이 많아 특별히 할 말은 없지만, 그래도 기억에 남는 두 가지 일이 있다. 그것은 안전한 대학축제를 위해서 용도지역제를 캠퍼스에 적용한 것과 등록금심의 위원회의 합의전통을 세운 일이었다.

대학에는 봄과 가을에 축제가 있다. 문제는 축제기간이 되면, 캠퍼스 전체가 온통 주점으로 변한다는 것이었다. 학생처장이 되기 전부터 이런 대학 캠퍼스의 모습을 보면서 안타까워했었다. 그래서 학생처장이 되었을 때, 이런 문제를 해결하고자 도시계획가답게 캠퍼스에 용도지역제를 적용했던 것이다. 용도지역제란 원래 도시의 토지이용계획에 적용되는 기본적인 계획 수단이다. 구체적으로 말해서 도시 내 토지를 주거지역, 상업지역, 공업지역, 녹지지역으로 용도를 구분하여 토지를 효율적이고 합리적으로 이용하게 하는 수단이 용도지역제이다.

나는 축제기간에는 캠퍼스 내의 모든 공간을 두 가지 용도지역, 즉 알콜 존(alcohol zone)과 비알콜 지역(alcohol free zone)으로 구분하였다. 그리고 6개의 구역을 알콜 존으로 지정하여 주점을 허용했고, 그 외 구역은 비알콜 지역으로 지정하여 주점을 일체 만들지 못하게 막았다. 그리고 주점의 운영시간도 학생들의 안전을 위해서 밤늦게까지 하는 것을 제한했다. 이와 함께 주점을 운영하지 않고 학술이나 문화행사를 하는 학과에 대해서는 행사 지원비를 제공하여, 축제가 그야말로 다양한 행사의 장이 되도록 유도하고자 했다.

캠퍼스 내에서 주점이 운영되는 이상 학생들의 안전에는 우려할 부분이 많았다. 그래서 총학생회가 축제기간 동안 학생들의 안전을 위해서 규찰대를 구성하여 캠퍼스를 순찰하게 했고, 그러한 규찰대 활동을 통해 대학축제가 안전한 환경에서 진행될 수 있도록 했다. 지금도 이러한 알콜 존 지정과 규찰대 운영은 계속되고 있다.

학생처장을 하면서 또 하나의 기억은 등록금심의위원회에서 학교와 학생들 간에 합의하는 전통을 남겼다는 것이다. 오늘날 대학은 정부의 강한 통제 때문에 학부의 등록금을 인상하는 것이 거의 불가능한 실정이다. 이러한 상황 아래, 등록금에 관해서는 학교의 입장과 학생의 요구 사이에는 분명한 차이가 있었다. 학생들은 등록금 인하를 주장하는 반면, 학교는 등록금 인하는 절대 받아들일 수 없는 입장이었던 것이다.

사실 오랜 기간 동안의 등록금 동결로 인해 대학은 학교 운영에 있어 재정적인 어려움이 계속되고 있다. (아마 재정적 어려움은 우리나라 모든 대학이 겪는 것이 아닐까 생각한다.) 학교와 학생 사이의 극명한 입장 차이로 인해 등록금심의위원회는 심의 중 학생들의 참여포기로 인한 파행과 혼란이 거의 매년 일어나고 있었다.

심의위원회 위원장으로서 나는 진지한 자세로 학생들의 의견과 요구사항을 경청했고, 학생들의 요구조건을 기술적으로 받아들일 수 있는 것은 최대한 수용하려고 했다. 그리고 회의도 거의 10회에 이르기까지 진행하면서, 학교와 학생들의 의견 차이를 좁히려고 노력했다.

학교의 재정적 어려움과 이를 극복하기 위한 구조조정 등과 같은 학교의 자구 노력들에 대해 학생들에게 최대한 이해를 구했고, 학생들의 이성적 판단을 기대했다. 이러한 분위기 속에서 회의가

등록금심의위원회 합의 기념사진 (앞줄 중앙이 필자, 2014.02.03)

진행되니, 학생 대표들도 중도에 포기하지 않고 마지막까지 진지하게 회의에 참여하여 합의문까지 작성하게 되었다. 이러한 과정을 통해 등록금 인상 등을 합의하는 것이 한양대학교의 좋은 전통으로 이어지기를 바랐고, 지금까지도 등록금심의위원회는 제 역할을 해나가고 있다.

학생처에도 다양한 회의가 있었고, 그런 회의에는 어떤 사안에 대한 최종 결정을 해야 하는 일도 많았다. 처장이 되어 회의에서 어떤 결정을 하려니, 조심스러운 부분이 많았다. 그래서 나는 회의에 참석하기 전에 안건에 대한 검토와 처리 방향에 대해 먼저 깊이 생각했고, 개략적인 결정 방향을 가지고 회의에 임했다. 그랬더니 회의에서 안건을 논의할 때, 결정을 위해서 확인해야 할 점들에 대해 구체적으로 논의할 수 있었고, 그런 논의 결과를 바탕으로 나름대로 합리적이고도 안전한 선택을 할 수 있었다.

회의에서 안건에 대한 직원들의 의견을 들었을 때, 내가 먼저 고민한 것 이상의 내용이 없을 경우에는 내가 생각했던 것을 최종적으로 결정했다. 그러나 내가 미처 생각하지 못한 내용이 있었을 때는 좀 더 시간을 두고 논의하면서 최종 결정을 했다. 여기서 나는 기본적으로 실무자의 의견을 가장 중요시했다. 왜냐하면 실무자의 의견은 기술적인 면에서 가능한 최선의 의견이라고 믿었기 때문이다.

문제는 실무자들 사이에 의견이 서로 다를 때였다. 회의를 하다보면, 학생처 내의 행정팀들 사이에 의견이 충돌될 때가 있었다. 어느 팀의 의견을 들으면, 그들이 맞는 것 같고, 다른 팀의 의견을 들으면, 또 그들의 말이 맞는 것 같았다. 여기서 내가 깨달은 것이 있었는데, 그것은 어느 조직에서나 관점의 차이로 인한 의견 충돌이 자연스럽게 발생한다는 것이었다. 그러한 의견 충돌은 선과 악과 같이 어느 한쪽 의견이 절대적으로 맞는 것은 아니다.

실무자들의 의견은 각자의 입장과 처지에서 제시할 수 있는 최선의 생각인 것이다. 따라서 실무자 사이에 의견 차이가 있을 경우, 중요한 것은 바로 책임자의 자세이다. 책임자는 모든 의견을 충분히 듣고, 상식적인 면에서 최종 선택을 할 수 있어야만 한다.

2년 동안 학생처장으로 봉사하면서 다양한 일들이 있었고, 그러한 일들을 처리하면서 터득한 의사결정의 방식이 나에게는 매우 유용한 재산이 되었다. 그러한 재산은 후에 내가 다른 보직을 맡거나, 학회 또는 협회에서 일하는 데 있어 큰 도움이 되었다.

항상 말했듯이, 나는 인복이 참 많은 사람이다. 학생처장으로 봉사하면서 능력 있는 직원들을 만나 아무런 대과 없이 보직을 마칠 수 있었다. 나는 지금도 함께 근무했던 사람들을 생각하면 감사하다는 마음이 절로 일어난다. 그들 중에는 정년퇴임한 사람들도 있지만, 이따금씩 그들과 만나서 함께 지낸 시간을 회상하며 즐거운 시간을 갖기도 한다.

도시대학원장 겸 부동산융합대학원장

2015년 9월부터 4년간 나는 도시대학원장 겸 부동산융합대학원장으로 봉사했다. 도시대학원에도 교수가 있음에도 불구하고, 도시공학과 교수인 나에게 원장을 맡겼던 것은 학교에서 내게 바라는 특별한 역할이 있었기 때문이다. 그것은 구조조정에 관한 것이었는데, 구체적으로 도시대학원을 폐쇄하고 도시공학과와 합치는 것이었다.

도시대학원의 가장 큰 문제는 재정문제였다. 교수와 학생이 많지 않았지만, 독립된 행정팀이 설치되었던 도시대학원은 학생 충원율이 낮아 전형적인 고비용—저수입의 구조였다. 즉, 학생 충원율이 낮아 등록금 수입이 기대보다 적었고, 그 결과 도시대학원은 대학 내에서 비용대비 수입이 낮은 대표적인 조직으로 인식되고 있었다. 내가 도시대학원장으로 임명받았을 때의 학생 충원율은 58퍼센트였다.

등록금이 지속적으로 동결되어 재정이 어려워진 대학 입장에서는 효율성 측면에서 대학을 운영할 수밖에 없는 형편이었다. 이러한 상황이라면, 도시대학원의 구조조정은 어찌 보면 당연한 귀결이었다.

도시공학과와 도시대학원은 언뜻 유사한 것 같지만, 사실 추구하는 방향에는 분명한 차이가 있다. 도시공학과는 도시의 학문적인 측면, 이른바 아카데미즘을 강조한 반면, 도시대학원은 전문가로서의 현장을 중시하는 프로페셔널리즘을 추구한다. 그러나 이러한 차이를 비전공자들이 이해하기는 쉽지 않고, 학교 본부도 그러한 차이가 있다고 해도, 그것이 구조조정을 피할 정도로 의미가 크지 않다고 단정하는 것 같았다.

그래서 학교에서는 도시대학원을 폐쇄하고 도시공학과로 합치길 바랐고, 내 임무는 이러한 구조조정을 원활하게 수행하는 것이었다. 또한 내가 원장으로 오기 전 도시대학원 내에는 교수들 사이, 그리고 교수와 학생 사이에도 소통이 원활하지 않아 약간의 어려움이 있었다. 그래서 학교에서는 그러한 문제들을 구조조정으로 단번에 해결하려고 했던 것이다.

임명장을 받을 때에도 이사장님과 총장님은 학교의 사정을 고려하여 구조조정의 당위성을 강조하였고, 내게 순조롭게 구조조정을 수행할 것을 당부하기도 했었다. 그러나 나는 겉으로 드러난 문제만 봐서는 안 되며, 구조조정으로 인해 학교가 지불해야 하는 상징성의 훼손과 학교 위상의 하락과 같은 눈에 보이지 않는 가치도 함께 고려해야 한다고 생각했다.

이 문제를 갖고 계속 고민을 했지만, 결론은 도시대학원의 구조조정이 도시 분야 측면에서나 학교 측면에서 바람직하지 않다는 것이었다. 그 이유는 도시공학 분야의 대외적 위상 훼손이 궁극적으로 학교의 위상에도 부정적으로 작용할 것이라고 믿었기 때문이다. 한양대 도시공학 분야의 위상과 한양대 전체의 위상은 같은 방향에서 이루어지는 것이지 별개의 문제가 아니라는 것이었다.

1998년 도시대학원이 설립되었을 때, 외부에서는 도시공학의 발전을 선도하는 대학으로 한양대학교를 모두 인정했다. 도시공학 분야의 위상이 높아지는 것은 결국 한양대학교의 위상 향상으로 연결되는 것이다. 그렇기 때문에 도시공학과와 도시대학원을 통합하는 구조조정은 어렵게 쌓아 올린 위상을 우리 스스로 무너뜨리는 것으로 재고되어야 한다고 생각했다.

구조조정을 피하기 위해서는 무엇보다도 도시대학원이 자체적으로 문제해결 능력이 있다는 것을 보여주어야 했다. 나는 도시대학원의 다양한 문제를 해결하고, 발전으로의 방향 전환을 위해서 대학원의 경쟁력 회복이 가장 시급히 이루어져야 한다고 믿었다. 대학원의 경쟁력이 회복되어야 입학하고자 하는 학생들이 많아질 것이고, 그렇게 되면 재정수입이 자연히 증가되어 구조조정이라는 말은 수면 밑으로 가라앉을 것이라 예상했다.

그러나 대학원의 경쟁력 회복은 말처럼 순식간에 이루어지는 것이 아니었다. 마음은 급했지만, 먼저 해야 했던 것은 어떻게 경쟁력을 회복할 것인가 하는 구체적인 방향 설정이었다. 고민 끝에 도시대학원의 경쟁력은 학생들의 학업 만족도 향상으로부터 찾아야 할 것이라고 진단했다.

그래서 학생들과 수없이 간담회를 가졌으며, 그들이 바라는 바를 파악하기 시작했다. 그리고 그들이 원하는 것 중에서 대학원에서 할 수 있는 것이 있다면, 즉각적으로 처리해 주었다. 그리고 시간이 필요한 것은 중장기 과제로 전환하여 시간을 두고 해결하고자 노력했다.

또한 교과과정 개편을 통해 학생들이 선택할 수강 과목의 다양성과 체계성을 강화했고, 우수한 강사진을 확보하여 강의의 질을 높이려고 애썼다. 이를 위해서 강의평가가 80점대와 80점 이하인 강사들에 대해 각각 일 년간 그리고 3년간 강의를 금지하는 내부규정도 만들었다. 그리고 외부 강사들과의 정기적인 간담회를 통해 그들이 불편해하는 사항들을 적극적으로 개선하여 강사들의 만족도를 높이려고도 노력했다.

도시대학원의 경쟁력 회복을 위한 일련의 조치와 함께 필요했던 것은 학생들의 소속감과 자긍심을 높이는 것이었다. 재학생뿐만 아니라 졸업생들도 자신들이 졸업한 대학원을 자랑스럽게 여겨야 한다고 믿고 있었다. 그래서 나는 동문회 결성을 추진했다. 2000년 부터 졸업생을 배출했는데, 동문회가 결성되어 있지 않았던 것이다.

도시대학원 졸업생 중에는 소위 잘 나가는 졸업생들이 많았다. 나는 동문회가 결성되어야 재학생이 동문들을 보면서 장래 진로를 예상할 수 있을 것이고, 또한 닮고 싶은 동문도 생길 것이라 판단했다. 그러는 과정 속에서 재학생들은 대학원에 대한 불편이 사라지게 되고, 대학원에 대한 애정도 더욱 생길 것이라 믿어 의심치 않았다.

나는 졸업생 중에서 핵심적인 사람들을 만나고 설득하여 준비위원회를 결성하게 했다. 그리고 그들의 준비활동을 적극적으로 지원했고, 그 결과 2016년 4월에 동문회가 결성되었다. 동문회의 역할을 강조하기 위해서 학위 수여식에 동문회장이 대학원생들에게 동문장학금도 수여하는 순서를 마련했다. 이는 지금까지 계속되고 있다.

이러한 동시다발적인 조치들로 인해 도시대학원 경쟁력과 학생들의 학업 만족도가 서서히 높아지는 것을 느낄 수 있었다. 그것은 학생들의 충원율이 증가하는 것으로서 알 수 있었다. 그리고 4년의 임기를 마친 2019년 6월에 도시대학원의 충원율은 드디어 100퍼센트를 달성하였다. 이러한 결과를 보면서 지난 4년간의 노력이 결코 헛되지 않았음을 느끼면서 보람과 한없는 기쁨을 만끽했다.

도시대학원 학생들에게는 복장을 단정히 할 것과 넥타이를 맨 사람들에게는 무조건 인사하는 운동을 강력(?)하게 추진했다. 특히 슬리퍼를 신고 학교에 등교하는 것과 연구실 밖으로 나가는 것조차 금지했다. 대학원생으로서 외적인 복장을 단정하게 하는 것은 학생의 기본적인 자세이고, 학문을 진지하게 추구하겠다는 마음을 나타내는 것이라 믿었기 때문이다. 비록 학생들은 불편함이 있었지만, 내 취지를 잘 이해했고 잘 따라주었다.

어느 날 도시대학원을 졸업한 나이 많은 동문이 원장실을 방문했다. 도시대학원에 오니 학생들이 인사도 잘하고 복장도 단정하며, 전체적으로 분위기가 밝아져서 감탄했다는 것이었다. 그 말을 듣는 순간, 나는 이러한 도시대학원의 분위기가 분명히 앞으로의 발전으로 이어질 것이라 확신했다.

우수한 학생들이 도시대학원에 지원하기 위해서는 장학금은 필수적인 것이었다. 그러나 도시대학원의 재정상황이 그렇게 여유 있는 편이 아니었으므로 외부로부터 장학금을 확보하려고 노력했다. 여기서 말하고 싶은 일화가 하나 있다.

문주현 엠디엠 회장은 부동산개발 분야의 상징적인 인물이었고, 당시 그는 한국부동산개발협회장을 맡고 있었다. 나는 그를 찾아가 부동산 관련 인재 양성을 위해서 장학금 지원을 부탁했다. 그는 내 말을 듣더니 선뜻 학기마다 2천만 원의 장학금을 지원해 주겠다고 말하는 것이었다. 물론 거기에는 조건이 있었다. 그것은 내가 원장을 수행할 때까지라는 조건이었다. 어찌 되었든, 문주현 회장의 장학금 지원 약속을 받고는 얼마나 기쁜지 날아갈 것만 같았다.

그래서 그의 회사가 있는 역삼동에서 한양대학교까지 택시를 타고 갔다. 내 기억으로는 교수가 된 이래 역삼동부터 학교까지 택시를 탄 것은 처음 있는 일이었다. 교수들에게 기쁜 소식을 빨리 알려주고 싶어서 도시대학원 교수회의를 긴급하게 소집했다. 그런데 그때 나는 사람이 기분이

문주현 한국부동산개발협회장 장학금 기탁 (관련 기사: 서울경제, 2017년 2월 22일)

좋을 때는 택시를 탈 수도 있다는 것을 알게 되었다. 또한 교내 특별 장학금도 확보했고, 동문회 장학금 등 다양한 장학금도 속속 마련하게 되었다. 그러한 장학금이 도시대학원에 우수한 학생들을 오게 하는 데 크게 기여했을 것이라 믿는다.

또한 우수한 교수진을 확보하기 위해서도 많은 노력을 했고, 학교에서도 재정상황이 어려운데도 불구하고 신임교수를 뽑을 수 있도록 선처해 주었다. 이러한 노력의 결과로 2020년 도시대학원은 한양대학교 인문사회계열에서 유일하게 BK21 FOUR(Brain Korea 21 FOUR: 4단계 두뇌한국 21) 사업단으로 당당히 선정되는 쾌거를 이루기도 했다.

비록 2019년 7월 도시공학과로 돌아왔지만, 나는 도시대학원이 BK21 FOUR에 사업단으로 선정된 것에 대해 기쁜 마음을 감출 수가 없었다. 그리고 도시대학원이 지속적으로 발전하여 도시공학과와 함께 우리나라 도시계획을 담당할 인재들을 양성하는 대표기관으로 자리매김하기를 간절히 기원하고 있다.

도시대학원장으로서 할 수 있는 한 최선의 최선을 다했고, 그랬기에 그 결과에 크게 만족할 뿐만 아니라 보람까지 느낀다. 도시대학원장의 봉사를 통해 알게 된 것은 어떤 조직의 발전을 위한 핵심요소는 바로 구성원들의 마음에 달려 있다는 것이다. 그리고 지도자의 역할은 그 구성원들의 마음을 하나로 모아 정해진 목표를 향하도록 열정을 이끌어내는 것임을 알게 되었다.

대한국토도시계획학회

나는 사람들에게 주는 첫인상이 강하지 않다. 그런 만큼
일할 기회를 잡으려면 상대적으로 많은 노력을 기울여야 했다.

• • •

학회 활동

대한국토도시계획학회는 우리나라에서 국토 및 도시 분야의 대표
적인 학회이다. 지난 시간을 뒤돌아볼 때, 이 학회에서의 활동이
나에게 끼친 영향력에 대해서는 빼놓을 수 없는 것이었다. 교수가
된 이래 활동의 많은 부분이 학회를 통해 이루어졌기 때문이다.
그러나 교수 초기에는 학회에 대해 잘 몰랐고, 학회 행사에 참여한
다는 것은 심하게 말하자면 시간 낭비라고 생각했던 적도 있었다.

대한국토도시계획학회의 총회는 특별한 경우를 제외하고는 매년
2월 말 금요일에 열렸다. 총회 시기는 새로운 학기를 준비해야

하는 때이므로 신임교수였던 나는 학회에 나갈 여유가 없었던 것이다. 1994년 2월 말, 강의준비에 한창이었는데, 같은 학과의 노정현 교수님이 다짜고짜 손을 잡아끌고는 학회로 가자는 것이었다.

아무리 학회에 갈 수 없다고 했지만, 그는 교수라면 학회 활동은 필수요건이라 했다. 나는 마치 도살장에 끌려가는 소와 같은 심정으로 노 교수님과 학회에 갔던 기억이 난다. 이 정도로 나는 학회에 대해 몰랐던 것이다.

그러나 그 후 학회의 학술위원회와 학회지 편집위원회 등 여러 위원회에서 활동하면서부터 학회에 대한 생각이 달라지기 시작했다. 내가 학회 활동에 적극적으로 참여했던 이유는 모임 이후 자연스럽게 이루어지는 전문가들의 자유로운 대화 때문이었다. 도시 현안에 대해 전문가들과 의견을 나누다 보면, 각자의 의견과 관점이 얼마나 다양한지를 알 수 있었다.

그리고 다른 분들의 의견과 내 생각이 다름을 확인하는 순간이 바로 나에게는 배우는 시간이었던 것이다. 학회에서 그들과 논의하면서 느낀 것은 내 생각에 반대하거나 다른 의견에 직면했을 때가 바로 내가 배우고 깨닫는 순간이라는 것이다. 내 생각에 동의하는 긍정적인 의견보다는 부정적인 의견이 나로 하여금 생각을 더 깊이 하게 만들었고, 더 나아가 포용력도 길러주었다.

따라서 부정적인 의견을 접하는 것은 오히려 감사해야 할 일이라는 것을 알게 되었다. 물론 그 순간은 당황스럽기도 하고, 얼굴도

붉혀지기도 했지만 말이다. 그러나 뒤돌아보면, 그러한 순간들이 결국은 내가 감사해야만 한 것이었음을 알게 된 것이었다.

전문가들 사이에서 도시의 이슈에 대한 의견들을 들으면서 도시의 문제를 해결하는 것이 참으로 어려운 일임을 알 수 있었다. 그 어려움은 해결방법이 없어서가 아니라 너무 많아서 발생하는 것 같았다. 즉, 도시문제를 해결하는 데 있어서 유일한 단일해법이란 존재하는 것 같지 않았다. 그래서 전문가들 사이에 치열한 논의는 정책을 결정하기 전에 최선의 방안을 선택하기 위해서 마땅히 이루어져야 하는 것이라고 생각하게 되었다.

나는 위원회 활동 이외에도 연구와 세미나 등 많은 학회 행사에도 활발하게 참여했다. 전문가들을 한자리에 모으는 것은 매우 어려운 일이었는데, 학회에 가면 전문가들이 자발적으로 모여드니, 그것만으로도 학회의 역할은 크다고 할 수 있다.

2006년 도시정보지 편집위원장과 2008년 학회지 편집위원장으로 학회에 봉사하면서, 학회에 더욱 적극적으로 참여하게 되었고, 그 역할을 하면서 느끼고 배우는 것도 더욱 커졌다. 특히 위원장의 직책을 가지고 봉사할 때는 위원 선정의 권한이 주어지기에 함께 일하고픈 전문가들을 영입할 수 있어 좋았다. 또한 다루어야 할 주제들을 선정하는 데 있어서도 유리할 수밖에 없었다. 되돌아보면, 그때의 학회 활동은 전문가로서 의미도 있었지만 배우는 기쁨도 컸었다.

도시정보지 편집위원장을 할 때에는 역량이 큰 교수들이 위원으로 많이 참여하고 있었다. 그래서 나는 도시에 대한 일반적인 이해수준을 향상시키고자 편집위원들을 중심으로 집필진을 구성하여 책을 쓰기로 하였다. 책의 제목은『도시, 인간과 공간의 커뮤니케이션』(커뮤니케이션북스, 2009)이었고, 이 책은 2010년 문화체육관광부에서 우수도서로 선정되기도 하였다.

학회에 적극적으로 참여하고 봉사하다 보니 주요 위원회 위원장을 하게 되었고, 회장단 진입이 자연스럽게 눈앞으로 다가왔다. 이러한 것은 그동안 열심히 학회 활동을 했던 결과라고도 할 수 있는 것이다. 처음에는 학회의 회장 맡는다는 것은 상상조차 하지 못했고, 감히 엄두도 내지 못할 자리라고 생각했었다. 또한 대한국토도시계획학회는 규모도 크고, 영향력이 있는 학회이다 보니 회장을 하고자 하는 기라성 같은 교수들이 많았다. 그만큼 회장단으로 진입하기 위해서는 치열한 경쟁이 있음을 가리키는 것이었다.

여기서 나의 좌우명을 하나 말하자면, "현재의 일에 충실하는 것이 바로 미래를 잘 준비하는 것이다."라는 것이다. 이는 앞의 2장에서도 말한 것과 같이 미래는 미래에 있지 않다는 것과 동일한 뜻일 것이다. 현재의 일에 충실할 때, 그만큼 기회도 많아지고, 미래의 문을 열 수 있는 열쇠도 만들어지게 된다는 것이다. 돌이켜 보면, 학회의 활동에 적극적으로 그리고 열심히 참여한 것이 바로 학회장으로까지 이어지는 계기가 되었다.

부회장 선거 출마와 고배

대한국토도시계획학회장이 되기 위해서는 세 번의 선거를 치러야한다. 첫 번째는 제2부회장(행·재정 부회장) 선거이고, 두 번째는 제1부회장(학술부회장) 선거이다. 그리고 마지막은 회장 선거이다. 일반적으로 가장 치열한 선거는 제2부회장 선거인데, 그 이유는 그 선거가 회장으로 가는 첫 관문이고, 일단 당선이 되면 그다음으로 올라가는 데 있어 유리한 위치를 점하기 때문이다.

그래서 제2부회장 선거의 경우는 통상적으로 늘 경쟁적이었으며, 어떨 때는 네 명이 후보로 나선 적도 있었다. 나는 2010년 제2부회장 선거에 출마하게 되었는데, 공교롭게도 경쟁자가 서울대 최막중 교수였다.

앞 장에서 언급하였듯이 최막중 교수는 1993년 3월에 한양대 도시공학과에 함께 임용되었으며, 나와 함께 10년 동안 동고동락했던 교수였다. 최 교수도 학회에 누구보다도 적극적으로 봉사하고 활동했었다. 그는 도시정보지 편집위원장과 학회지 편집위원장 모두를 바로 내 앞에서 역임한 전임자이기도 했다. 그리고 대부분의 학회 회원들은 최막중 교수의 뛰어난 역량을 인정하고 있었고, 그가 장차 학회장이 될 것이라는 데에는 별다른 이견이 없었다.

나도 최막중 교수의 역량과 그의 봉사에 대해서는 인정을 하고 있던 터였다. 그러나 내가 출마하게 된 배경은 학회장을 특정 대학교 출신들이 거의 독점하다시피 하는 것은 문제가 있다고 보았기 때문이다. 다양한 학자들의 모임이니만큼 회장단의 출신대학 구성도 그에 맞게 다양해야 한다는 것이 내 지론이었다. 그래야만이 회원들도 더욱 애정을 가지고 학회에 참여할 것이지 않겠는가.

최막중 교수를 따로 만나 학회의 대표성과 건강성을 위해서 부회장 출마를 보류하고 다음에 출마할 것을 권유했다. 그때가 2009년 11월 초였다. 그는 내 말을 좀 더 일찍 들었다면, 진지하게 생각해 봤을 것인데, 지금은 그 말을 듣기에는 너무 늦었다고 하면서 완곡히 거절하는 것이었다. 그래서 나는 출마를 포기할 수 없다면, 각자 페어플레이를 하자고 말했다.

난생 처음으로 선거를 준비하다 보니 모르는 것이 너무 많았지만, 주변에서 많은 선·후배 교수들이 도움을 주었다. 그러나 나에게는 말하지 못할 고민이 있었는데, 그것은 유권자 중에는 한양대 도시공학과를 졸업한 제자들이 많이 있었다는 것이다. 그래서 제자들이 서로 양보함 없이 경쟁하는 두 스승을 보고는 어떻게 생각할지 마음이 편치가 않았다.

나는 그들에게 선택을 강요하고 싶지 않았다. 그렇게 하면 그들은 분명히 두 스승 사이에서 괴로워할 것이라 생각했기 때문이다. 이러한 이유로 인해, 나는 제자들과의 접촉을 가급적 피하는 등 선거운동을 하는 데 있어 조심스러움이 많았다. 한마디로 소극적으로 선거에 임할 수밖에 없었던 것이다.

선거운동을 도와주는 교수들에게 내가 반복적으로 했던 말이 있었는데, 그것은 "이렇게까지 해야 하나?"라는 것이었다. 그런 내 말에 대해 그들은 아랑곳하지 않고 "그렇게 하지 않으면 선거에서 승산이 없다."라고 하는 것이었다. 선거를 준비하는 동안에 나는 학자들의 선거였음에도 불구하고 정치인들의 선거와 다를 바가 없다고 느꼈다.

선거에는 공동 승자가 있을 수 없고, 승자와 패자가 동시에 생기게 마련이다. 그러므로 학자들의 선거이든 정치인들의 선거이든 근본적인 차이는 별로 없었다. 물론 학자들의 선거라면 무엇인가 달라야 한다고 생각했었지만, 그것이 무엇인지 내게는 분명하지 않았다.

당시에는 제1부회장 선거도 경쟁이 있어 전체적으로 과열을 우려할 정도로 선거운동이 치열했었다. 그 후 학회에서는 과열될 수 있는 선거운동을 방지하고자 다양한 제도들을 만들었고, 그것들을 정착시켰던 것이다. 그 결과 현재 학회의 선거는 매우 공정하고 깨끗한 선거가 이루어지고 있다고 자신 있게 말할 수 있다.

선거 전에는 내가 질 수 없다고 확신했었는데, 결과는 제2부회장으로 최막중 교수가 당선된 것이다. 선거가 끝나자마자 최막중 교수는 학교로 찾아와 나를 위로했고, 학교에까지 찾아와준 그가 고마웠다.

선거에 졌으니 우선은 부끄러웠고, 허전하기까지 했다. 물론 내가 인정했던 것은 선거에 임하는 최막중 교수에 비해 내가 너무 안일했고, 치밀하게 준비하지 못했다는 것이었다. 선거에 나갔으면 최선을 다해서 이겨야 했는데, 조심스러움이 많았고, 또한 선거에 임하는 나의 머릿속에는 생각도 복잡했었다.

선거가 끝나고 나서 나는 허전하고 흐트러진 마음을 다잡기 위해서 무언가에 집중하고 싶었다. 그래야 생활에 활력이 생길 것만 같았고, 그래야만 살아갈 수 있을 것 같았다. 2009년은 나의 두 번째 연구년이어서, 그 기간에 도시공간구조와 시설입지를 다룬 『입지론』을 집필하고 있었다. 선거가 끝난 후 작업했던 문서를 확인해 보니, 마지막 파일이 2009년 8월로 되어 있었다. 즉, 8월 이후부터는 선거를 생각하느라 집필에 신경을 쓸 여유가 없었던 것이다.

나는 다시 집필을 시작했고, 결국 2011년에 『입지론』을 출간했다. 선거를 치르면서 알게 된 사실이 있었다. 그것은 어떤 선거든지 출마한 사람은 누가 뭐라고 하든지 자신이 이길 것이라고 믿는다는 것이다. 나 역시 이길 것으로 확신했으니 말이다.

그래도 선거 후에 자신 있게 말할 수 있었던 것은 최막중 교수와 약속했던 페어플레이를 지키려고 최대한 노력했다는 것이다. 회원들을 만났을 때도 결단코 상대방을 비난하지 않았으며, 상식적인 수준에서 무리함 없이 신사적으로 선거에 임하려고 했다. 그래서 그런지 선거가 끝난 후 회원들 사이에는 "김홍배 교수는 전쟁에서 이기고 전투에서 진 것이다."라는 말들이 오갔다고 한다.

누가 이런 말을 했는지는 모르겠지만 그 말에 나는 적잖이 위로를 받았다. 그리고 선거가 끝난 후 실제로 많은 분들로부터 위로의 전화도 받았다. 따라서 선거에서는 눈앞의 일보다는 더 멀리 보고 행동하는 것이 중요하다는 것을 알게 되었다.

물론 선거에 나가면 최선을 다해야 하겠지만, 그래도 지켜야만 할 것들이 있다. 너무 자연인으로서 절제 없는 행동은 금물이라는 것을 강조하고 싶다. 선거에서 지는 순간 모든 것이 끝난 것 같아 보이지만, 기회는 다시, 그리고 생각보다 빨리 찾아온다는 것을 알아야 한다. 나는 후배 교수들이나 제자들과 이야기를 나눌 때, 그들에게 "전투에 이길 생각보다는 전쟁에 이길 생각을 하라."고 자주 말해 준다.

돌아보면, 선거에서 지면서 더 많은 것을 배웠음을 알게 되었다. 실패도 생각하기에 따라서는 분명히 그것을 통해서 배우는 것이 있다. 학회 선거에서 패배하면서 마음과 태도에 있어서 성장했음을 느꼈다. 오히려 더 겸손해지고, 따뜻한 마음을 가질 수 있었으며, 어떤 경우이든지 승리자보다는 패배한 사람의 입장을 더 살피게 되었다. 성공보다 실패가 사람을 바꾸는 힘이 더 강력한 것을 깨닫게 된 것이었다.

남자에게는 3대 비극이 있다고 한다. 그것은 초년에 성공, 중년에 상처(喪妻) 그리고 말년에 무전(無錢)이라는 것이다. 나는 여기서 초년에 성공하는 것이 왜 비극인지를 잘 몰랐었다. 그것은 단지 패배자들을 위로하는 말이겠거니 생각했었는데, 지금은 그 말에 전적으로 동의하게 되었다.

선거 결과에 아랑곳하지 않고, 이전과 동일하게 학회에 적극적으로 참여, 활동하려고 했다. 이러한 분위기 때문인지 몰라도 다음 선거에서는 경쟁자 없이 제2부회장으로 무혈 입성하였다. 제2부회장이 되어서도 책임감을 가지고 내 역할에 충실하였다. 그 결과 제1부회장 선거에서도 단독으로 입후보했고, 최막중 교수 다음으로 학회장에 단독 출마하여 2016년 2월 대한국토도시계획학회 회장으로 취임하게 되었다.

이렇듯 학회 활동을 하면서 느낀 것이 있었는데, 그것은 바로 내게 주어진 본연의 일에 최선을 다할 때, 개인적인 득은 덤으로 따라오게 된다는 것이다. 그러나 만일 본연의 일보다는 개인적인 일에 초점을 맞추게 된다면, 결국은 모든 것을 잃게 된다는 것도 알게 되었다. 일에는 분명한 순서가 있는 것이다. 그것은 바로 선공후사(先公後私)이다. 즉, 공적인 일이 먼저이고, 사사로운 일은 나중이라는 것이다. 그렇게 일 처리를 할 때, 일은 순조로워지고 결과는 모두를 얻음을 의미한다. 선공후사의 자세는 지금까지 나의 삶의 기본자세가 되었다.

회장으로의 활동

2016년 3월 1일에 나는 대한국토도시계획학회장으로 취임했다. 학회장에 막상 취임하니 걱정거리가 많았다. 왜냐하면 전임 회장들의 업적이 너무 커 보였기 때문이다. 학회는 그때까지 역량이 출중한 분들이 회장을 하다 보니, 회장마다 고유한 제도 도입과 그에 따른 시스템이 구축되었다. 그런데 그러한 학회의 모습이 나에게는 시스템이 불안정한 것으로 보였다.

그래서 학회의 안정적인 시스템 구축이 필요하다고 생각하고는 시스템의 안정화를 내 임기 중에 해야 할 가장 중요한 과제로 정했다. 그리고 학회의 업무를 개인이 아닌 시스템에 따라 진행하려고 했고, 사무국 직원들에게도 그렇게 강조하였다. 질서를 중시하는 나 같은 사람에게 시스템의 안정화는 어찌 보면 당연한 것이었다.

학회장을 할 당시 여러 가지 굵직한 일들이 있었다. 그럴 때마다 나는 집단의 지혜를 모으려고 했다. 그때도 학생처장의 경험을 바탕으로 논의할 사안에 대해 늘 먼저 고민했고, 항상 나름의 방안을 가지고 회의에 임했다. 확실히 학회 회의에서는 다양하고 치열한 논의가 많이 이루어졌고, 어떤 경우에는 임원들 사이에 얼굴을 붉힐 정도의 논의가 진행되기도 했다.

그러나 치열하게 논의할수록 정교하고 정제된 결정을 내릴 수 있었다. 그래서 확실하게 배운 것이 있었는데, 그것은 아무리 능력이 있는 사람이라고 해도 그의 생각이나 신념이 집단의 지혜를 앞설 수 없다는 것이다. 그리고 지도자는 사안에 대한 치열한 논의 분위기를 오히려 유도해야 한다고 생각했다.

그리고 또 하나 분명하게 느낀 것이 있었는데, 그것은 조직의 장이 누구이고, 무엇을 해야 하는지를 깨달았던 것이다. 어느 조직의 장이 된다는 것은 그 조직을 사유화하여 지배하고 군림하는 것이 아니라, 겸손하게 봉사하며 구성원들이 최선을 다하게 만드는 조력자의 역할을 해야 한다는 것이다. 조직의 지도자가 이러한 자세를 견지할 때, 그 조직은 운명적으로 성장하게 된다는 것을 알게 되었다.

학회장을 하면서 나는 또한 학교에서는 도시대학원장과 부동산융합대학원장을 겸하고 있어 정말 눈코 뜰 새가 없었다. 하지만 그 모든 일에 최선을 다했다. 물론 교수 본연의 역할인 교육과 연구에도 충실하려고 노력했다. 그러나 회장이 모든 일을 다 잘할 수는 없는 일이었다. 왜냐하면 시간과 능력 그리고 집중력에 근본적인 한계가 있었기 때문이다.

가지고 있는 시간과 에너지를 효율적으로 사용하는 것이 중요했다. 나는 시스템을 안정적으로 구축하고, 그러한 시스템이 잘 작동하도록 한다면, 그것이 회장으로서 지혜롭게 조직을 운용하는 것이라고 믿었다. 시스템의 안정화를 그토록 중요하게 생각했던 것이다. 하지만 물론 시스템보다 중요한 것은 사람이었다.

아무리 시스템이 잘 구축되어 있어도 시스템의 각 부분을 맡는 사람들이 자신의 역할을 잘 담당하지 못한다면, 그런 조직은 어떤 일이든지 수행하기가 어려울 것이다. 그리고 일을 한다고 해도 시스템에 의한 최선의 결과를 얻기는 힘들 것이다. 이러한 면에서 나는 학회장을 하면서도 인복의 행운을 많이 누렸다.

학회에는 선출직 부회장 두 명을 포함하여 부회장들이 여러 명이 있다. 부회장이 몇 명이든지 그들이 맡고 있는 고유한 업무 영역이 정해져 있다. 나와 함께한 부회장들은 한마디로 능력이 출중했고, 열정적으로 학회 일을 해주었다. 안정된 시스템에 능력 있는 부회장들이 함께하니 학회에 그다지 큰 어려움은 있을 수가 없었다.

당시 학술부회장이었던 정창무 서울대 교수는 아이디어 은행과 같았다. 그와 함께하면 참신한 아이디어가 쉴 새 없이 쏟아져 나왔고, 어떤 아이디어는 너무 앞서가는 것도 있어 현 제도에서 수용하기가 어렵기도 했었다. 그래서 나는 그의 제안을 오히려 제한하기도 했지만, 그의 사심 없는 순수한 열정을 무척이나 좋아했다. 그리고 행·재정 부회장이었던 단국대 김현수 교수는 학회의 시스템을 잘 이해하고 있었으며, 학회의 안정적 운영에 많은 기여를 했다.

지역 부회장이었던 동신대 조진상 교수와 전주대 엄수원 교수도 자신들의 역할을 묵묵히 그리고 무리 없이 수행하는 분들이었고, 기술부회장인 백운수 미래 E&D 대표도 신중하고 능력 있는 분이었다. 부회장 모두가 진지한 자세로 자신들의 일들을 담당했기 때문에, 나는 학회의 여러 일들을 하는 데 있어 어려움 없이 순조롭게 해나갔고, 시스템은 견고하게 작동하고 있었다. 돌이켜 보면, 내가 학회장을 대과 없이 마칠 수 있었던 것은 안정된 시스템과 능력 있는 부회장들이 함께했기 때문이었다.

2년의 봉사기간을 마치는 마지막 총회가 2018년 2월 말에 있었고, 서울대 명예교수이신 김안제 교수님께서 축사를 하였는데, 그는 나에 대해 이렇게 평하였다. "사람은 세 종류가 있다. 기대만큼만 하는 사람이 있고, 기대를 많이 했는데 기대에 미치지 못하는 사람이 있으며, 마지막은 기대를 하지 않았는데 기대 이상으로 하는 사람이 있다. 김홍배 회장은 전형적인 세 번째 부류의 사람이다."라고 했다.

김안제 교수님의 축사를 내 옆에서 듣고 있던 어느 교수는 "저분은 지금 김홍배 회장을 욕하는 거야, 칭찬하는 거야?"라고 말함으로써 모두에게 웃음을 자아내게 했다. 그러나 나는 김안제 교수님의 말씀이 나에게 주시는 최고의 칭찬이고 위로라고 생각했다.

솔직하게 말해, 나는 사람들에게 주는 첫인상이 강하지가 않다. 즉, 기대와 주목을 처음부터 받지 못하는 사람이 바로 나라는 사람이라고 할 수 있다. 이는 일을 하는 데 있어 불리한 것임에는 틀림이 없었다. 왜냐하면 일할 기회를 잡기 위해서 상대적으로 많은 노력을 기울여야 하기 때문이다. 그러고 보니 지금까지 나를 남들에게 추천한 사람들은 나와 함께 일했던 사람들이었다.

나와 함께한 사람들로부터 좋은 이야기를 들었다는 것은 그만큼 내가 주어진 일에 최선을 다했기 때문이었다. 어쨌든 끝이 좋아야 모든 것이 좋다는 나의 지론에 의하면, 김안제 교수님의 말씀은 그동안 나의 수고를 격려하는 말씀이었다.

학회장으로 봉사한 2년은 나에게 참으로 행복했던 시간이었고, 여러 사람들로부터 많은 것을 배운 학습의 시간이기도 했다. 다시 한번 강조하자면, 회장을 하면서 알게 된 것은 회장의 자리가 누리는 자리가 아니라는 사실을 절실하게 느꼈다는 것이다. 오히려 자신이 세운 비전과 그 비전 달성을 위해서 헌신하고 함께한 구성원들에게 봉사하는 자리인 것이다.

한국도시계획가협회

한국도시계획가협회는 도시계획 분야의 산업발전을
실질적으로 선도하는 주체 기관으로 성장할 것이라 믿어 의심치 않는다.

• • •

협회 발족

도시계획 학문이 발전하기 위해서는 먼저 도시계획 관련 산업이
발전해야 하고, 이를 위해서는 우수한 인재들이 이 분야로 많이
유입되어야만 한다. 여기서 도시계획 관련 산업은 엔지니어링 회사
들이 대표한다고 할 수 있다. 왜냐하면 도시의 미래상을 제시하는
청사진은 대부분 엔지니어링 회사에서 만들어지기 때문이다. 따라
서 도시계획 엔지니어링 회사들이 성장해야 도시계획의 학문도
함께 발전할 수 있는 것이다.

그러나 최근 한양대학교 도시공학과의 졸업생들이 엔지니어링

회사에 가는 경우는 극히 드문 실정이다. 그 주된 이유는 바로 임금 수준에 있다. 한양대 공대에는 19개의 전공학과가 있다. 그런데 공과대학 학생들이 졸업하여 기업에 입사를 했을 때 받는 초봉 수준은 전공에 따라 그리고 입사하는 기업에 따라 크게는 거의 2배 정도의 차이가 발생할 때도 있다. 도시공학과의 졸업생이 엔지니어링 회사에 가게 되면 다른 전공에 비해 낮은 월급을 받게 되는 것이 일반적이다.

물론 초기의 낮은 월급수준은 장차 고액을 받는 전문가로 성장하기 위한 투자비용으로 생각할 수도 있다. 그러나 낮은 월급수준은 우수한 인재들이 유입하게 하는 데 장애요소로 작용하는 것만은 사실이었다. 현실이 그렇다 보니, 졸업생들은 엔지니어링 회사로의 입사를 회피하는 경향이 높은 실정이다.

그러면 왜 도시계획 엔지니어링 회사들의 월급수준이 낮은가? 그것은 근본적으로 회사에서 납품하는 성과품에 대한 대가(代價)가 낮기 때문이다. 그리고 대가가 낮은 것은 회사가 하는 일이 보잘것없는 것이 아니라 법에서 그렇게 규정하고 있기 때문이다. 엄밀히 말해, 우리가 사는 도시의 미래를 계획하고, 그에 따라 도시의 변화가 이루어진다는 점을 생각한다면, 도시계획 엔지니어링 부문의 일은 너무나도 중요하고 가치 있는 일이다.

이러한 중요성에도 불구하고, 대가가 낮은 것은 무엇이 잘못되어도 크게 잘못된 것이다. 우리가 살 미래의 도시를 좋은 도시로 계획하기 위해서는 실력 있는 전문가들이 양성되어야 한다. 그런데 낮은 임금 때문에 우수한 인재가 이 분야로 들어오는 데 장애로 작용한다면, 당연히 그러한 장애는 제거되어야 한다. 그러기 위해서는 먼저 엔지니어링 회사의 하는 일에 대한 대가의 현실화가 이루어져야 하며, 이는 관련 제도의 개정을 통해서 되어야 하는 것이다.

문제는 제도개정을 위해서는 도시계획 엔지니어링 회사들을 대표할 기관이 있어야 하고, 그 기관이 중심이 되어 현실적인 안을 만들고 정부와 협의를 해야 한다. 그러나 도시계획 분야의 경우, 그러한 기관이 없었던 것이다. 이러한 현실을 극복하고자 2012년에 창립된 기관이 바로 한국도시계획가협회이다.

나는 협회 발기인으로 참여했었고, 초대 회장은 한양대 도시공학과 명예교수이신 여홍구 교수님이었다. 당시 나는 학교에서 공과대학 교무부학장과 학회에서 행·재정 부회장을 맡고 있었기 때문에, 협회에 적극적으로 참여할 여유가 없었다. 그래서 일반회원으로만 참여했다.

창립총회는 성황리에 열렸고, 나도 그 자리에 참석하였다. 나는 거기서 많은 도시계획 전문가들이 희망에 차 있는 것을 보고 느낄 수 있었다. 그 희망이란 이제는 도시계획가들의 입장을 대변할 실체적 기관이 창립되었음에 안도하면서, 앞으로의 발전을 확신하는 그런 것이었다. 그러한 분위기를 보면서, 협회가 창립된 것은 매우 잘된 일이고, 앞으로 도시계획 분야의 발전을 위해서 많은 일을 할 것이라 기대가 되었다.

협회가 창립되면서 나는 마음속으로 학회와 협회의 역할도 분명히 구분되어야 한다고 믿었다. 학회는 도시계획 이슈개발과 이론개발 등 학술적인 면에 집중해야 하고, 협회는 도시계획 현장에 있는 엔지니어링 회사들을 보호하고, 도시계획가의 사회적 위상을 강화하는 데 초점을 맞추어야만 한다고 생각했다.

그리고 학회의 회장은 학계에서 그리고 협회의 회장은 장기적으로 엔지니어링 회사의 대표나 기술사가 맡아야 한다고 생각했다. 그런데 들려오는 소식은 협회의 위상이 기대와 달리 약화되고 있고, 회원들의 관심도 멀어져 간다는 것이었다. 그러한 소식을 들으니 안타까웠지만, 그렇다고 내가 무엇을 어떻게 할 수 있는 입장은 아니었다.

그러던 중 2018년 5월경에 나에게 한국도시계획가협회장을 맡아달라는 제안이 있었다. 협회가 어렵다는 것이었다. 당시 나는 학회장을 마쳤고, 도시대학원장의 임기를 마치면, 정년 준비를 잘해야겠다고 마음먹고 있던 참이었다. 어려운 협회를 맡아서 일하고 싶지는 않았던 것이 나의 솔직한 심정이었다.

나는 나 자신을 잘 알고 있다. 일단 회장을 맡으면, 그 일에 전력투구할 것이라는 것을 알고 있었기 때문이었다. 협회장을 맡아 시간과 에너지를 집중할 자신이 없었고, 회의적이기도 했다. 그래서 나는 그러한 제안을 정중하게 거절했던 것이다.

그러던 중 내 연구실의 석사과정 중에 있는 학생이 진로에 대한 상담을 해왔다. 그 학생은 자신의 진로를 엔지니어링 회사로 정하고 회사추천을 부탁했던 것이다. 나는 평소에도 학생들에게 평생직장으로 엔지니어링 회사에 가는 것이 나쁘지 않은 선택이라고 말하곤 했었다. 그리고 엔지니어링 회사에서 근무하다 보면 도시계획 기술사가 되고, 그 자격증은 평생 전문가로 활동할 수 있는 좋은 자격증이 될 것이라고 말해 주었다.

여러 엔지니어링 회사들에 연락하여 우수한 인재를 추천하겠다고 말하니, 그 학생에게 관심을 보인 회사들이 있었다. 나는 그 학생에게 인터뷰할 회사를 소개했다. 그런데 그 학생은 회사들과의 인터뷰를 하고 나서 오히려 진로에 대해 더 많이 고민하는 것 같았다. 물어보니 역시 월급수준이 문제가 된 것이었다. 결국 그 학생은 월급 때문에 내가 추천한 회사들에 가지 않았다.

그 학생의 경우를 보면서 이러한 추세가 계속된다면, 도시계획 산업은 위태로워질 것이고, 그에 따라 도시계획의 학문도 어려워질 것이라는 생각이 들었다. 이런 생각을 하면서 전공에 대한 의리를 지켜야겠다고 마음먹기 시작했다. 도시공학과를 졸업한 후 지금까지 왔는데, 도시공학의 회복과 발전을 위해서 미력하나마 무엇인가 마지막으로 보답해야 한다는 생각이 들었던 것이다. 그리고 마음 한구석에는 정년 은퇴하기 전에 협회 발전에 봉사하는 것은 매우 의미 있고 보람찬 일이 될 것이라고 확신하게 되었다.

주변에 있는 사람들에게 이러한 나의 생각에 대해서 물어보니 거의 50대 50으로 의견이 갈라졌다. 강력하게 하라는 사람들이 있는 반면, 어려운 협회에 가서 왜 고생을 하려느냐고 만류하는 사람들도 있었다. 그리고 고생만 하고 효과는 없을 것이라고 심하게 말하는 사람도 있었다. 결국 결정은 최종적으로 내가 하는 것이었다. 나는 다시 정년 전에 도시계획 분야의 발전을 위해서 봉사하기로 다짐하고는 회장으로 출마하여 당선되었다. (물론 출마는 단독 출마였다.)

한국도시계획가협회장

협회장으로 취임한 후에 살펴보니 협회는 여러 면에서 어려운 점들이 많았다. 특히 협회의 재정은 위험한 수위에 이르렀고, 사무국은 영세하기 짝이 없었다. 이러한 협회의 여건 아래에서 내가 할 수 있는 일들이 별로 없어 보였다. 협회장으로 출마하면서 계획했던 여러 일들이 있었는데, 재정적으로나 기술적으로 추진하기는 사실상 어려웠다. 따라서 실제로 내가 할 수 있는 일들이 매우 제한되어 있었다.

이러한 현실에도 불구하고 나는 협회의 문제를 하나씩 해결해 나가다 보면, 나중에는 건실한 협회가 될 것이라는 소망을 품었다. 그리고 조바심을 갖지 않고 일들을 처리해 나가려고 했다. 어려운 협회를 일으키는 데 있어서 가장 중요한 것은 역시 사람들이었다. 그래서 도시계획의 발전에 순수한 애정과 열정을 가진 분들을 우선적으로 접촉하여 회장단으로 영입하고자 했다.

협회의 특성을 나타내기 위해서 교수의 참여를 의도적으로 최소화했고, 그 대신에 도시계획 현장에 있는 엔지니어링 회사의 대표들을 상대적으로 많이 영입하려고 했다. 현재 협회에는 10명의 부회장이 있는데, 그중에서 교수는 세 명뿐이다. 또한 상임이사와 이사도 분야별로 균형 있게 선임하려 했고, 가급적이면 실무를 담당하는 전문가들이 많이 참여할 수 있도록 했다.

그리고 협회의 행사는 학술적인 면보다는 도시계획 현장에서 발생하는 이슈에 초점을 맞추었다. 그래서 세미나와 토론회의 경우도 도시계획 현장에 있는 전문가들에게 실질적으로 도움이 되는 주제를 선정하도록 했다. 또한 계간지로 발간되는 협회지도 도시계획 실무를 담당하는 전문가들에게 도움이 되는 주제를 선정하도록 했다.

협회지 편집위원장인 한양대 김흥순 교수는 최선을 다해 수준 높은 내용으로 협회지를 발간하려 했고, 그 결과 협회지는 내용이 유익해서 전문가들 사이에서는 열독률이 가장 높다고 했다. 그래서 전문가들은 협회지를 받으면 쓰레기통이 아니라 책꽂이에 꽂아두고 시간을 내어 꼭 읽어본다고 한다. 또한 협회의 존재감을 높이기 위해서 전문서적도 발간하였다.

내가 협회 임원진을 구성하면서 학회장 때와는 큰 차이가 있음을 확실하게 느꼈다. 학회의 경우에는 많은 사람들이 임원으로 참여하고자 했고, 오히려 그러한 역할이 주어지지 않았을 때에는 실망도 하고 서운해하기도 했다. 그런데 협회의 경우는 무슨 일을 부탁할까 봐 두려워하는 것 같은 느낌을 받았다. 어려운 협회에 참여한다는 것이 그들에게는 그만큼 심적으로 부담이 되었던 것이다. 그래도 기꺼이 함께한 임원들께 이 지면을 빌려 감사의 마음을 전하고 싶다.

도시계획가의 위상강화를 위해서 특별위원회를 구성하여 다양한 활동을 했다. 그중 용역이라는 명칭을 엔지니어링으로 변경하는 운동을 하여 2021년 2월에 법을 개정하는 데 협회가 주도적인 역할을 하기도 했다. 그리고 엔지니어링 회사 대표들과의 간담회를 열어 도시계획 산업발전을 위한 논의를 진행하였고, 현재는 협회가 추진하는 일에 적극적으로 협력하고 있는 실정이다.

또한 국토교통부와의 접촉을 통해 엔지니어링 분야의 발전과 제도개선 방안을 논의하기 시작했다. 이러한 협회의 다양한 노력이 알려지기 시작하면서 많은 도시전문가들이 협회에 동참하기 시작했다. 그 결과 회원은 3년간 약 250명이 증가하였으며, 회비수입도 내가 협회장이 되기 전을 기준으로 약 3.5배가량 증가하였다. 나는 협회의 노력이 계속될수록 회원은 앞으로 기하급수적으로 증가할 것이라 믿는다.

지금까지 내가 했던 그 어느 봉사와도 비교가 되지 않을 만큼 협회장으로서 최선을 다해 일했다. 이러한 내 모습을 보면서 사람들은 내가 일을 즐기는 것 같다고 말하기도 한다. 그러나 그 열심은 즐기는 면이 없지 않았겠지만, 분명한 것은 앞에서도 말했듯이 책임감 때문이었다. 그리고 일단 일을 맡으면 목표를 향해 정진하는 것이 나의 자세이기도 했다. 나는 내가 맡은 일에 소홀히 하고 싶지 않았다. 만일 소홀히 할 것 같았으면 아예 처음부터 맡지 않았을 것이다.

　시작할 때는 과연 내가 할 수 있을까 하는 의문이 있었지만, 누군가는 해야 할 일이라 생각하고 최선을 다했던 것이다. 나는 2019년 협회의 4대 회장으로 취임한 이래, 이러한 자세로 봉사했고, 2021년 5대 회장으로 연임하여 지금까지 협회 발전에 매진하고

협회 9주년 창립기념식에서 협회활동 경과를 보고하는 필자의 모습 (2021.11.02.)

있다. 앞으로 한국도시계획가협회는 도시계획 분야의 산업발전을 실질적으로 선도하는 주체 기관으로 성장할 것이라 믿어 의심치 않는다. 그러나 아직 해야 할 일들이 많고, 가야 할 길도 멀게만 보인다.

지난 3년간 협회와 도시계획 산업의 발전을 위해서 나는 작은 씨앗을 뿌렸다고 생각한다. 그리고 지금까지의 작은 성과를 보면서 결과를 맺기 위해서는 시간이 아직 필요함을 느낀다. 아마 내가 뿌린 씨앗은 다음 회장들이 꽃피울 것이라 확신한다. 아직도 봉사할 시간은 2년이나 남아 있다. 조급함 없이 임기 동안 최선을 다해 일할 것이다.

봉사하며 배우고 얻은 재산

다양한 봉사를 하면서 생각이 자신의 운명을 바꾼다는
평범한 진리를 몸으로 알게 되었다.

• • •

나는 교수를 하면서 학교와 학회 그리고 협회에서 직책을 가지고
다양한 봉사를 하였다. 물론 여기서는 언급하지 않았지만, 정부의
여러 심의위원회나 공공부문의 자문위원으로도 봉사하였다. 봉사
할 때는 전혀 몰랐으나, 그런 봉사의 경험으로부터 나는 많은 것을
배웠고, 그러한 것은 나에게 귀한 재산이 되었음을 느낀다.

봉사하면서 가장 크게 배웠던 것들을 한마디로 요약한다면, 그것
은 바로 자세라고 할 수 있다. 공동체를 생각하며 선택을 고민하는
자세, 신중한 선택을 위해서 먼저 고민하고 집단의 지혜를 구하는
자세, 일의 기본 순서, 즉 선공후사의 순서를 지키는 자세, 일을

맡으면 책임감을 가지고 임하려는 자세, 구성원 사이의 치열한 논의를 통해 공동체를 위한 최선의 선택을 유도하는 자세, 군림보다는 조력자로서 구성원들의 열정을 이끌어 내려는 자세 등, 자세에 관해 배운 것이 너무 많았다고 할 수 있다.

다양한 봉사를 하면서 생각이 자신의 운명을 바꾼다는 평범한 진리를 몸으로 알게 되었다. 앞에서 언급하였듯이, 사람은 자신이 생각하는 것만큼 성장하게 되어 있다. 사회 구성원으로서 자신의 가치와 수준을 높일 수 있는 좋은 기회가 바로 봉사이다. 왜냐하면 봉사를 통해 사회를 알게 되고, 지도자로서의 기본 자질도 배울 수 있기 때문이다.

그리고 집단의 지혜를 중시하고 의지하는 것도 중요하다. 아무리 능력이 있는 사람이라고 해도 그의 생각이나 신념이 집단의 지혜보다 앞설 수 없다는 것을 나는 분명히 알게 되었다. 내가 옳고 최선이라고 생각해도 모든 사람이 동의하지 않을 것이라는 것을 나는 다양한 봉사를 통해서 확실히 경험하였다. 이러한 경험은 나의 포용력을 넓혀 주었다고 할 수 있다. 나는 포용력이야말로 지도자가 갖추어야 할 가장 중요한 덕목이라고 생각한다.

다름을 인정하는 순간이 바로 배움의 시간이라는 것도 알게 되었다. 그리고 실패도 분명히 배우는 것이었다. 오히려 승리보다는 실패에서 배우는 것이 더 클 수도 있다. 실패는 사람을 겸손하게 만들며, 따뜻한 마음을 가지게 한다는 면에서 실패를 너무 두려워할 필요는 없다고 말하고 싶다. 특히 인생의 초기에 하는 실패는 어찌 보면 행운일 수도 있는 것이다.

내가 봉사하면서 마지막으로 배운 것은 현재의 일에 충실한 것이 바로 자신의 미래를 준비하는 가장 확실한 방법이라는 것이다. 이는 앞의 2장에서도 말한 것과 같이 미래는 미래에 있지 않다는 것과 동일한 의미이다. 현재 일을 충실히 하는 것이 바로 자신의 미래를 여는 것이며, 현재의 문제를 해결하는 가장 빠른 길이라고 할 수 있다.

이상과 같이 교수로서의 봉사는 너무 귀한 것이었다. 그러나 여기에는 분명한 전제가 있음을 강조하고 싶다. 그것은 교수로서 본연의 역할인 교육과 연구에 충실한 후에 하는 봉사가 진정으로 가치가 있는 것이고, 교수로서 떳떳할 수 있다는 것이다.

이상의 배움과 깨달음들은 연구실에만 있으면 결코 얻을 수 없는 것이었다. 이러한 면에서도 나는 참으로 운이 좋은 사람이라고 할 수 있다. 그러한 기회를 맡도록 나의 길을 인도하신 하나님과 그러한 일들을 하면서 함께하신 모든 분들께 감사드린다.

제6장

앞만 보고 달려온 길을 뒤돌아보니

'말이 씨가 된다.'는 것을 잊어서는 안 된다. 나는 지금까지 마음속으로 바라고 밖으로 말했던 것이 모두 이루어졌다. 물론 현실적으로 이루어지지 않은 것도 있지만, 그것들은 내가 중도에 여러 가지 사정으로 인해 포기했기 때문이다. …우리가 살아가면서 말을 하지 않을 수 없다. 말을 해야 된다면 부정적인 말을 일삼는 것은 자신과 가족의 행복한 미래를 망치는 것임을 명심해야 한다. 성공적이고 행복한 삶을 위해서는 무엇보다도 긍정적인 말을 하는 자세를 늘 지녀야 한다.

이끌리어 왔던 길

선택을 하면서 결과에 대한 100퍼센트의 확신을 갖지도 못했다.
단지 선택 후에는 전력을 다해 노력과 정성을 다했을 뿐이었다.

• • •

대학을 졸업한 후 지금까지 달려오면서 나는 많은 선택을 했고,
뒤돌아보면, 그중에는 잘한 선택도 많았다. 잘한 선택이 많았다는
것은 그만큼 내 인생이 좋았음을 의미하는 것이다. 누가 나에게
잘한 선택 중 상위 세 가지를 꼽으라고 한다면, 어떤 것들을 꼽을까를
생각해 보았다.

잘한 선택들에 대해 순위를 매긴다는 것이 이상하기는 하겠지만,
그래도 마음으로 느끼는 세 개의 선택을 고민해서 정해 보았다.
첫 번째로 가장 잘한 선택은 뭐니 뭐니 해도 아내와 결혼한 것이다.
이에 대해서는 고민의 여지가 없다. 비록 결혼까지 이르는 데 종교가

달라 어려움이 있었고, 부모님도 처음에는 그 결혼을 내심 기뻐하지 않으셨다. 그러나 지금은 모든 가족으로부터 가장 신뢰를 받는 사람이 아내이다. 그런 아내를 맞아 함께 살아간다는 것이 하나님께 가장 감사하는 부분이고, 아내는 이 세상의 그 누구보다 가장 의지하고 신뢰해온 사람이다.

두 번째로 잘한 선택은 공부한 것이라 할 수 있다. 공부를 했기 때문에 교수가 될 수 있었고, 교수가 되었기에 앞 장들에서 서술한 것과 같은 다양하고 귀중한 경험을 할 수 있었던 것이다.

세 번째로 잘한 선택이라면 그것은 ROTC 장교로 임관하면서 병과를 보병으로 선택한 것이다. 다른 병과에 비해 몸과 마음이 고달팠지만, 그래도 보병장교 생활을 통해 수용성과 책임감의 자세를 배웠다. 그리고 이러한 자세는 평생 동안 나의 기본자세가 되었던 것이다.

위의 세 가지 선택 외에도 잘한 선택은 많았다. 예를 들면, 도시공학을 계속 공부한 것, 전방 사단의 수색대대 소대장을 선택한 것, 전역 후 ㈜대우 입사와 대학원에 입학한 것, 유학과 오하이오 주립대학교를 선택한 것, 라벤뉴 교수님을 지도교수로 선택한 것, 교수가 되기 위해서 미국에 남지 않고 귀국한 것, 그리고 한양대 교수를 선택한 것 등 이루 말할 수 없이 잘한 선택이 많았다. 어느 하나도 내게 중요하지 않은 선택은 없었다.

그러나 지금 생각해 보면, 그러한 선택들에는 위험도 많았고,

선택을 하면서 결과에 대한 100퍼센트의 확신을 갖지도 못했다. 단지 선택 후에는 전력을 다해 노력과 정성을 다했을 뿐이었다. 그리고 사실 내 인생에서 중요한 선택들을 모두 내가 한 것 같지만, 결과를 보면 실제로 내가 선택했다는 생각이 들지 않는다. 오히려 누군가가 정해 놓은 길을 단순히 따라왔다는 느낌이다.

그래서 나는 운명과 신의 존재를 생각하게 된다. 열심히 살아온 것 같지만, 나보다는 내 길을 정하고, 나를 그쪽으로 이끈 분이 더 열심이시지 않았나 하는 생각이 더 강하게 든다. 단적으로 말해, 지금까지 달려온 길은 내가 스스로 개척해서 왔던 것이 아니라, 이끌리어 왔던 길이라고 할 수 있다. 이런 생각으로 달려온 길을 뒤돌아보니, 나는 한마디로 엄청나게 운이 좋은 사람이고, 축복을 받은 사람이라는 것 외에는 따로 할 말이 없음을 알게 된다.

내가 받은 축복과 나의 재산

우리는 모두 무한한 능력을 부여받고 태어났다.
어떤 일이든 이러한 능력을 믿고, 앞으로 나아가는 자세가 중요하다.

· · ·

타고난 인복

앞에서도 여러 번 강조하였듯이, 인복은 내가 받은 축복 중에 가장 큰 것이었다. 어떤 환경에 처하든지 그곳에서 좋은 사람들을 만났고, 그들과 함께하면서 맡은 일들을 원활하게 마칠 수가 있었다. 그래서 어느 곳에 가든지 귀한 인연을 만들 것이라는 기대가 저절로 생기기도 한다.

기간별로 내 인복을 간결하게 요약해 보자. 먼저 졸업 후 군대에서는 능력 있고, 충직한 분들을 만나 많은 도움을 받았고, 그들과 함께하면서 아무런 사고 없이 무사히 전역할 수 있었다. 전역 후

회사에 입사해서는 사업적으로 역량이 뛰어나고, 인격적으로 성숙한 분들을 만나 일하는 법과 사회인으로서의 자세 및 행동 그리고 매너 등을 배웠으며, 공부해야 할 이유도 찾았다.

그리고 유학시절에는 학생보다 더 열심히 연구하고 노력하는 지도 교수님을 만나 생각하는 법과 문제를 푸는 방법에 대해 배웠다. 박사 취득 후 한양대학교 도시공학과에 와서는 학문적으로 깊이 있는 교수들과 함께하면서 많이 깨닫고 배웠다. 그리고 우수한 학생들을 가르치면서 많은 도전을 받기도 했다. 또한 의미 있는 여러 연구들에 참여할 수 있었으며, 그러한 연구들을 하면서 기쁨이 있었고, 지식이 깊어짐도 느꼈다.

또한 학교 내에서 여러 보직들을 맡으면서 업무역량이 크고, 책임감도 강한 직원들을 만날 수 있었고, 그들과 함께 일하면서 학교행정에 대해 배울 수 있었다. 그리고 보직을 맡아 일하면서 다른 분야의 교수들과 만나 교류하면서 이해의 폭을 넓힐 수 있었고, 그들의 좋은 생각과 삶의 태도도 배울 수 있었다.

대한국토도시계획학회의 회장을 수행하면서 탁월한 능력을 소유한 임원들을 만나 학회장으로서의 소임을 큰 어려움 없이 마칠 수 있었다. 그들과 함께하면서 생각도 깊어졌고, 한 기관의 장으로서의 리더십도 함양할 수 있었다. 그리고 사정이 절박했던 한국도시계획가협회를 맡으면서 순수한 열정을 가진 임원들의 헌신적인 참여와 노력으로 협회의 회복과 지속적인 발전을 위해서 보람 있게 일할 수 있었다. 협회의 이러한 분위기는 지금도 계속되고 있다.

또한 인복에는 부모님과 형제들 그리고 아내와 자식들을 빼놓을 수 없다. 아들에 대한 무조건적인 믿음과 전폭적인 지원 그리고 헌신적인 삶을 살아오신 부모님을 생각하면, 그 감사함에 늘 고개가 숙여진다. 그리고 내가 하는 일에 위로와 성원을 아끼지 않은 형제들이 있어 내 마음은 항상 든든하고 편안했다.

그리고 내 곁에서 자신보다 나를 더 생각하면서, 늘 기도로서 도와준 지혜롭고 사랑스런 아내가 있었기에 지금까지 지내온 삶의 여정에서의 모든 것들이 가능했다. 또한 깨끗하고 정직한 마음으로 열심히 살아가려고 노력하는 딸과 사위가 있고, 건전한 상식을 가지고 생활하려는 믿음직스럽고 착한 아들이 있다.

이렇듯 나의 인복은 실로 엄청난 것이라 할 수 있다. 이것은 결코 내가 무엇을 잘해서 받은 것이 아니라 그냥 주어진 것이었다. 아무리 생각해도 나는 참으로 행복하고 복을 많이 받은 사람이다. 그리고 그러한 인복을 허락하신 하나님께 감사 외에는 드릴 말씀이 사실 없다.

자세

살아가면서 좋은 자세를 가진다는 것은 매우 중요한 것이다. 이에 대해서는 앞에서도 여러 번 강조했다. 여기서 내가 특히 강조하고 싶은 것이 있는데, 그것은 바로 '말이 씨가 된다.'라는 것을 잊어서는 안 된다는 것이다. 나는 지금까지 마음속으로 바라고 밖으로 말했던 것이 모두 이루어졌다. 물론 현실적으로 이루어지지 않은 것도 있지만, 그것들은 내가 중도에 여러 가지 사정으로 인해 포기했기 때문이다. 즉, 포기하지 않았다면 이루어졌을 것이라고 믿는다.

우리가 살아가면서 말을 하지 않을 수 없다. 말을 해야 된다면 부정적인 말을 일삼는 것은 자신과 가족의 행복한 미래를 망치는 것임을 명심해야 한다. 성공적이고 행복한 삶을 위해서는 무엇보다도 긍정적인 말을 하는 자세를 늘 지녀야 한다.

모든 일에는 처음이 있고, 처음 하는 일에는 익숙함이 없어 서툰 것이 매우 당연한 것이다. 만일 익숙하지 못해 새로운 일을 두려워했다면, 나는 지금까지 이루어놓은 일이 하나도 없었을 것이다. 생각해 보니, 어떤 일을 맡을 때는 자신 있게 맡은 적이 없었고, 항상 안 되는 이유를 먼저 찾으려고 했으며 긴장도 했었다.

아마 그러한 긴장 때문에 최선의 노력을 했던 것 같다. 여기서 강조하고 싶은 것은 우리는 모두 무한한 능력을 부여받고 태어났다는 것이다. 따라서 어떤 일이든 이러한 능력을 믿고, 앞으로 나아가는 자세가 중요하다. (물론 그 일이 불의한 일이 아니어야 한다.)

그리고 다양한 일들을 해보니 큰일이나 작은 일이나 소모되는 에너지는 비슷하고, 일의 과정도 정도와 규모의 차이는 있지만 거의 비슷한 것 같았다. 이로부터 내가 알게 된 것은 작은 일에 정성을 들여서 일을 하는 사람은 큰일도 충분히 해낼 수 있다는 것이었다.

그러나 작은 일을 게을리했던 사람이 결코 큰일을 잘할 수는 없다는 것이 나의 지론이다. 그래서 일할 때의 자세는 무엇보다 우선 책임감을 지니는 자세이고, 다음으로는 자신을 믿고 성실하게 임하는 자세라고 할 수 있을 것이다.

정년 후의 삶 : 패러다임의 변화와 기다림

나는 패러다임의 변화에 따라 변화될 나의 모습을 기대한다.
물론 쉽지는 않겠지만, 그래도 즐겁게 나의 변화를 기다리려고 한다.

• • •

정년을 준비하는 데 있어 무엇을 어떻게 해야 할 것인지에 대해서
는 뾰족한 답이 없는 듯하다. 정년퇴직을 한 선배 교수님들께 물어보
아도 답은 분명하지 않았다. 그래서 정년퇴임을 준비한다고 할
때의 본질적인 것은 무엇일까를 곰곰이 생각해 보았다. 그러고
나서 나름대로 얻은 결론은 바로 '패러다임의 변화'라는 것이다.
다시 말해, 정년 이후의 삶을 준비하기 위해서 가장 먼저 해야
할 것은 바로 자신의 패러다임을 변화시켜야 한다는 것이다.

패러다임이란 무엇인가? 그것은 살아가는 사람들의 생각의 방식
이나 가치체계라고 할 수 있다. 따라서 변화된 환경에 적응하기

위해서는 무엇보다도 먼저 자신의 패러다임을 변화시켜야 한다. 만일 변화된 환경에도 불구하고, 자신의 패러다임을 계속 고집하게 된다면, 그 사람은 자신이 직면한 환경과 자신의 기대 사이의 차이 때문에 혼돈에 빠질 위험이 크다. 그리고 결과적으로 어려운 생활을 하게 될 가능성이 높다. 따라서 정년 준비의 핵심은 패러다임의 변화에 있는 것이다.

아내는 정년 후의 나의 삶에 대해서 많은 걱정을 한다. 내가 많은 시간을 무료하게 보내는 것을 견디지 못하리라는 것을 익히 잘 알고 있기 때문이다. 그래서 아내는 나에게 요즈음 부쩍 사회적응 훈련을 강조하고 있다. 내가 사회에 적응하지 못하는 반사회적인 사람이 아닌데도 말이다.

내가 말하는 패러다임의 변화란 목적 지향적인 삶에서 탈피하여 주어진 순간을 중시하는 그러한 삶으로의 전환을 의미한다. 돌아보면, 나는 항상 목표를 세웠고, 그 목표를 위해서 전력투구하면서 살아왔다. 아내가 걱정하는 것이 바로 이 부분이다.

패러다임 변화에서 내가 말하는 순간을 중시하는 삶이란 거창한 의미가 아니라, 단지 현실에서 순간순간의 삶의 즐거움을 자연스럽게 만끽하는 것이다. 그냥 준비 없이 시골도 가보고, 좋은 곳이 있다면 그곳도 가보고, 맛있는 음식이 생각나면, 그 음식을 먹으러 가는 등 마음에서 떠오르는 것들을 즐겁게 행하는 것이다.

지금까지 출장과 컨퍼런스 및 세미나 참가 등으로 해외의 많은 국가들을 여행했다. 그러다 보니 국내 어느 항공사의 실제 여행거리가 백만 마일이 훌쩍 넘었었다. 해외여행을 많이 다녔던 반면, 국내 여행은 상대적으로 적었다. 이제는 우리나라의 변화된 환경도 즐겨 보려고 한다. 특히 우리의 생활환경이 과거에 비해 얼마나 빠르게 변하고 있는지도 직접 느끼고 체험하고자 한다.

나는 지금부터 패러다임의 변화를 준비하고 있다. 그리고 스스로 생각해 본다. 내가 준비하는 패러다임의 변화가 이 정도라면, 정년 후의 생활을 크게 걱정할 것이 없을 것이라는 자신감이 생긴다. 아마 이 글을 아내가 읽는다면, 아내도 나에 대한 걱정으로부터 마음을 놓게 되지 않을까.

이 책을 쓰고자 하는 목적은 지금까지의 삶에 대한 중간 정리를 통해서 새로운 삶을 준비하고자 하는 것에 있다. 나는 도시계획가이다. 도시계획이란 도시의 변화될 미래의 가치를 바탕으로 현재 최선의 선택을 결정하는 것이다. 그러니 도시계획의 기준은 항상 미래일 수밖에 없다.

그러나 미래는 아직 오지 않았기 때문에 계획된 미래를 실제로 보기 위해서는 우선 기다려야만 한다. 그래서 도시계획가의 자질 중에서 기다릴 줄 아는 것이 기본적으로 중요한 것이다.

장래에 대한 기대가 오늘의 어려움을 이기는 힘이다. 그러나 장래도 지금에서는 오지 않은 미래이다. 따라서 기대하는 사람이나 계획하는 사람 모두는 기다릴 줄 아는 사람이 되어야 한다. 나는 패러다임의 변화에 따라 변화될 나의 모습을 기대한다. 물론 쉽지는 않겠지만, 그래도 즐겁게 나의 변화를 기다리려고 한다.

30세가 되던 1987년 6월 어느 날 결혼했으니, 내 나이 50세 되었을 때가 결혼 20주년이었다. 그때 아내를 위해서 쓴 글이 있었는데, 그 글의 제목이 "내가 70세가 되었을 때"였다. 당시에는 70세가 되는 것은 먼 훗날일 것이라고 생각했었는데, 어느새 20년이라는 긴 세월이 쏜 화살과 같이 빠르게 지나가고 있다.

아내를 위한 글에서 말한 해가 2027년이니 앞으로 5년 후로 다가왔다. 글에서 나의 바람들이 어떻게 현실로 나타날지 자못 궁금하다. 아마 그날이 왔을 때는 다시 아내를 위한 글, 즉 "내 나이 90세가 되었을 때…"를 쓰지 않을까 예상해 본다.

달려온 길을 뒤돌아보니 충분히 감사한 시간들이었다. 나는 감사의 마음으로 그 글에 어떤 소망을 쓸 것인가를 기대하며 순간순간을 소중히 여기며 살아가고자 한다.

내가 70세가 되었을 때

내가 70세가 되었을 때
나는 머리카락도 얼마 안 남았을 것이고,
피부도 거칠어졌겠지요.
어느 곳에 간들 모두들 나를 노인이라고 할 거예요.
또한 버스나 지하철의 경로석에 앉는 것도 익숙해졌겠지요.
그때가 되면 나는 건강할까요? 모든 것을 혼자서 해낼 수 있을까요?

이전에 세웠던 많은 계획에서 계획대로 된 일이 얼마나 될까요?
답답한 마음에 짜증도 화도 많이 내겠지요.
그때가 되면 당신은 내 투정을 지금같이 잘 받아줄 건가요?
그때도 영화 보러 가자고, 드라이브하자고 할 건가요?

내가 70세가 되었을 때 당신은 어떻게 변했을까요?
소녀 같은 수줍음을 지닌 건강하고 인정 많은 할머니가 되었을까요?
아니면 잔소리만 하는 꼬부랑 할망구가 되었을까요?
그때에도 당신은 내게 시간을 내달라고 조를 건가요?
아니면 이제는 제발 놓아달라고 애원할 건가요?

내가 70세가 되었을 때 우리 자식들은 어떻게 변했을까요?
수정이와 형종이는 행복하게 살까요?
그들은 어디서 살며, 사위와 며느리는 과연 어떤 사람일까요?
손주들은 우리를 좋아할까요? 아니면 당신만을 좋아할까요?

누구도 피할 수 없이 그때가 곧 오겠지요.
참으로 그날이 궁금해지는군요.
무엇보다도 그때에 우리는 재미있고 행복하길 간절히 바랍니다.
운동도 함께하며, 맛있는 음식점도 찾아다닐 정도로 건강하였으면
합니다.
가끔은 둘이서 더 가끔은 가족 모두와 함께 해외여행을 할 수 있는
경제적 여유도 있었으면 좋겠습니다.

그때가 되면 나는 마음속에 평생 감추어왔던 말을 당신한테 할 수
있을 거예요. 수고했다고, 내 곁에 있어 주어 고마웠다고, 그리고 당신이
있어 행복했다고…

2007. 06. 00 김홍배

에필로그

예전부터 내가 달려온 길에 대해 회고의 글을 쓰고 싶었으나, 적절한 시기를 찾지 못했었다. 그런데 2021년 2학기가 나에게 마지막으로 주어지는 연구학기였다. 나는 이 시간이 책을 쓸 최적의 시간이라고 생각했다. 그래서 여름방학이 시작되는 6월 말에 책의 구조를 잡았고, 7월부터 시작해서 12월에 탈고했으며 그리고 교정을 거쳐 2022년 2월에 출간이 가능할 것이라 믿고, 세부적인 일정을 계획하고 실행에 옮겼다.

내가 책을 2022년에 출간하고자 했던 이유는 숫자가 나에게 의미하는 바가 특별하다고 믿었기 때문이다. 구체적으로 말해, 2022년은 내가 대학을 졸업한 지 40년이 되는 해인 동시에 교수생활 30년 차를 맞이하는 해인 것이다. 이러한 숫자가 나에게 주는 의미를 생각해 보았다.

먼저 40은 성경에 자주 등장하는 숫자이다. 그래서 기독교인들은 40이라는 숫자를 완전 숫자로 받아들이고 있다. 예를 들면, 노아의 홍수는 40일간 내린 비에 의해 발생하였고, 모세가 보낸 이집트에서의 시간, 미디안 광야에서의 시간 그리고 이집트에서 나와 이스라엘 백성과 광야에서 생활한 시간 모두가 각기 40년이었다. 또한 모세가 십계명을 받기 위해서 시내산에서 40일을 머물렀었다. 예수님께서 광야에서 시험을 받으신 기간도 40일이고, 부활하여 승천하실 때까지의 기간도 40일이었다. 이외에도 40이란 숫자는 성경의 여러 곳에서 찾아볼 수 있다.

원래 성경에서 숫자 40은 고난이나 훈련의 개념으로 인식된다. 그렇다면 내가 이 책에서 말한 배움의 40년이 바로 훈련의 40년과 동일한 것이 아닐까 하는 생각을 했었다. 그리고 30년은 일반적으로 말하는 한 세대의 기간이다. 한 세대를 교수로 지내면서 학생들을 가르쳤으니, 교육기간으로도 의미가 있다고 할 수 있다. 어찌했든 40년의 배움과 30년 차의 교수 생활을 종합해 보면, 2022년은 나에게 특별한 해라고 할 수 있다.

그래서 이 책을 정년퇴직에 맞추기보다는 2022년 2월에 출간하는 것이 나에게 의미가 클 것이라 생각하였다. 그리하여 그때를 출간의 시점으로 목표했던 것이다. 그리고 시간에 맞게 책이 출간되도록 최선의 노력을 다했었다. 역시 목표를 설정하는 것은 좋은 것이다. 왜냐하면 설정된 일정에 따라 사람을 최대한 노력하게 하고, 일의 우선순위를 구체적으로 결정할 수 있게 만들기 때문이다.

책의 집필을 마치고 막상 출간된다고 하니, 두 가지 기분이 혼재되어 있음을 느낀다. 첫째 기분은 홀가분함이다. 빡빡한 일정 속에서 시간을 내어 글을 쓰다 보니 무리가 많았고, 그 결과 피로가 많이 쌓였다. 더구나 2021년 초에 아내와 약속한 연구 학기에 하고자 했던 약속들은 거의 지키지 못했다.

그리고 전공 서적을 쓸 때보다 더 많이 힘들었다. 물론 전공 서적을 쓸 때는 상대적으로 젊었었으니, 그때와 비교하면 몸이 더 피로한 것은 당연한 것이라고 할 수 있다. 하여튼 책이 출간된다고 하니 무거운 짐을 벗는 것 같아 홀가분하고 편하다.

두 번째 기분은 부끄러움과 걱정 그리고 조심스러움이다. 책의 모든 내용이 나에 관한 이야기다 보니, 내가 마치 벌거벗고 사람들 앞에 나가는 것 같아 부끄러운 마음을 금할 수 없다. 그리고 내용들도 너무 작은 내용들이어서 독자들에게 어떤 유익을 줄 수 있을까 하는 것도 걱정이 되었다. 그러나 책이 출간되기로 한 이상, 이런 부끄러움과 걱정은 나를 위해서 모두 내려놓고 잊기로 했다.

그리고 내가 겪은 경험을 말하다 보니 자화자찬과 나를 스스로 과대평가하는 것은 아닌지 하는 조심스러운 마음이 들었다. 이 책에서 소개된 내용은 모두 내가 과거에 경험한 것들이다. 그러나 그러한 경험들을 내 중심으로 해석하여 본의 아니게 남들이 나를 교만하게 볼 수도 있겠다는 생각이 들었다. 스스로 생각해 보아도 나는 능력도 없고, 실수도 많이 하며, 천성도 게으른 사람이다. 이런 필자를 고려하여 혹시 오해의 소지가 있는 내용이 있으면, 독자들의 넓은 아량으로 이해해 주실 것을 간곡하게 바란다.

마지막으로, 이 책이 독자들에게 작은 위로와 도움이 되었으면 하는 간절한 마음이다.

김홍배 ‖ 한양대학교 도시공학과 정교수

Tel: 042-866-8400   E-mail: hokim@lh.or.kr

학력

- 1988-1992 The Ohio State University 도시 및 지역계획학 박사
- 1985-1987 한양대학교 공학석사
- 1978-1982 한양대학교 공학사

경력

학교

- 1993-현재   한양대학교 도시공학과 정교수
- 2015-2019 한양대학교 도시대학원장 겸 부동산융합대학원장
- 2013-2015 한양대학교 학생처장
- 2011-2013 한양대학교 공과대학 교무부학장(교무위원)
- 2004-2006 한양대학교 교무처 교무실장

학회

- 2016-2018 대한국토 · 도시계획학회 회장
- 2012-2016 대한국토 · 도시계획학회 학술 및 행 · 재정 부회장

공공기관 및 협회

- 2022-현재 토지주택연구원 원장
- 2019-현재 한국도시계획가협회 회장
- 2012-현재 한국도시계획가협회 회원

기타

- 2019-2022 LHI 저널 편집위원장
- 2016-2020 국토교통부 국토정책위원회 평가분과 위원장 및 위원
- 2016-2018 국토교통부 성과평가위원회 위원장
- 2011-2013 국무총리실 세종시지원위원회 위원
- 2011-2013 국토교통부 중앙도시계획위원회 위원

수상경력

- 2013 한양대학교 저명 강의교수 (HYU Distinguished Teaching Professor) 선정
- 2006-2015 한양대학교 Best Teacher 및 강의 우수 교수 선정 (다수)

단독 저서

- 『도시 및 지역경제분석론』(개정판), 기문당, 2016
- 『정책평가기법: 비용-편익분석론』, 나남출판, 2012
- 『입지론: 공간구조와 시설입지』, 기문당, 2011